Anneli Klipphahn

Die Glückssammlerin
oder
Das Geschenk der besten Jahre

Anneli Klipphahn

Die Glückssammlerin
oder
Das Geschenk der besten Jahre

Roman

benno

Bibliografische Information der Deutschen Nationalbibliothek
Die Deutsche Nationalbibliothek verzeichnet diese Publikation
in der Deutschen Nationalbibliografie; detaillierte bibliografische
Daten sind im Internet unter http://dnb.d-nb.de abrufbar.

Besuchen Sie uns im Internet:
www.st-benno.de

Gern informieren wir Sie unverbindlich und aktuell auch
in unserem Newsletter zum Verlagsprogramm,
zu Neuerscheinungen und Aktionen.
Einfach anmelden unter www.vivat.de.

ISBN 978-3-7462-6520-9
© St. Benno Verlag GmbH, Leipzig
Umschlaggestaltung: Grit Fiedler, Visulabor GbR, Berlin/Leipzig
Covermotiv: © Alena Gridushko/Shutterstock
Gesamtherstellung: Kontext, Dresden (A)

Das Martinshorn schrillt. Die Augen fallen ihr zu.
Seit wann singen Martinshörner Wiegenlieder?
Der Tod hat den Tanz eröffnet. Zieht sie in seine knochigen Arme. Umfängt sie. Lockert den Griff. Tritt einen Schritt zurück. Lässt sie los. Gewährt ihr Freiheit. Umtanzt sie. Streckt erneut seine Klauen nach ihr aus. Hebt sie hoch. Lässt sie schweben.
Es tut nicht weh. Schwerelos. Schmerzlos. Angstlos.
„Wach bleiben!" Eine Stimme wie ein Paukenschlag.
„Bleiben Sie wach!" Die Stimme des Sanitäters unterbricht den Tanz. Holt sie zurück ins Leben. Zurück auf die harte Pritsche des Rettungswagens. Mühsam öffnet Lisa die Augen.
Da ist dieses winzige Fenster – Ausblick und Lichtblick. Baumkronen fliegen vorüber. Hinter den Bäumen das Morgenrot.
„Behalte den Himmel im Auge", hatte die Mutter gesagt. Früher. Lange, bevor sie gegangen war. Gegangen – für immer. Der Himmel verschwindet hinter grauen Häuserfronten.
Die beiden Männer machen bedenkliche Gesichter. Der Sanitäter an ihrer rechten Seite prüft das Gerät, das ihrem Herzen auf die Sprünge helfen soll.
Früher gab es noch keine externen Herzschrittmacher. Früher hätte man ihr nicht helfen können. Wird man ihr heute helfen können?
Angst. Angst. Angst. Ihr Körper beginnt zu zittern. Sie hat ihn nicht im Griff, diesen Körper. Schwach ist er. Und müde. Aber der Geist ist wach.
Gott! Wo bist du? Bist du da? Willst du mich holen? Jetzt?
„Bleiben Sie bei uns!" Wieder die Paukenschlagstimme. „Bleiben Sie wach! Welches Datum haben wir?"
„Vierter Februar", murmelt Lisa.
„Halten Sie die Augen offen!"
Behalte den Himmel im Auge.
Lisa sucht mit dem Blick den Himmel. Ein Falke segelt im Wind. Bote der Freiheit.
Woher kommst du? Wohin fliegst du? Wie oft habe ich die Falken beobachtet! Gelebte Zeit. Vergangene Zeit. Hilf mir, Gott! Wenn du da bist, Gott, lass mich noch bleiben. Bei meinen Kindern. Und dem Enkelkind, das bald ge-

boren werden soll. Ich habe mich nicht verabschiedet. Die letzten Worte nicht gesprochen. Nicht mal „Auf Wiedersehen" gesagt. Es ging so schnell. Ich hätte Juliane diese Sorge gern erspart. Gerade jetzt, wo sie schwanger ist. Wie erschrocken sie mich angesehen hat, als die Ärztin die Ergebnisse der Untersuchung bekannt gab! Wer lässt schon gern die Mutter los! Aber bald schon ... bald schon wird ein neues Kind geboren werden ... so ist nun mal das Leben, geboren werden und sterben ... geboren werden und sterben ...
Geboren werden und sterben – wie leicht sich das denkt.

So fühlte sich das also an. Dazuliegen und nichts tun zu können. Ausgeliefert zu sein. Schon mehrmals war sie in einem Krankenwagen mitgefahren, aber noch nie war sie es gewesen, die auf der Trage lag. Bisher hatte sie immer nur danebengesessen, hatte gebetet und gebangt. Um das Leben der Mutter. Um das des geliebten Mannes. Um das ihres Kindes. Sie sah Hannas schmächtigen Körper noch vor sich. Wie er dalag, schlaff, dem Tod nahe. Spürte wieder die Hilflosigkeit, die Angst, das Flattern des Herzens. Wie gern hätte sie damals den Platz mit ihrem Kind getauscht! Wie gern hätte sie sich selbst auf die Liege gelegt, Hannas Krankheit getragen, sogar den Tod auf sich genommen stellvertretend für ihr Kind. Zusehen müssen und nicht helfen können – das war viel schlimmer, als selbst hier zu liegen. Und jetzt? Wie mochte es ihren Töchtern gehen? Ihrer zarten Juliane, die ein Baby erwartete. Und ihrer Jüngsten, Hanna. Wie gern hätte sie ihnen diesen Schmerz erspart! Doch eine alte Weisheit besagte: *Wo Liebe ist, da ist auch Leid. Durch die Liebe wirst du reich beschenkt, aber du musst auch den Schmerz in Kauf nehmen. Der Schmerz gehört zur Freude wie die Nacht zum Tag.*
Der Wagen nahm eine Kurve. Reflexartig umklammerten ihre Hände den Rand der Liege. Nannte man das eine Liege oder war es eine Bahre? Ihre Todesbahre vielleicht?
Schon lange vor diesem Tag hatten die Fragen nach dem Tod sie umgetrieben. Dem Tod, dem sie schon sehr früh im Leben begegnen musste. Und dann immer wieder. Es waren immer dieselben Fragen:
Wohin geht ein Mensch, wenn er stirbt?

Gibt es ein DANACH?
Was bleibt, wenn er geht?
Sterben war nicht schwer. Heute wäre es nicht schwer. Ein langsames Hinübergleiten. Sie war so müde, einfach nur müde. Da war keine Angst mehr. Sie war nicht allein. Gott war da. Er würde bei ihr bleiben, jetzt und für immer ... ganz gleich, was geschah ...auf einmal war da diese Sehnsucht ... Sehnsucht nach Licht, nach Ruhe, keine Schmerzen mehr, keine Angst ...
„Bleiben Sie wach!" Der junge Sanitäter rüttelte an ihrem Arm. „Schlafen können Sie später."
Später.
Hätte Juliane sie nicht gedrängt, wäre sie nicht mit zum Arzt gefahren. Sie wäre gegangen. Hinübergeglitten, einfach so, still und sanft. Hätte dieses Leben auf den Flügeln der Morgenröte verlassen.
Gehen am Ende alle Menschen so davon? Auf leisen, sanften Schwingen, getragen, ohne Angst? Sicher nicht. Sicher gibt es noch viele andere Tode. Aber – gibt es nicht nur den einen Tod? Den Tod, der mal leise und mal laut kommt, mal sanft und mal brutal? Heute zeigt er sein freundliches Gesicht. Tanzt mit mir. Lockt mich in seine Arme. Reicht mir freundlich die Klaue.
„Hallo!" Der junge Sanitäter rüttelte erneut ihren Arm. „Hören Sie mich? Schauen Sie mich an!"
Mühsam öffnete sie die Augen. Warum fiel ihr das so schwer? Sie wollte doch leben!
„Lass sie ausruhen, Sebastian", mahnte der ältere Sanitäter.
„Nein!", rief Sebastian empört. „Sie muss wach bleiben! Sie muss kämpfen!"
Sachte strich er über ihre Hand. „Bleiben Sie wach! Wir schaffen das!"
Lächelnd nickte sie. *WIR hat er gesagt. Ich bin nicht allein. Auch hier nicht.*
Hinter dem Fenster zeigte sich wieder der Himmel. Es war gut, ihn im Auge zu behalten. Denn da war das Morgenrot. *Das Morgenrot öffnet die Tür zum Tag. Was wird er bringen, dieser Tag? Das Morgenrot schenkt Hoffnung. Verschließt die Tür der Nacht. Die Nacht ist vorbei, es wird hell.*
Der Wagen bremste und blieb stehen.
„Ausgerechnet jetzt!" Sebastian boxte sich in die Hand.

„Keine Sorge, es geht gleich weiter!", erklärte der andere Sanitäter. „Ein Bahnübergang. Wir müssen den Zug vorbeilassen. Wir schaffen das! Schauen Sie!" Er deutete zum Fenster. „Da draußen in der Eiche hängt ein grüner Luftballon!"

Sebastian wandte sich um und blickte nun ebenfalls hinaus. Eine willkommene Gelegenheit, um die Augen zu schließen.

„Nicht schlafen", mahnte Sebastian erneut.

Lisa öffnete die Augen. Murmelte: „Der Ballon ist grün. Ein Ballon der Hoffnung in einer kahlen Eiche."

Sebastian nickte. „Ein Wunder, dass er noch nicht geplatzt ist."

„Ja, manchmal geschehen noch Wunder", sagte Lisa.

Er ist nicht geplatzt. Geplatzt wie viele meiner Träume, Wünsche und Hoffnungen. Bald kommt der Frühling. Dann werden die Bäume frisches Grün hervorbringen. Auch die Eiche wird aus ihrem Winterschlaf erwachen. Frühling! Neues Leben, Wärme, Licht, Hoffnung, Freude. Werde ich im Frühling noch da sein?

Der ältere Sanitäter beugte sich über sie, kontrollierte die Geräte und murmelt Zahlen.

Es fiel ihr schwer, sich auf die Werte zu konzentrieren. Zahlen. Zahlen. Zahlen. Mit wie vielen Zahlen hatte sie im Laufe des Lebens jongliert? Kalkulationen, Bilanzen und Berechnungen. Multiplikation und Division, Subtraktion und Addition. Dividende, Differenzen und Summen.

Summen. Summen. Summen.

Was ist die Summe des Lebens?

Was ist die Summe meines Lebens?

66 Jahre – nur eine Zahl. Dahinter steht Zeit – gelebte Zeit.

Wenn ich das hier überlebe, mache ich mir eine Prioritätenliste. Ich will Antworten finden und aufschreiben – Antworten auf die Frage nach dem Tod und dem Sinn des Lebens. Was ist wirklich wichtig? Wie füllt man die Jahre, Monate, Tage, Stunden eines Lebens? Was zählt, wenn ich gehe? Was kann ich tun, damit etwas bleibt, wenn ich gehe? Ich muss Antworten finden! Und dann werde ich sie aufschreiben. Ich werde Briefe an meine Töchter schreiben. Dieses Vorhaben ist schon die erste Antwort auf die Frage nach dem Sinn des Lebens. Denn wenn ich eines Tages nicht mehr da bin, werden sie Fragen

haben. Fragen, die meist erst kommen, wenn jemand für immer gegangen ist. Das weiß ich aus eigener Erfahrung.
Der Ballon der Hoffnung zappelt in der Eiche. Eichen lassen im Herbst nicht alle Blätter fallen. Sie halten einige fest bis zum Frühjahr. Schrumpelige Blätter – und doch Blätter der Hoffnung. Der Hoffnung, dass der Winter keinen endgültigen Tod bringen wird. Begraben unter Schnee und Eis wartet der Baum auf die Wiedergeburt des Lebens. Auch ich darf die Hoffnung nicht aufgeben. Wer Hoffnung hat, der lebt!
Während der grüne Ballon weiter in der kahlen Eiche tanzte, erinnerte Lisa sich an die Ballons in ihrer Kindheit. Und ihre erste Begegnung mit dem Tod. Dem Tod des Vaters. Sie hatte ihn nicht bewusst miterlebt. War viel zu jung damals. Doch sie erinnerte sich an die Tränen der Mutter. Und an die Tränen der Großmutter, die ihren Sohn so jung verloren hatte. Auch an die Besuche auf dem Friedhof erinnerte sie sich. Einmal hatte sie dem Papa einen roten Ballon mitgenommen, denn Rot war die Farbe der Liebe. Sie hatten den Ballon an der Hecke hinter dem Grab festgebunden, dort hatte er eine Weile im Wind getanzt, wahrscheinlich bis er irgendwann geplatzt war. Seine Überreste hatte die kleine Lisa nicht zu Gesicht bekommen, so blieb nur die schöne Erinnerung an den tanzenden Ballon der Liebe. „Papa ist jetzt bei Gott", hatte die Mutter oft gesagt. „Dort geht es ihm gut. Wenn auch wir uns an Gott halten, werden wir Papa eines Tages wiedersehen. Also behalte den Himmel im Auge." Und dann war da noch die Erinnerung an die Großeltern. Bloß gut, dass die da waren! Denn die Mutter musste arbeiten, musste nun allein den Unterhalt für sich und das Kind verdienen. Ja, so war das. Damals war Lisa gerade mal fünf Jahre alt gewesen.
„Sie schlafen schon wieder!", tönte Sebastian. „Aufwachen! Wir fahren jetzt über die Autobahn."
„Lass sie doch", sagte der andere Sanitäter. „Die Werte haben sich stabilisiert."
Lisa öffnete die Augen.
„Bist du sicher, Tommy?" Sebastian schaute mit gerunzelter Stirn auf sie herab.

„Wenn ich es sage, dann ist es so", brummte Tommy. „Oder denkst du, ich spinne?"

„Keine Sorge, ich glaube Ihnen!" Lisa zwinkerte ihm zu. „Und außerdem ... so schnell gebe ich nicht auf! Ich habe zwei Töchter, die brauchen mich noch! Und bald kommt mein erstes Enkelkind."

„Na das ist ja mal eine Ansage!" Grinsend hob Sebastian den Daumen. „Aber wie eine Oma sehen Sie noch gar nicht aus. Sie haben kein einziges graues Haar und so wenige Runzeln, dass ein Vorschulkind sie zählen könnte."

„Danke." Lisa kicherte. „Aber Sie sollten ihre Komplimente lieber für die jungen Mädchen aufheben."

Lachend winkte der junge Pfleger ab. „Ach, für die habe ich noch genug auf Lager. Jedenfalls freue ich mich über Ihre Ansage, als hätte ich eine Jahreskarte fürs Schwimmbad gewonnen. Das Wichtigste ist nämlich, dass die Leute selbst kämpfen. Stimmt's, Tommy?"

„Ja, so ist es!", bestätigte der andere Sanitäter. „Wenn jemand aufgibt und nicht mehr leben will, ist der Kampf schon so gut wie verloren. Dann haben wir keine Chance."

„Sie meinen den Kampf gegen den Tod?", fragte Lisa.

„Klar, was sonst?", rief Sebastian. „Ich wünschte, wir könnten den Tod ein für alle Mal besiegen."

„Den Tod besiegen kann kein Mensch", murmelte Lisa. „Wir können nur versuchen, ihn hinauszuzögern. Und mit seiner Gegenwart zu leben."

„Mit seiner Gegenwart leben?" Sebastian schüttelte den Kopf. „Das klingt, als müsste ich mich mit dem Tod abfinden, ihn akzeptieren. Ich will ihn aber nicht akzeptieren! Ich bekämpfe ihn!"

„Fängst du schon wieder damit an?" Tommy warf seinem Kollegen einen strafenden Blick zu. „Hör auf, sonst regst du unsere Patientin nur auf!"

„Ich rege mich nicht auf." Lisa lächelte. „Ich finde dieses Gespräch belebend!"

Sebastian hob erneut den Daumen. „Da hörst du es, Tommy! *Belebend* hat sie gesagt! Und das ist schließlich unsere Aufgabe – die Patienten zu *beleben*!"

„Trotzdem bin ich der Meinung, dass man den Tod akzeptieren muss", entgegnete Lisa. „Er gehört zum Leben, wir können nicht so tun, als gäbe es ihn nicht. Das müssten doch gerade Sie viel besser wissen als all die Leute da draußen."

Tommy wiegte den Kopf. „Bis zur Akzeptanz ist es ein weiter Weg. Wenn jemand stirbt, komme ich mir jedes Mal vor wie ein Versager!" Sebastian boxte sich erneut in die Hand. „Ich bin nicht bereit, den Tod zu akzeptieren. Niemals! Ich werde ihn bekämpfen. Er ist mein größter Feind!"

„Es ist gut, dass Sie um das Leben der Patienten kämpfen. Und ich danke Ihnen für alles, was Sie für mich tun", sagte Lisa leise. „Aber wenn Sie alles getan haben, was in ihrer Macht steht und … und ein Mensch trotzdem stirbt, dann sollten Sie sich nicht die Schuld daran geben. Sie sind nur ein Mensch. Sie sind nicht Gott." Lisa kam nicht mehr dazu, den jungen Sanitätern von ihrer Hoffnung auf das ewige Leben zu erzählen. Kaum war der Rettungswagen in das Klinikgelände gefahren, öffnete Sebastian die Tür und sprang aus dem Wagen. Im nächsten Moment wurde Lisas Trage aus dem Auto gezogen. Eine Krankenschwester übernahm und nickte ihr zu. „Sie haben Glück! Heute sind alle Spezialisten im Haus, Sie werden sofort operiert!"

Im Operationssaal erklärte ein Arzt ihr, was er vorhatte. Dann bekam Lisa eine örtliche Betäubung. Eine Art Barriere wurde angebracht, sie hinderte Lisa daran, das Operationsgeschehen mit eigenen Augen zu verfolgen. „Sie müssen keine Angst haben", sagte der Arzt. „Wir werden Ihnen helfen. Und wenn wir diesen kleinen Eingriff geschafft haben, können Sie Geburtstag feiern. Denn heute wird der erste Tag Ihres neuen Lebens sein."

„Ich werde mir diesen Tag im Kalender vermerken", murmelte Lisa.

Von ihrer Liege aus konnte sie das Fenster sehen. Und den Himmel. Den Himmel und die nackten Äste eines Baumes. Wie nackte, verkrüppelte Arme reckte der Baum sie in die Höhe, als wollte er beten. *Noch sieht der Baum aus wie tot, aber bald wird der Frühling die ersten Blätter hervorlocken. Ob ich noch einmal das Wunder des neuen Lebens erleben werde? Das Wunder des Frühlings? Das Wunder der Geburt meines Enkelkindes?*

Der Arzt wollte mir Mut machen, er sprach von einem neuen Geburtstag. Aber ob das tatsächlich so sicher ist? Was, wenn mein Herz plötzlich aufhört zu schlagen? Was, wenn ... Nein! So darf ich nicht denken! Bitte hilf mir, Gott! Ich bin noch nicht bereit für den Tod, es gibt noch vieles, was ich klären muss. Doch planen kann ich erst, wenn das hier überstanden ist. Dichter Nebel verhüllt mir den Blick auf die Zukunft, dafür scheint mir heute die Vergangenheit zum Greifen nahe. Meine Erinnerungen sind ein sicherer Pfad, da weiß ich, wohin ich gehen kann und wo die Abgründe lauern. Also will ich an meine Kindheit denken.

„Und schon haben wir es geschafft!", die Stimme der Schwester holte Lisa zurück in die Gegenwart. Sachte strich die Schwester ihr über die Wange. „Das war alles sehr aufregend für Sie. Wir behalten Sie noch ein wenig in unserem Beobachtungsraum, da können Sie sich ausruhen. Bald werden sie sich wieder so frisch und stark fühlen wie schon lange nicht mehr!"

„Danke! Danke! Danke!" Lisa konnte die Tränen nicht mehr zurückhalten. „Ich weiß gar nicht, wie ich Ihnen genug danken kann!"

„Nun machen Sie mal halblang", brummte der Arzt. „Wir tun unsere Pflicht, das ist alles."

„Ja, alles." Lisa fuhr sich über die Augen. „Sie geben alles. Und das ist nicht selbstverständlich. Ich danke Ihnen von Herzen!"

„Von Herzen ist gut!" Lachend streifte der Arzt sich die Handschuhe ab. „Ja, wir haben Ihrem Herzen wieder auf die Sprünge geholfen. Nun passen Sie gut auf, dass es nicht zu sehr über die Stränge schlägt!"

„Aber verschenken darf ich es schon, oder?" fragte Lisa. „Denn je mehr man von Herzen verschenkt, umso mehr bekommt man zurück. Dadurch wird die Herzlichkeit größer und das stärkt das Herz."

Der Arzt lachte erneut. „Na, Sie sind ja eine Wort-Akrobatin!"

Die Beobachtungszeit auf der Intensivstation verbrachte Lisa meist schlafend. Dazwischen wünschte sie sich, die Erlebnisse und Gedanken der vergangenen Stunden aufschreiben zu können, solange sie noch frisch waren. Doch als sie nach einem Stift und Papier fragte, schaute

die Schwester sie an, als hätte sie sich ein Flugticket zum Mond erbeten. „Sie sind wohl nicht gescheit, Sie müssen sich ausruhen! Arbeiten können Sie später."
„Das Schreiben ist doch keine Arbeit", wandte Lisa ein. „Es entspannt mich."
„Also ich schreibe nur, wenn es unbedingt sein muss." Die Schwester zog ein Gesicht, als hätte sie in eine Zitrone gebissen.
Lisa lächelte. „Jeder Mensch ist anders. Ich halte alle wichtigen Ereignisse in meinem Tagebuch fest."
„Ich brauche kein Tagebuch." Die Schwester zuckte mit den Schultern. „Von den wichtigen Ereignissen gibt es Fotos. Die schaut man sich doch tausendmal lieber an als ein zerfleddertes Heft mit einer Handschrift, die man nur mühsam entziffern kann."
„Aber von dem, was ich heute erlebt habe, gibt es kein Foto", gab Lisa zu bedenken. „Und mein Kopf ist voller Gefühle und Gedanken. Wenn ich sie aufschreibe und damit festhalte, ist es, als würde ich in meinem Kopf aufräumen und Platz schaffen für das, was als Nächstes kommt."
Da wurde die Schwester zu einem anderen Patienten gerufen und Lisa schloss die Augen.

Am Nachmittag wurde Lisa in ein Doppelzimmer gebracht. Zunächst war sie allein, später wurde ein Bett herein gerollt. Die Frau darin mochte ungefähr in Lisas Alter sein. Kurz darauf rauschte eine junge Krankenschwester ins Zimmer. „Hallo, Frau Hartlaub!", tönte sie. „Ich muss Ihre Personalien aufnehmen!"
Frau Hartlaub fasste sich an die Ohren. „Sie schreien ja, als stünden Sie auf dem Gipfel eines Berges und ich im tiefsten aller Täler! Ich bin nicht schwerhörig!"
Die junge Krankenschwester räusperte sich. „Sorry. Viele Leute in Ihrem Alter hören schwer."
„Das ist kein Grund, mich anzuschreien!" Frau Hartlaub sprach wie eine Lehrerin, die eine Schülerin tadelt. „Viele junge Frauen in Ihrem Alter gackern wie Hühner, trotzdem werden sie nicht in einen Käfig gesperrt."

„Ich muss Ihnen jetzt einige Fragen stellen", wiederholte die Schwester. Während die beiden sich weiter unterhielten, schloss Lisa die Augen. Ihre Bettnachbarin sollte nicht das Gefühl haben, beobachtet zu werden. Schlimm genug, dass sie hier ausgefragt wurde, obwohl Lisa als ungebetene Zuhörerin neben ihr lag! In diesem Moment wünschte sie sich die großen Kopfhörer ihres Schwiegersohnes herbei. Anton setzte sie auf, um klassische Musik zu hören. Lisa brauchte keine klassische Musik, sie hatte ihre Erinnerungen.

Während Lisas Gedanken durch ihre Erinnerungen spazierten, fiel es ihr nicht schwer, das Gespräch der Schwester mit der Bettnachbarin zu überhören. Doch dann durchbrach eine Frage ihre Schallmauer zur Vergangenheit und holte sie zurück in die Gegenwart.

„Wen sollen wir verständigen?"

„Niemanden." Frau Hartlaubs Antwort kam wie aus der Pistole geschossen.

Schwester Luise bohrte weiter. „Haben Sie keine Kinder, Enkel, Geschwister oder andere Angehörige, die wir benachrichtigen können?"

„Nein."

„Freunde? Kollegen?" Schwester Luises Stimme klang ungeduldig. „Sie müssen uns doch jemanden nennen können, den wir im Ernstfall informieren sollen!"

„Ich glaube nicht, dass meine ehemaligen Kollegen sich dafür interessieren. Und ... ach, das geht Sie gar nichts an!"

„Das geht mich wohl etwas an! Ich frage Sie das nämlich nicht zu meiner Unterhaltung, sondern weil es das Protokoll so erfordert!"

„Was geht mich Ihr Protokoll an!"

Lisa kam es vor, als würden die beiden Frauen mit Worten fechten. *Ich wäre nicht so schlagfertig, ich war schon immer ein bisschen feige. Diese Feigheit entspringt der Furcht vor dem, was andere Menschen über mich denken. Schon oft hat sie mich daran gehindert, wahrhaftig zu sein. Ich sollte mich bemühen, diese Feigheit abzulegen! Wie schnell das Leben zu Ende sein kann, habe ich heute gemerkt. Was zählt, wenn ich gehe? Wenn es einen Gott gibt – und daran glaube ich –, dann zählt, dass ich nach seinem Willen frage.*

„Das ist nicht *mein* Protokoll und wir führen es zu *Ihrem* Besten!" Mit dem Fuß auf den Boden klopfend, drängte Schwester Luise weiter. „Was ist mit Nachbarn? Sie wohnen doch sicher nicht in der Einöde?"
„Natürlich nicht!", zischte Frau Hartlaub. „Aber ich wüsste nicht, was Sie meine Nachbarn angehen!"
„Wie ich schon sagte, *mir* sind Ihre Nachbarn total egal, denn um *mich* geht es hier nicht!"
Frau Hartlaub seufzte vernehmlich. „Ach Kindchen, machen Sie doch nicht so ein Theater! Ich habe mein Leben lang für mich allein gesorgt, da wird es wohl im Falle meines ... ähm ... im Ernstfall auch ohne andere Leute gehen."
„Also gut!" Schwester Luise beendete ihre Fußklopferei. „Wenn Sie also Ihren Nachbarn nicht vertrauen – und auch sonst keinem Menschen –, wie regeln wir das dann, falls ..."
„Meine Schlüssel sind da drin." Frau Hartlaub deutete auf die Handtasche auf ihrem Nachttisch. „Und alle wichtigen Unterlagen liegen bei meinem Notar."
Schwester Luise schaute von ihrem Dokument auf. „Wie heißt ihr Notar?"
„Das steht alles in dem Adressbuch, das sich in meinem Schreibtisch befindet."
Lisa spürte, wie sie das Gespräch der beiden aufregte. Obwohl Frau Hartlaub nicht auf den Mund gefallen war, fand Lisa es unmöglich, dass Schwester Luise im Beisein einer anderen Patientin so persönliche Angaben erfragte. Hoffentlich hörte sie nun endlich mit diesem Verhör auf! Lisa hatte keine Lust, noch mehr davon zu hören. Sie setzte sich auf und krächzte übertrieben: „Entschuldigung, Schwester! Könnten Sie mir bitte ein Glas Wasser bringen? Mir ist schwindlig." Und das war nicht mal gelogen. Tatsächlich hatte sie auf einmal das Gefühl, ohne Wasser durch eine Wüste zu irren.
„Aber natürlich, kommt sofort!" Schwester Luise schaute Lisa an, als wäre diese gerade erst von der Decke herabgeschwebt, und eilte dann zur Tür hinaus.
Während Lisa sich zurück in ihr Kissen fallen ließ, schnaubte Frau Hart-

laub: „Diese unverschämte Fragerei! Am Ende will die noch wissen, wo ich meine Wertsachen versteckt habe."
Schon flog erneut die Tür auf und Schwester Luise kam mit zwei Flaschen und zwei Gläsern zurück. Dabei wandte sie sich erneut an Frau Hartlaub: „Wir sind fertig mit dem Fragebogen, obwohl er einige Lücken aufweist, aber das kann ich ja nun nicht ändern. Wollen Sie auch etwas trinken?"
„Sehr gern, liebe Schwester Luise." Frau Hartlaubs Antwort klangt wie das Friedensangebot eines Menschen, der es gewohnt war zu kämpfen und zu siegen.
Nachdem Schwester Luise das Zimmer verlassen hatte, wandte Frau Hartlaub sich an Lisa. „Scheußliche Geschichte, wenn man ein Krankenhaus braucht! Aber da wir ja nun notgedrungen das Zimmer miteinander teilen müssen, sollten wir uns bekannt machen. Ich heiße Brigitte Hartlaub. Aber das haben Sie ja nun schon alles gehört!"
Lisa schüttelte den Kopf. „*Alles* habe nicht gehört, ich bin heute operiert worden und habe mit mir selbst zu tun. Mein Name ist Lisa Blume."
„Nun gut, Frau Blume! Ich will jetzt schlafen, habe eine scheußliche Nacht hinter mir. Bitte verhalten Sie sich ruhig."
Lisa schluckte. „Ich werde Sie nicht stören, ich brauche selbst meine Ruhe."
„Na dann wäre das ja geklärt." Damit drehte Frau Hartlaub sich um und wandte ihr den Rücken zu.
Lisa schloss wieder die Augen und trat erneut durch die Pforte zum Land ihrer Erinnerungen.
Wieder flog die Tür auf. Schwester Luises Stimme durchschnitt die Stille wie eine Sirene. „Bettentaxi für Frau Hartlaub! Termin bei Doktor Sander! Liegen bleiben! Ich fahre Sie hin!"
„Wie es scheint, haben Sie sich auf Totenerweckung spezialisiert", brummte Lisas Bettnachbarin. „Ihre Poltrigkeit macht ja jeden Elefanten zum Leisetreter!"
„Leider hat man uns in der Ausbildung nicht auf Mimosen spezialisiert." Mit kräftigen Tritten löste Schwester Luise die Bremsen der Räder des Bettes. „Sie sollten in Zukunft mehr unter die Leute gehen, anstatt auf das Husten der Flöhe zu horchen."

„Ah, jetzt weiß ich, was Ihnen fehlt!" Frau Hartlaub klatschte in die Hände, als wollte sie sich selbst Beifall spenden. „Sie haben weder Manieren noch Gefühl in den Finger- oder Fußspitzen. Sie sollten sich einem Facharzt für Sensorik vorstellen. Zudem scheinen Sie ein Hörgerät zu benötigen, denn wenn Sie den Lärm hören könnten, den Sie selbst veranstalten, dann ..." krachend flog die Tür zu, sicher hatte Schwester Luise ihr einen Tritt versetzt. Lisa hätte dem Wortgefecht der beiden gern noch weiter zugehört, denn sie fühlte sich von ihrer Schlagfertigkeit und Spontaneität so weit entfernt wie eine Rollstuhlfahrerin von einer Zirkusartistin. Während Frau Hartlaub ganz offensichtlich den Schlagabtausch mit der jungen Schwester genoss und mit Worten jonglierte, als flögen ihr die passenden Antworten einfach so zu, fiel Lisa meist erst lange nach einem Gespräch ein, was sie hätte erwidern können. Ob sie deshalb so gerne schrieb? Beim Schreiben konnte sie sich Zeit lassen, konnte den Klang der Worte kosten und wenn er ihr nicht schmeckte, das eine durch das andere ersetzen. Auch jetzt hätte sie gern geschrieben, doch sie besaß noch immer kein Papier und keinen Stift. Also schloss sie die Augen, um sich in das Land ihrer Kindheit zurückzuziehen. Doch da öffnete sich erneut die Tür und Juliane betrat mit ihrem Mann Anton das Zimmer.

Mit ernstem Gesicht eilte Juliane auf Lisas Bett zu. „Wie geht es dir, Mutti? Das war ja ein Schreck, Gott sei Dank habe ich dich überredet, mit mir zum Arzt zu kommen, wenn ich heute keinen Termin bei der Frauenärztin gehabt hätte, wäre ich vielleicht gar nicht ..."

„Wir haben Vitamine mitgebracht", unterbrach Anton den Redestrom seiner Frau.

„Damit du genügend Abwehrkräfte hast", fügte Juliane hinzu. „Und Antons Vater war so freundlich, uns im Laden zu vertreten, damit ich nicht allein mit dem Auto hierherfahren muss."

Während Anton so viel Obst auf Lisas Nachttisch packte, als müsste er die ganze Station versorgen, setzte Juliane sich zu ihrer Mutter aufs Bett und redete weiter. „Ich hatte solche Angst um dich!"

„Beruhige dich, Juliane." Lisa nahm die Hand ihrer Tochter. „Mir geht es gut. Es tut mir leid, dass ich dir einen solchen Schreck eingejagt habe. Ja, es war gut, dass du mich überredet hast mitzukommen. Doch nun erzähl mir erst einmal von dir und eurem Baby – was hat die Frauenärztin gesagt?"

„Unserem Baby geht es gut."

„Das ist schön." Lisa blickte von ihr zu Anton. „Wir mussten viel länger als ihr auf unser erstes Baby warten. Acht lange Jahre."

„Ich weiß." Anton lächelte. „Juliane hat mir davon erzählt. Schade, dass ihr Vater so früh sterben musste."

„Ja, das war schlimm für uns." Lisa seufzte.

„Ach, ich wollte dir ja noch etwas zeigen!" Juliane holte ein Ultraschallbild aus ihrer Handtasche. „Das erste Foto deines Enkelkindes! Schau, das hier ist das Köpfchen."

Staunend folgte Lisa den ausführlichen Erklärungen ihrer Tochter, doch es dauerte eine Weile, bis sie etwas auf dem Bild erkennen konnte. „Die heutige Technik ist für mich ein Wunder, so etwas gab es früher nicht. Da gab es auch keine Herzschrittmacher und mir hätte niemand helfen können. Dank der modernen Technik und dem Können der Ärzte kann ich heute so etwas wie meinen zweiten Geburtstag feiern." Während Juliane und Anton sich nun ausführlich von der Operation berichten ließen, wurde Lisas Bettnachbarin zurück ins Zimmer gebracht. Missmutig brummte sie vor sich hin und drehte ihnen wieder den Rücken zu. Rasch beendete Lisa ihren Bericht. Juliane schien ebenfalls zu spüren, dass Frau Hartlaub nicht von ihrem Besuch begeistert war. Verstohlen streichelte sie Lisas Hand und sagte leise: „Morgen kommt Hanna. Soll sie dir noch etwas mitbringen?"

„Ich hätte gern einen Stift und Papier."

„Stift und Papier?" Anton lachte. „Willst wohl schon wieder Listen schreiben und Buchhaltung machen?"

„Tatatata!" Grinsend förderte Juliane aus ihrer Tasche einen Kugelschreiber und einen Schreibblock zutage. „Sei froh, dass du eine Tochter hast, die dich gut kennt! Und deine Bibel habe ich auch mitgebracht."

Frau Hartlaub ließ ein lautes Grunzen hören.

„Danke, dass ihr an alles gedacht habt." Lächelnd deutete Lisa auf das Obst. „Sagt Hanna bitte, dass ich nichts brauche, sonst muss mir die Klinik noch einen Extratisch stellen."

„Friede, Freude, Eierkuchen", grummelte Frau Hartlaub. „Vergessen Sie die Marmelade nicht, und das Apfelmus."

„Wie bitte?" Juliane stand auf. „Was meinen Sie? Unsere Worte schmecken Ihnen wohl nicht? Aber Sie können uns doch nicht verbieten, hier mit meiner Mutter zu reden!"

Lisa berührte Julianes Arm. „Lass gut sein, ich will keinen Streit."

„Ich auch nicht", brummte Frau Hartlaub. „Ich will nur meine Ruhe, das ist doch wohl nicht zu viel verlangt, wenn man im Krankenhaus liegt."

„Wir können uns ja etwas leiser unterhalten", sagte Lisa.

„Ich bitte darum!", fauchte Frau Hartlaub.

„Na gut." Juliane warf ihr Haar zurück und setzte sich wieder. „Aber vertreiben lasse ich mich hier nicht, es ist schließlich Besuchszeit!" Etwas leiser fuhr sie fort: „Übrigens soll ich dich von Herrn Luft, dem neuen Mieter aus dem Erdgeschoss, grüßen."

Juliane und Anton wohnten im selben Mietshaus wie Lisa. Der Altbau hatte vier Etagen. Als vor einem Jahr eine Familie aus der zweiten Etage ausgezogen war, hatten sie sich um diese Wohnung bemüht und sie auch bekommen. Anton mochte das Haus aus der Gründerzeit und Juliane freute sich, so nah bei der Mutter zu wohnen. Außerdem war diese Wohnung bedeutend preiswerter als ihre erste und lag näher an ihrem gemeinsamen Arbeitsplatz, dem kleinen Lebensmittelladen, den sie von Antons Eltern, Birgit und Manfred Clemens, übernommen hatten.

„Danke für die Grüße", sagte Lisa. „Herr Luft ist sehr nett, erst gestern Abend haben wir miteinander gesprochen. Er interessiert sich für Kunst und Kultur und ist sehr musikalisch. Früher wollte er Kapellmeister werden, aber dann kam der Krieg dazwischen."

Juliane nickte. „Nun, jedenfalls wirkte er ziemlich besorgt, als ich ihm erzählt habe, dass du im Krankenhaus bist. Wir haben uns eine Weile unterhalten, aber dann wurden wir durch Starkes Kinder unterbrochen. Sie kamen von einer Schneeballschlacht und natürlich gab es wieder Ärger mit Frau Rumpert, die sich über den Krach aufregte und …"

„Ich werde mich auch gleich über den Krach aufregen, den Sie hier veranstalten!", unterbrach Frau Hartlaub sie. „Sie hatten versprochen, leise zu reden, aber das bringen Sie wahrscheinlich gar nicht, Ihre Stimme schallt durchs Zimmer wie die eines Sportreporters."

Juliane holte tief Luft, um Frau Hartlaub eine gepfefferte Antwort zu geben, doch Anton kam ihr zuvor. „Entschuldigen Sie bitte, wir müssen jetzt eh gehen." Dann wandte er sich an Juliane: „Ich möchte nicht, dass mein Vater sich im Laden übernimmt."

„Danke für euren Besuch", sagte Lisa rasch. „Bitte grüßt Birgit und Manfred von mir. Und Herrn Luft, wenn ihr ihn seht."

Nachdem Juliane und Anton gegangen waren, fragte Lisa sich, was in Frau Hartlaub vorgehen mochte. Sicher war sie so grantig, weil sie selbst keinen Besuch bekam. Lisa konnte sich ein Leben ohne ihre Familie nicht vorstellen. Genauso wenig wie ein Leben ohne ihren Glauben an Gott. Sie richtete sich ein wenig auf und öffnete ihre Bibel. Zwischen den Seiten fand sie ihre Gebetsliste. Sie faltete das Papier auseinander, nahm den Stift und schrieb den Namen ihrer Bettnachbarin mit darauf. Dann dachte sie an all die Leute auf ihrer Liste und betete in Gedanken für sie. Schließlich faltete sie das Blatt wieder zusammen und schob es zwischen die ersten Seiten der Bibel. Anschließend blätterte sie zu Psalm 27 und fand einen ihrer Lieblingssprüche: „Der Herr ist mein Licht und mein Heil; vor wem sollte ich mich fürchten? Der Herr ist meines Lebens Kraft; vor wem sollte mir grauen?"

Lisa schloss die Augen und betete in Gedanken: *Danke Herr, denn du bist auch mein Licht und mein Heil! Das habe ich schon oft erlebt. Und heute, als es um mich ganz dunkel war, habe ich deine Nähe gespürt, wie man sie nur spüren kann, wenn man nichts mehr tun kann. Wenn man sich total ausgeliefert fühlt, wird einem bewusst, wie sehr man jemanden braucht, der größer und mächtiger ist, jemanden, der über den Dingen steht. Ja, so war es bisher immer in meinem Leben. Wenn ich ganz unten war, kamst du mir näher als je zuvor. Während der Tod mit mir tanzte, war dein Licht da, der Tod konnte es nicht auslöschen. Denn das Licht ist stärker als die Finsternis. Jede Kerze, jedes kleine Flämmchen kündet von der Kraft des Lichtes; mit einem Licht in der Hand kann man durch die finstersten Täler gehen und auch durch den*

Tunnel des Todes. Lisa öffnete die Augen, blätterte zum ersten Kapitel des Johannesevangeliums und las bis zum fünften Vers: *„Und das Licht scheint in der Finsternis, und die Finsternis hat's nicht ergriffen." Ja, ja so ist es! So ist es in der Geschichte, die Gott mit den Menschen geschrieben hat und die er noch immer schreibt; so ist es auch in meinem kleinen Leben.*
„Ihr Besuch denkt wohl, hier gäbe es nichts zu essen!" Frau Hartlaubs Stimme holte Lisa zurück ins Krankenzimmer. Mit zusammengezogenen Brauen musterte die Bettnachbarin das Obst auf Lisas Nachttisch. „Davon können Sie sich ja bis Ostern ernähren. Ich selbst ziehe es vor, diesen Ort lange vor Ostern zu verlassen!"
„Sie haben recht, meine Familie hat ein wenig übertrieben. Möchten Sie etwas davon haben?"
„Nein!" Frau Hartlaub hob abwehrend die Hände. „Ich brauche keine Almosen!"
„Dass *Sie* um Almosen betteln könnten, wäre mir nie in den Sinn gekommen." Lisa deutete mit dem Kopf auf das Obst. „Trotzdem teile ich gern mit Ihnen. Denn das alles werde ich – wie Sie schon richtig festgestellt haben – gar nicht essen können. Bitte, suchen Sie sich etwas aus!"
„Haben Sie was an den Ohren?" Frau Hartlaub zupfte ihre Bettdecke zurecht. „Ich habe doch gesagt, dass ich nichts brauche! Außerdem muss ich erst die Ergebnisse meiner Untersuchungen abwarten, bevor ich etwas esse."
„Sind Sie auch wegen Herzbeschwerden hier?"
„Das geht Sie nichts an!" Frau Hartlaub drapierte ihre Decke wie einen Brustpanzer um sich herum. „Überhaupt finde ich es nervig, wenn die Leute ihre Befindlichkeiten zur Schau tragen! Es ist, als nähmen sie an einem Wettbewerb teil unter dem Motto: *Wem geht es am schlechtesten? Und wer wird Jammerkönig?"*
Lisa zuckte mit den Schultern. „Also ich finde es richtig, wenn Leute über das sprechen, was sie bewegt. Ich meine, man muss ja nicht jedem gleich seine ganze Lebensgeschichte auf die Nase binden, aber man darf auch ruhig zugeben, dass es Dinge im Leben gibt, die man nicht allein bewältigen kann. Es kann sehr erlösend sein, Sorgen und Ängste mit anderen Menschen zu teilen."

Frau Hartlaub wechselte das Thema. „Was lesen Sie denn da für einen Wälzer? Ist das ein historischer Roman?"

„Nein, das ist meine Bibel." Damit ihre Bettnachbarin es besser sehen konnte, hob Lisa das Buch hoch.

„Eine Bibel?", stieß Frau Hartlaub verächtlich hervor. „Sie glauben doch nicht etwa an Gott?"

„Ja, ich glaube an Gott." Lisa sprach die Worte laut und deutlich, als stünde sie vor einer großen Gemeinde und legte ein Glaubensbekenntnis ab. „Und dieses Buch hat mich schon in vielen schweren Stunden getröstet."

„Alles Unsinn." Frau Hartlaub fuchtelte mit den Händen. „Nun ja, ich gehe ja auch manchmal in die Kirche, aber nur zu Konzerten oder so. Gott? Den kann es doch gar nicht geben! Wenn es einen Gott gäbe, gäbe es nicht so viel Leid auf der Welt."

Lisa fragte sich, wie oft sie diesen Satz schon gehört hatte. Was sollte sie Frau Hartlaub antworten? Auf diese Frage gab es so viele und zugleich keine Antworten. Ihre Bettnachbarin war eine Frau, die ständig andere Leute konfrontierte. Sie mochte Wortgefechte. Also antwortete Lisa mit einer Gegenfrage. „Wer verursacht denn die Kriege, Hungersnöte und Ungerechtigkeiten auf dieser Welt? Wollen Sie das alles Gott in die Schuhe schieben, vom dem Sie behaupten, es gäbe ihn nicht?"

„Das habe ich nicht gesagt!" Frau Hartlaub klopfte auf ihren Bettdeckenbrustpanzer. „Natürlich sind die egoistischen Menschen Verursacher vieler Dinge. Aber wenn es einen Gott gäbe, dann könnte er dem Menschen doch zeigen, wo es langgeht!"

„Gott hat uns ganz genau gezeigt, wo es langgeht." Lisa deutete auf die Bibel. „Er hat uns die Gebote gegeben. Viel Leid könnte vermieden werden, wenn wir Menschen uns daran hielten. Oder wenn wir es zumindest versuchen würden."

„Und warum gebietet dieser Gott den Menschen nicht Einhalt?" Frau Hartlaub richtete ihren Finger wie eine Lanze auf Lisa. „Oder besser – warum hat er die Menschen nicht so geschaffen, dass sie gar nicht erst auf dumme Gedanken kommen?"

Lisa schaute Frau Hartlaub direkt in die Augen. „Haben Sie Kinder?"

„Was soll diese Frage!" Frau Hartlaub machte eine Handbewegung, als wollte sie Lisas Worte wegwischen. „Das geht Sie gar nichts an!"
„Diese Frage hat mit der Antwort zu tun, die ich Ihnen geben möchte."
„Ich habe doch vorhin schon der Schwester gesagt, dass ich keine Kinder habe!"
„Und ich habe Ihnen gesagt, dass ich Ihr Gespräch mit der Schwester nicht belauscht habe."
„Ach, hören Sie doch auf! Sie wollen mir doch nicht weismachen, dass Sie nicht ein bisschen zugehört haben! Das ist doch zutiefst menschlich, jeder Mensch ist neugierig, besonders, wenn es um das Leid der anderen geht! Oder wollen Sie mir die fromme, brave Christin vorspielen, die über all das erhaben ist?"
Lisa spürt, wie ihr Herz schneller schlug. Warum taten ihr die spitzen Worte so weh? Warum gelang es ihr nicht, *cool* zu bleiben, wie die jungen Leute sagten? Sie holte tief Luft und entgegnete: „Ich will Ihnen gar nichts vorspielen. Kommen wir zurück zu unserem Thema. Falls Sie darüber noch reden wollen."
„Klar will ich das!", bellte Frau Hartlaub.
Lisa umklammerte mit beiden Händen ihre Bibel. „Also gut, eine andere Frage. Mit wem unterhalten Sie sich lieber? Mit einer Marionette oder mit einem Menschen?"
„Dumme Frage!" Frau Hartlaub tippte sich mit dem Finger an die Stirn. „Natürlich mit einem Menschen! Bin doch kein kleines Mädchen mehr!"
Lisa lächelte. „Damit haben Sie Ihre Frage selbst beantwortet. Als Gott den Menschen schuf, wollte er keine Marionette, die sich willenlos von ihm steuern lässt. Gott hatte Sehnsucht nach einem Gegenüber mit einem freien Willen. Ja, Gott liebt den Menschen, aber er will keine erzwungenen Lieben. Der Mensch soll selbst entscheiden, ob er Gottes Liebe erwidern möchte oder nicht. Denn was ist eine Liebe wert, die erzwungen wird?"
„Na gut, das leuchtet mir ein." Frau Hartlaub schob ihre Bettdecke ein Stück zur Seite. „Doch nun zurück zu unserem Ausgangspunkt. Abgesehen von dem Leid, das durch Menschen verursacht wird, gibt es doch auch vieles, was niemand erklären kann. Warum zum Beispiel sterben unschuldige Babys? Warum bekommen Menschen, die in ihrem Leben

viel Gutes getan haben, schlimme Krankheiten? Warum müssen manche Leute mehr schlimme Dinge erleben als andere? Denken Sie etwa, das ist Gottes Strafe?"

„Nein, das denke ich nicht", entgegnete Lisa leise. „Und eine Antwort auf diese Fragen habe ich nicht. Denn ich bin nicht Gott. Ich bin nur ein einfacher Mensch, dem es nicht gegeben ist, den allmächtigen Gott zu verstehen." Lisa zögerte einen Moment und fragte dann: „Darf ich Ihnen eine kleine Geschichte erzählen?"

„Hm, da man hier ja sowieso keine Ruhe hat und auch nichts Sinnvolles tun kann, kann ich mir Ihr Geschichtchen ja mal anhören. Aber wenn es mir zu primitiv wird, drehe ich mich auf die andere Seite und ziehe mir die Decke über den Kopf, dann können Sie meinetwegen den Spinnen etwas vorspinnen."

Ich darf nicht zulassen, dass sie mich verletzt, dachte Lisa. *Sie schießt ihre Wortpfeile ab, um sich selbst zu schützen.*

„Gut." Lisa atmete tief durch. „Ich erzähle ihnen eine Begebenheit aus meiner Kindheit! Vielleicht kennen Sie das ja auch – je älter man wird, umso öfter denkt man über die Vergangenheit nach?"

Frau Hartlaub wischte Lisas Frage mit der Hand weg. „Sie wollten was erzählen, fangen Sie an!"

Also begann Lisa zu erzählen:

„Als kleines Mädchen wanderte ich einmal mit meinen Großeltern und einem Ehepaar aus dem Nachbarhaus durch den Wald. Während die Frauen lautstark schwatzten, schnitzte Opa für mich ein Muster in einen Stock. Irgendwann stellte ich fest, dass Oma mit der Nachbarsfrau am Wegrand stehen geblieben war. Ich rannte zurück zu den beiden Frauen und entdeckte einen großen Ameisenhaufen, an dem ich mit den Männern achtlos vorbeigegangen war. Oma und ihre Nachbarin waren in ein Gespräch vertieft.

,Sieh dir diese Ameisen an', sagte Oma. ,Sie sind winzig klein und doch beherrschen sie ihre kleine Welt so gut, dass man nur staunen kann.'

Während ich mich hinhockte, um die kleinen Tierchen besser beobachten zu können, antwortete die Nachbarsfrau: ,Das ist wahr. Aber es ist kein Beweis für die Existenz Gottes.'

‚Für mich schon', entgegnete Oma. ‚Aus meiner Sicht kann das alles kein Zufall sein.'

Da merkte ich, dass einige Ameisen anfingen, über meinen Schuh zu klettern. Rasch sprang ich auf und stampfte mit den Füßen, um die Ameisen abzuschütteln.

Oma lachte. ‚Ach Lisa, du hast dich auf einer Ameisenstraße niedergelassen. Die kleinen Krabbeltiere halten deine Füße für ein Hindernis, das sie überwinden müssen.'

‚Ein Hindernis?' Ratlos schaute ich Oma an. ‚Aber ich bin doch kein Hindernis! Ich bin ein Mädchen! Und ich mag es gar nicht, wenn die Ameisen an mir rumkrabbeln!'

‚Natürlich bist du ein Mädchen, aber die Ameisen wissen das nicht. Sie sind nicht so klug wie du.'

Ich entdeckte mehrere Ameisen, die einen Käfer wegschleppten. ‚Komisch. Wie es aussieht, wissen die Ameisen aber, was ein Käfer ist. Sie töten ihn und tragen ihn fort. Aber dass ich ein Mensch bin, wissen sie nicht. Sonst würden sie bestimmt vor mir ausreißen. Weil ich viel größer bin als sie.'

‚Du hast recht, Lisa.' Oma strich mir übers Haar. ‚Wenn sie wüssten, dass du ein Mensch bist, würden sie fliehen. Denn es gibt Menschen, die Ameisen töten.'

Nun wandte sich die Nachbarsfrau mir ebenfalls zu. ‚Manche zerstören auch die Wohnung der Ameisen. Gut, in meinem Gemüsebeet mag ich diese Tierchen auch nicht haben, aber so ein Ameisenhaufen im Wald stört doch keinen. Und er ist ein Wunderwerk und erinnert mich an eine mittelalterliche Burg mit vielen Geheimgängen, Kammern und Kellern.'

Bevor ich mich erneut hinhockte, prüfte ich genau, wo die Ameisen entlangliefen. Ich entdeckte fünf Straßen, die in verschiedene Richtungen führten. Überall herrschte ein Betrieb wie zum Markttag in Gera. Ich sagte zu zwei Ameisen, die eine Kiefernnadel transportierten: ‚Vor uns braucht ihr keine Angst zu haben. Macht ruhig weiter eure Arbeit. wir werden euch nichts tun. Aber ich würde gern mal in euer Haus hineinschauen. Leider bin ich viel zu groß dazu.'

Oma wandte sich wieder der Nachbarsfrau zu. ‚Glaubst du, dass eine Ameise – wenn sie es wollte – verstehen könnte, wer oder was ein Mensch ist? Ein Mensch in seiner ganzen Komplexität, mit seinen Gedanken, seiner Seele, seinen Wünschen und Hoffnungen, seinen Gefühlen und Taten?'

‚Natürlich nicht!', antwortete die Frau wie aus der Pistole geschossen. ‚Das Ameisengehirn ist viel zu klein dazu.'

‚Aber wir Menschen maßen uns an, Gott verstehen und erklären zu wollen.' Oma fasste sich so schwungvoll an die Stirn, dass sie dabei fast ihren Hut herunterstieß. ‚Dabei ist unser Verstand gegenüber der Allmacht Gottes sicher nicht größer als der Verstand einer Ameise gegenüber der Intelligenz des Menschen.'

Obwohl ich damals nicht alles begriff, was die beiden Frauen besprachen, beeindruckte mich der Vergleich mit der Ameise. Deshalb malte ich daheim ein Bild von dem Ameisenhaufen. Mutter bewahrte dieses Bild für mich auf. Und immer wenn ich es mir anschaute, dachte ich an diesen Ausflug und Omas Worte. Es ist eine der wenigen Zeichnungen aus meiner Kindheit, die ich mir zur Erinnerung aufgehoben habe."

Leider kam Frau Hartlaub nicht dazu, auf diese Geschichte zu antworten. Schwester Luise stürmte mit einem tragbaren Telefon ins Zimmer und tönte: „Anruf für Frau Blume! Normalerweise weigere ich mich, hier auch noch als Telefondienst zu arbeiten, aber in Ihrem Fall mache ich heute eine Ausnahme!"

„Pah, Ausnahme!", schnaubte Frau Hartlaub. „Das ist ja wohl das Mindeste!"

„Danke." Lisa nahm der Schwester das tragbare Telefon ab und meldete sich.

Kurz darauf hörte sie die Stimme ihrer jüngeren Tochter. „Hallo Mutti, wie geht es dir?"

„Alles gut, Hanna, bitte mach dir keine Sorgen!"

„Ich war so erschrocken, als Julchen mir alles erzählt hat!"

„Ja, es tut mir leid, dass ich euch so einen Schreck eingejagt habe. Inzwischen geht es mir gut, die Operation war gar nicht schlimm, ich hätte nicht gedacht, dass das so schnell geht."

„Gott sei Dank! Jetzt habe ich in der Schule meine Vertretung geregelt, morgen komme ich dich besuchen. Was soll ich mitbringen?"
„Ich brauche nichts. Juliane und Anton haben mich schon mit Obst versorgt ... höchstens ..."
„Was?"
„Briefumschläge und Blaupapier."
„Du meinst sicher Durchschreibepapier?"
„Ja, Durchschreibepapier, Blaupapier oder Kohlepapier."
„Aber wozu brauchst du im Krankenhaus Durchschreibepapier?"
„Das erkläre ich dir später."
„Ich hab dich lieb, Mutti."
„Ich dich auch, Hanna."
Während Lisa das Telefon zurückgab, schimpfte Frau Hartlaub weiter auf Schwester Luise ein. „Unverschämtheit! Sie besitzen also tatsächlich die Frechheit, das Gespräch von Frau Blume zu belauschen!"
„Belauschen?" Die junge Schwester lachte. „Ich finde nicht, dass sie geflüstert hat."
„Es gehört sich einfach nicht, neben jemandem, der gerade telefoniert, so herumzulungern!", lärmte Lisas Bettnachbarin. „Ich finde es schon schlimm genug, dass hier noch Zustände herrschen wie in der tiefsten DDR-Zeit! Im Westen gibt es so etwas nicht, da bekommt jeder Patient ein Telefon und das Personal ist nett und freundlich, sonst wird es gefeuert! Leute wie Sie ..."
Krachend flog die Tür ins Schloss. Schwester Luise hatte ohne weitere Kommentare das Zimmer verlassen.
„Ich werde mich über diese Person beschweren", brummte Frau Hartlaub. „Und jetzt will ich mich endlich ausruhen! Hier ist ja mehr Radau als auf dem Dresdner Hauptbahnhof! Und das soll eine Klinik sein!" Damit drehte sie Lisa den Rücken zu und zog sich die Bettdecke übers Ohr.
Lisa beschloss, die Stille zum Schreiben zu nutzen. Gedanken und Gefühle kamen und gingen wie Meereswogen, man konnte sie nicht festhalten – es sei denn, man schrieb sie auf. Sie musste damit anfangen, bevor alles wieder davongespült wurde. Vorsichtig angelte sie nach Stift und Papier, um den ersten Brief an ihre Töchter zu schreiben.

Meine lieben Kinder,
ihr wisst, dass ich schon immer gern Briefe geschrieben habe. Das geschriebene Wort ist nicht so flüchtig wie das gesprochene Wort. Man kann es bedenken, bevor man es aufschreibt, und der Empfänger kann es mehrmals lesen, wenn er möchte. Wenn er den Brief aufhebt, kann er ihn sogar noch lesen, wenn der Schreiber längst nicht mehr da ist.
Dieser Tag heute ist so etwas wie ein Geburtstag für mich. (Der „zweite" mag ich nicht schreiben, denn ich bin nicht sicher, wie viele Male im Leben ich schon knapp am Tod vorbeigeschrammt bin.)
Nun ja, jedenfalls war die Operation heute der Beginn meines restlichen Lebens.
Ihr glaubt gar nicht, was alles in einem Menschen vorgeht, wenn ihm der Tod so nahe kommt! Unzählige Gefühle und Gedanken, die ich unmöglich alle beschreiben kann. Am meisten beschäftigt haben mich die Fragen: „Wo gehe ich hin? Was ist die Summe meines Lebens? Was bleibt, wenn ich gehe?"
Ich habe mir vorgenommen, diesen Fragen nachzugehen. Ich werde Listen schreiben. Und Briefe. Briefe, in denen ich euch an meinen Gedanken teilhaben lasse. Ihr könnt diese Briefe wegwerfen oder aufheben – ganz wie ihr wollt. Diese Briefe werden nicht nur Botschaften an euch sein, sondern sie werden mir auch helfen, meine Gedanken zu ordnen und Wichtiges von Unwichtigem zu trennen. Also schreibe ich sie nicht nur für euch, sondern auch für mich.
Heute, am ersten Tag meines neuen Lebens, möchte ich damit beginnen.
1. Liebe Juliane, liebe Hanna, ich habe euch lieb. Ich bin glücklich, dass ich euch habe. Es gibt auf dieser Erde nichts, was wertvoller für mich ist. Ihr seid das kostbarste Geschenk, das Gott mir gemacht hat.
2. Mir ist bewusst, dass ich viele Fehler gemacht habe – ich habe euch unrecht getan. Jede Mutter macht Fehler – leider ist das nun mal so im Leben. Bitte verzeiht mir!
Und seid immer gewiss, dass auch ich euch verzeihe – ganz gleich, was ihr glaubt, nicht richtig gemacht zu haben. Merkt euch das gut!
Ihr wisst, dass ich schon oft in meinem Leben die liebsten Menschen loslassen musste. Und jedes Mal kamen danach – neben der Trauer – die Schuldgefühle. Wie oft habe ich mir gewünscht, die Zeit zurückdrehen zu können! Nur

noch einmal mit dem Verstorbenen reden, ihm etwas Liebes sagen, ihn um Vergebung bitten oder ihm selbst meine Vergebung zusprechen zu können.
Ich bin keine Psychologin, nehme aber an, dass andere Menschen das ebenso erleben. Niemand ist vollkommen, niemand kann anderen ganz gerecht werden, ganz egal, wie sehr er sich darum bemüht. Der Tod eines lieben Menschen ist endgültig und unumkehrbar. Er macht uns bewusst, dass wir nun nichts mehr für diesen Menschen tun können. Wir können nichts mehr wiedergutmachen, ihm nichts mehr sagen.
Also schreibt es euch auf, rahmt es ein oder was auch immer, aber vergesst es nicht: „Ich verzeihe euch! Alles!"
Ich bin so froh, dass der Tod noch einmal an mir vorübergegangen ist, froh, dass ich euch das jetzt sagen kann. Es gilt jetzt – und für immer!
3. Ich bin froh, dass Gott mich gefunden hat. Wenn man stirbt, ist man ganz allein. Kein Mensch kann diesen letzten Weg mitgehen. Dennoch gibt es jemanden, der mich auf meinem letzten Weg begleiten kann – Jesus. Als ich an der Schwelle des Todes stand, habe ich die Nähe Jesu gespürt. So etwas kann man nicht mit Worten beschreiben, das kann man nur erleben. Während meines Tanzes mit dem Tod war Jesus mir ganz nahe. Ich wusste: Nichts und niemand kann mich von ihm trennen. Deshalb ist dieser letzte Weg keine Sackgasse, sondern ein Tunnel. Ein Tunnel oder ein finsteres Tal, durch das Gott mich begleitet, wie es im Psalm 23 beschrieben wird. Der Tod kann mir alles nehmen, er kann mich von allem trennen, aber von Jesus Christus kann er mich nicht trennen.
Paulus hat dazu im Brief an die Römer, Kapitel 8,38–39, sehr treffende Worte gefunden, mit denen ich meine heutige Botschaft an euch abschließen möchte: „Denn ich bin gewiss, dass weder Tod noch Leben, weder Engel noch Mächte noch Gewalten, weder Gegenwärtiges noch Zukünftiges, weder Hohes noch Tiefes noch irgendeine andere Kreatur uns scheiden kann von der Liebe Gottes, die in Christus Jesus ist, unserem Herrn."
Eure Mutter

Da Frau Hartlaub sich noch immer ruhig verhielt, beschloss Lisa, nun noch mit ihrer Liste zu beginnen. Sie hatte in ihrem Leben schon viele Listen geschrieben. Listen halfen ihr, Ordnung in ihre Gedanken zu bringen, und gaben ihr das Gefühl von Sicherheit. In der Regel fiel es ihr nicht schwer, eine Liste anzufangen, doch diesmal war es anders. Weil diese Liste eine andere war. Lisa seufzte, lehnte sich zurück und schloss die Augen.

Wie sollte eine einzige Liste all das fassen, was wie ein Wirbelsturm durch ihr Inneres tobte? All die Gefühle, Fragen, Erkenntnisse und Pläne – alles, was der Tanz mit dem Tod aufgewühlt hatte! Nein, das alles konnte sie nicht auf einer einzigen Liste unterbringen, das war unmöglich – selbst wenn die Liste die Größe einer großen Hauswand hätte. Sie brauchte mehrere Listen.

Ein Stichwort drängte sich sofort in den Vordergrund, war es doch in den letzten Stunden zum Brennpunkt ihres Lebens geworden. Rasch begann sie zu schreiben:

1. Der Tod
- *Was ist das – der Tod?*
- *Wohin geht ein Mensch, wenn er stirbt?*
- *Was trägt?*
- *Was bleibt, wenn ein Mensch geht?*

Sie hielt inne und wiederholte in Gedanken die letzte Frage: *„Was bleibt, wenn ein Mensch geht?"* Gehört dieser letzte Punkt zum Tod? Gehört er nicht eher zum Sinn des Lebens? Hm, genau genommen gehört er zu beiden Bereichen. Denn schließlich ist der Tod ein Teil des Lebens. Dennoch leben wir oft, *als gäbe es den Tod nicht.*

Sie nahm ein neues Blatt, schrieb die nächste Überschrift und weitere Fragen:

2. Der Sinn des Lebens

Was ist wichtig für mein Leben?

Einige Antworten lagen direkt obenauf, sie schrien regelrecht danach, aufgeschrieben zu werden. Während ihres Tanzes mit dem Tod hatte sie unablässig an ihre Töchter gedacht, denn sie waren das Wertvollste, was sie besaß. Und sie hatte gebetet. Also vermerkte sie auf ihrer Liste:

- ***Beziehungen***
  - *Familie*

Dann schrieb sie weiter:

  - *Freunde*
  - *Bekannte*
  - *Geschwister aus der Kirchgemeinde*
  - *Gott*

- ***Pläne und Träume – was ich noch tun will***
  - *Gedanken, Gefühle und Erlebnisse festhalten durch Schreiben (Geschriebenes bleibt da, wenn ich gehe.)*
  - *die schönen Momente des Lebens bewusst wahrnehmen*
  - *mein Leben ordnen*

Lisa hielt inne und überlegte eine Weile. Dann begann sie noch eine Liste.

- ***Prüfen***
  - *was sortiert werden muss*
  - *was ich loslassen muss*
  - *was ich hinterlassen möchte, wenn ich gehe*
  - *wen ich um Vergebung bitten muss*

Nachdenklich wiegte sie den Kopf. Manches ließ sich schwer einordnen und voneinander abgrenzen. Die Frage nach der Vergebung war mit den Beziehungen verknüpft. Ja, wie es schien, hatte jeder Bereich ihres Lebens etwas mit Beziehungen zu tun. Denn welchen Sinn hätte das Leben, wenn es nur für sich allein gelebt würde? Was bliebe dann nach dem Tod? Und die Beziehungen wiederum hatten Einfluss auf das, was sie noch schaffen wollte. Denn wozu sollte sie beispielsweise schreiben, wenn es später doch keiner las? Ähnlich verhielt es sich mit den anderen Aufgaben, die sie vor sich sah. Dennoch – sie wollte es mit diesen Listen versuchen. Listen hatten ihr schon immer geholfen, ihr Leben zu ordnen und in den Griff zu bekommen. Anderen Menschen mochte anderes helfen, sie aber musste ihren persönlichen Weg finden. Auch die Briefe und die Listen würden miteinander verknüpft sein. Vielleicht sollte sie auf ihren Listen vermerken, welche Themen sie bereits in den Briefen angesprochen hatte? Die Listen wären dann gleichzeitig so etwas wie ein Stichwortverzeichnis und konnten ihr helfen, den Überblick über die Themen der Briefe zu behalten.

Sorgfältig riss Lisa die beschriebenen Blätter von ihrem Block ab. Dabei blieb ihr Blick an einer Frage hängen. *Was ist das – der Tod?* Gab es darauf überhaupt eine allgemeingültige Antwort? Manche Menschen hielten den Tod für das Ende, nach dem das große Nichts kam. Andere glaubten an die ewige Wiederkehr allen Lebens. Wieder andere an ein Leben nach dem Tod für alle. Und wieder andere meinten ... Sie schüttelte den Kopf. Nein, diese Überlegungen führten zu weit! Wahrscheinlich musste jeder Mensch seine eigenen Antworten auf diese Fragen finden. Sie glaubte an den dreieinigen Gott – schon oft hatte sie erlebt, dass dieser Glaube sie trug.

Also schrieb sie ihre ersten Antworten unter das große Thema Nummer eins:

1. Der Tod
Was ist das – der Tod?
- o gehört zum Leben
- o ein großes Geheimnis, nur bruchstückhaft zu begreifen
- o kann nur subjektiv betrachtet werden

Was mir persönlich hilft zu verstehen, was der Tod ist.
Sie überlegte erneut und fing an, eine Tabelle zu zeichnen.

Bilder und Vergleiche	Quelle	Meine Aufzeichnungen
Tunnel		Brief 1 an meine Kinder
das finstere Tal/ Tal der Todesschatten	die Bibel, Psalm 23	Brief 1 an meine Kinder
das Bild der Eiche im Herbst: Sie hält einige Blätter fest, sie lässt sie erst los, wenn nach dem Winter (das Symbol des Todes) der Frühling (neues Leben) kommt.	die Natur	

Lisa nickte zufrieden. Im Laufe der Zeit würde sie ihre Listen weiter ergänzen. Jetzt kam es erst einmal darauf an, die Gedanken festzuhalten, die ihr durch den Kopf wirbelten. Dabei drängte sich ihr eine neue Frage auf.
Was kann den Glauben eines Menschen wecken und stärken?
Das war wieder ein Punkt der Überschneidungen. Er passte zu ihrer Frage nach dem Tod und zu der nach dem Sinn des Lebens.
Wie sollte sie das alles nur ordnen? Mit gerunzelter Stirn nahm sie das nächste Blatt zur Hand und schrieb diese Frage dort auf.

Erneut polterte Schwester Luise ins Zimmer und blieb diesmal vor Lisas Bett stehen. „Na, was ist Frau Blume, wollen wir mal einen Ausflug zur Toilette starten?"

Lisa legte ihre Schreibsachen auf den Nachttisch. „Darf ich denn schon aufstehen?"

„Dürfen?" Schwester Luise lachte. „Sie *sollen* aufstehen! Wer rastet, der rostet!"

„Von Rasten kann ja hier wohl keine Rede sein!" Frau Hartlaub wandte sich um. „Das soll eine Klinik sein? Von früh bis spät wird man aus dem Schlaf gerissen und herumgescheucht wie ein Huhn. Wer noch keine Herzprobleme hat, bekommt hier welche, aber das gehört vielleicht zu Ihrer Strategie der Arbeitsbeschaffung."

„Was regen Sie sich schon wieder auf, ich will doch gar nichts von Ihnen", antwortete Schwester Luise, während sie Lisa aufhalf. Zwar fühlte Lisa sich noch etwas schwach, doch war es ein schönes Gefühl, wieder laufen zu können.

Auf dem Rückweg von der Toilette kam ihnen ein Patient im Bademantel entgegen, der Lisa irgendwie bekannt vorkam. Er musste ungefähr so alt sein wie sie, hatte grau meliertes, etwas zu langes Haar und kornblumenblaue Augen. Während sie noch überlegte, wann und wo sie ihm schon einmal begegnet war, blieb der Mann stehen, schaute sie mit gerunzelter Stirn an und fragte schließlich: „Lisa? Entschuldigung, bist du … sind Sie … Lisa Sommerschuh?"

„Sommerschuh war mein Mädchenname." Lisa blieb ebenfalls stehen und kramte weiter in ihrem Gedächtnis nach dem Gesicht und der Stimme des Mannes.

„Sie kennen sich?" Schwester Luise trat ungeduldig von einem Bein auf das andere.

Lächelnd nickte der Patient. „Wir haben als Kinder im selben Haus gewohnt. Du hast immer noch deine dunklen Haare, Lisa und … "

„Max? Bist du das?" Lisa riss die Augen auf. „Der Vater meiner Puppen?" Ihr Herz schlug plötzlich so heftig, als wollte es an einem Wettbewerb teilnehmen.

„Ja, der bin ich. Max Zimmermann." Er deutete eine Verbeugung an.

„Der Vater deiner Puppen und Hundebabys."
„Ach ja, die Hundebabys." Lisa kicherte. „Wir haben sie in meinem Puppenwagen ausgefahren und hatten uns dazu fein angezogen. Du trugst den alten Frack deines Großvaters und ich einen Wintermantel."
„Und das mitten im Sommer." Max blies die Backen auf, pustete, fuhr sich über die Stirn und fächelte sich Luft zu, als wäre eine Hitzewelle über den Flur der Klinik hereingebrochen.
„Ja, das waren noch Zeiten", seufzte Lisa. „Schade, dass wir uns durch den Krieg aus den Augen verloren haben."
Auf einmal blickte Max sie an, als hätte sie ihm eine Ohrfeige verpasst.
„Also das ... das ... ähm, das lag nicht am Krieg, das ..."
„Stopp!" Schwester Luise hob abwehrend die Hand. „Ich finde Ihre Geschichte ja ganz spannend, aber leider habe ich keine Zeit für einen Erinnerungs-Talk im Flur. Ich bringe Sie in die Aufenthaltsecke. Dort können Sie gemeinsam in der Vergangenheit schwelgen und ..."
„Das geht leider nicht." Max tippte auf seine Armbanduhr. „Termin bei Dr. Büttner."
Jetzt, wo sie Max nach so vielen Jahren wiedergetroffen hatte, wollte Lisa ihn nicht wieder verlieren. Vielleicht war diese Begegnung ja mehr als ein Zufall? „Wir könnten uns für später verabreden", schlug sie rasch vor. „Nach deinem Termin ..."
„Daraus wird nichts, Frau Blume", tönte Schwester Luise. „Gleich gibt es Abendessen. Und dann müssen Sie im Bett bleiben, weil Doktor Sander noch einmal vorbeikommen will. Verabreden Sie sich doch für morgen."
„Blume?" Max hob eine Augenbraue und grinste genauso schief, wie er das als kleiner Junge getan hatte. „Dann ist aus dem Sommerschuh also eine Blume geworden?"
Schwester Luise räusperte sich vernehmbar. „Doktor Büttner legt großen Wert auf Pünktlichkeit!"
„Gut, dann schlage ich morgen um zehn Uhr vor", sagte Max. „Da dürfte die Visite vorbei sein."
So kam es, dass sich Lisa am ersten Tag ihres neuen Lebens zu einem Date mit ihrem ehemaligen Spielfreund verabredete. Als sie wieder im Bett lag, musste sie noch einmal daran denken, wie betroffen Max auf

einmal ausgesehen hatte. Danach hatte er sich zwar rasch wieder gefangen, aber irgendetwas an ihren Worten musste ihn verletzt haben. Bevor sie weiter darüber nachdenken konnte, brummte Frau Hartlaub: „Na, haben Sie Ihren Ausflug mit der kleinen Giftnudel genossen?"
„Giftnudel? Ich habe keine Giftnudel getroffen, nur Schwester Luise und einen ..." Lisa atmete tief durch. „... einen Freund aus meiner Kindheit."
„Was?" Frau Hartlaub fuhr in ihrem Bett auf. „Einen Freund? Auf der Toilette? Das klingt ja wie aus einem Kitschroman!"
„Nein, natürlich habe ich ihn *nicht* auf der Toilette getroffen, sondern auf dem Flur. Zufällig", nachdenklich fuhr Lisa sich durchs Haar, „oder auch nicht zufällig. Denn eigentlich glaube ich nicht an Zufälle."
„Ja und?" Ihre Bettnachbarin machte eine Handbewegung wie eine ungeduldige Lehrerin, die noch mehr Informationen aus ihrer Schülerin herausholen wollte. „Was hat er gesagt? Ist er attraktiv? Sitzt er schon im Rollstuhl? Hat er alle Haare verloren oder einen dicken Bauch bekommen? Oder ist er einer von denen, die nie erwachsen werden?"
Lisa musste lachen. „Was Sie alles wissen wollen! Sie sind ja neugieriger als ein Kind vor der Weihnachtsbescherung!"
„Sie haben recht, es geht mich nichts an." Frau Hartlaub verschränkte die Arme vor der Brust und zog die Brauen zusammen. „Trotzdem müssen Sie mich nicht beschimpfen und neugierig nennen! Schließlich haben *Sie* angefangen, mir von Ihrer Sandkastenliebe zu erzählen."
„So habe ich das doch gar nicht gemeint!" Lisa atmete tief durch. „Ich wollte Sie nicht angreifen, der Vergleich mit Weihnachten sollte ein Spaß sein!"
„Komischer Spaß." Frau Hartlaub musterte ihre Bettdecke, als würde darauf ein spannender Film projiziert, von dem sie keine einzige Sekunde verpassen wollte. „Möchte wissen, was daran lustig sein soll, wenn man als neugierige Alte betitelt wird!"
„Tut mir leid, wenn ich Sie verletzt habe." Lisa seufzte. „Aber den Titel *Alte* habe ich niemandem verliehen ... und für das *neugierig* bitte ich Sie um Entschuldigung. Der Vergleich mit Weihnachten ist mir im Überschwang rausgerutscht."

Frau Hartlaub brummte: „Muss ja ein toller Hecht sein, wenn Sie sich so überschwänglich über sein Erscheinen freuen." Mit ihren vor der Brust verschränkten Armen und dem Schmollmund glich sie einem Kind, dem man das Spielzeug weggenommen hatte.
Lisa beschloss, sich nicht von ihrer schlechten Laune anstecken zu lassen, und plauderte weiter. „Natürlich freue ich mich, ihn nach so vielen Jahren wiederzusehen. Dabei ist mir nicht wichtig, wie er aussieht. Selbst wenn er inzwischen einen dicken Bauch oder keine Haare mehr hätte, würde ich mich freuen. Schließlich verbindet uns ein Stück gemeinsame Vergangenheit."
Sie wartete eine Weile, doch da ihre Bettnachbarin beharrlich schwieg, fuhr sie fort: „Meine Freude bezog sich nicht nur auf das überraschende Zusammentreffen mit diesem Mann, sondern auch auf Sie."
„Was?" Frau Hartlaub fuhr auf. „Wieso auf mich?"
Nur nichts Falsches sagen jetzt, nicht wieder etwas Falsches sagen, dachte Lisa. „Nun, Ihre ... ähm ... Ihre impulsive Reaktion, das war so ... so erfrischend wie ... also genau genommen hat mich Ihre Reaktion an meine Jugend erinnert ... an Gespräche mit meiner besten Freundin über ..."
„... über Jungs?" Frau Hartlaub lächelte, aber nur mit dem linken Mundwinkel, als könnte sie sich nicht richtig entscheiden.
„Ja." Lisa nickte. „Und um noch einmal auf Ihre Frage zurückzukommen ... Max sitzt weder im Rollstuhl, noch hat er einen allzu dicken Bauch oder eine Glatze ... er ist ein ganz normaler Mann mit grau meliertem Haar ... ob er attraktiv ist ... hm ... das kann ich nicht so genau sagen, er trug einen Bademantel und war auch nicht besonders gründlich rasiert, aber was besagt das schon im Krankenhaus."
„Stimmt! Bademantel und Dreitagebart besagen nichts, wenn man im Krankenhaus ist." Diesmal lächelte Frau Hartlaub mit dem ganzen Mund. „Und so genau wollte ich es auch gar nicht wissen. Aber ", sie räusperte sich, „also ... ähm, mir tut es auch leid, dass ich so ... na ja ... so empfindlich reagiert habe. Dieses Krankenhaus ... meine Krankheit ... das Altwerden ... das lässt sich eben nicht so leicht wegstecken. Und der ... also der Vergleich mit der Freundin aus Jugendtagen, also der gefällt mir."
Nach dem Abendessen fragte Frau Hartlaub: „Darf ich mir mal Ihren di-

cken Wälzer ausborgen? Nicht dass ich scharf darauf wäre – aber das ist vielleicht doch noch ein winziges bisschen besser, als sich krampfhaft zu bemühen, ein Arztgespräch, das einen nichts angeht, zu überhören."
„Sehr gern."
Kaum hatte Lisa ihrer Bettnachbarin die Bibel gereicht, rauschte Dr. Sander herein und erkundigte sich nach ihrem Ergehen. Unterdessen blätterte Frau Hartlaub demonstrativ in der Bibel und verweilte mal auf dieser und mal auf jener Seite. Plötzlich rutschte Lisas Gebetsliste aus dem Buch und landete mit der Falzkante auf Frau Hartlaubs Bettdecke. Dabei faltete sich das Blatt auf, als wollte es unbedingt gelesen werden. Und unten auf der Liste stand Frau Hartlaubs Name.
Lisa spürte, wie ihr Herz anfing zu rasen. Es fiel ihr schwer, sich auf die Worte des Arztes zu konzentrieren. Wie konnte sie nur so dumm sein, ihre Gebetsliste in der Bibel zu lassen! Schon knallte Frau Hartlaub das Buch auf den Nachttisch und brummelte wütend vor sich hin. Die Gebetsliste behielt sie auf ihrem Bett und warf Lisa so finstere Blicke zu, als hätte sie diese soeben beim Diebstahl ihrer Geldbörse erwischt. Doktor Sanders ließ sich nicht anmerken, ob ihm das sonderbare Benehmen von Frau Hartlaub auffiel, mit sachlicher Stimme stellte er seine Fragen und vermerkte Lisas Antworten auf einem Blatt Papier. Kaum hatte er die Tür hinter sich geschlossen, explodierte Lisas Bettnachbarin. „Was ist das für eine Liste? Und wieso steht mein Name darauf? Mein NAME!"
Lisa atmete tief durch. „Bitte, Frau Hartlaub, bitte beruhigen Sie sich, lassen Sie mich erklären ..."
„Ich soll mich beruhigen?", schrie sie und stach mit dem Finger in die Luft. „Wie soll ich mich beruhigen, wenn ich meinen Namen auf einer LISTE finde? Ich habe mir ja gleich gedacht, dass die Stasi trotz der Wende noch weiterarbeitet, aber dass man mich hier in einer Klinik beschatten würde, das..."
„Das ist Unsinn!", unterbrach Lisa sie mit fester Stimme. „Ich will es Ihnen erklären, bitte beruhigen ..."
„Beruhigen, beruhigen", äffte Frau Hartlaub sie nach. „Reden Sie nicht mit mir, als wäre ich eine durchgeknallte Psychopathin! Hier steht mein

Name – schwarz auf weiß!" Sie wedelte so heftig mit der Liste, dass Lisa befürchtete, sie könnte diese jeden Moment zerreißen. „Ich hätte das ja gar nicht gesehen, schließlich bin ich nicht so eine, die in fremden Sachen herumschnüffelt, aber dieser Zettel ist mir ja geradezu vor die Nase geflattert und mein Name ist mir ins Auge gesprungen wie ein Feuerball am Himmel! Es mag ja sein, dass ich älter aussehe, als ich bin, und es mag sein, dass andere in meinem Alter dement vor sich hin dämmern, aber mir können Sie nichts vormachen, ich erfasse so etwas mit einem Blick, verstehen Sie, mit einem Blick! Da brauche ich gar nicht zu schnüffeln, ich sehe ihn sofort, es ist MEIN NAME! "
Lisa sprach etwas lauter: „Ja, ich will Ihnen ja gerade erklären, warum ..."
„Ha, und das in einer Klinik", unterbrach Frau Hartlaub sie. „Eine Spionin, das hier ist der Beweis, in einer Bibel versteckt! Das ist ..."
Lisa klatschte in die Hände „So hören Sie mir doch endlich einmal zu!"
„Sie können reden, was sie wollen, ich sehe, was ich sehe!" Frau Hartlaub warf das Papier auf ihre Bettdecke und stieß mehrmals mit dem Finger darauf. „Mein Name! Auf dieser Liste! MEIN NAME! Ich werde sofort eine Verlegung in ein anderes Zimmer verlangen, sofort! Das kann doch nicht wahr sein, Sie sind von der Stasi, ganz sicher sind Sie das, anders kann es gar nicht sein, warum sollten Sie sonst diese Namen ..."
„Was ist denn hier los?", donnerte auf einmal Doktor Sanders Stimme von der Tür her. „Kaum verlässt man die Patienten, schon streiten sie sich wie die Raben. Und das in der Kardiologie! Meine Damen, ich muss doch sehr bitten, Sie dürfen sich nicht so aufregen!"
„Nicht aufregen? Wie soll ich mich nicht aufregen, wenn meine Bettnachbarin mich bespitzelt? „Sehen Sie doch, diese Liste, die stammt von ihr! Und auf der Liste steht mein Name!" Frau Hartlaub stieß mit dem Finger auf das Papier ein. „Ich bin sicher, dass die Stasi noch arbeitet, und diese Frau ... ich will sofort hier raus, ich verlange ein anderes Zimmer! Und dann rufe ich meinen Anwalt an, jawohl, meinen Anwalt!"
Der Arzt trat zwischen die Betten und hob beschwichtigend die Hände. „Ruhig, Frau Hartlaub, ruhig! Wenn Sie sich so aufregen, muss ich Sie mitnehmen und ein EKG machen."

Frau Hartlaub schnaubte verächtlich. „Nehmen Sie lieber diese ... diese Stasi-Frau mit! Schauen Sie hier ... hier auf der Liste steht mein Name!"

„Das glaube ich Ihnen ja." Doktor Sanders atmete tief durch. „Aber lassen Sie doch Frau Blume einfach mal zu Wort kommen! Sicher wird sie Ihnen erklären, was es mit dieser Liste auf sich hat."

„Ja, die Liste ist ...", begann Lisa, wurde aber sofort wieder von ihrer Bettnachbarin unterbrochen. „Ha, erklären! Das ich nicht lache!" Frau Hartlaub wedelte mit dem Blatt Papier wie mit einer Fahne. „Schauen Sie sich die Liste an, Doktor! Lesen Sie! Lauter Namen mit irgendwelchen geheimnisvollen Beschreibungen dahinter! Nur hinter meinem Namen steht nichts weiter, wahrscheinlich hat sie es nicht geschafft, mich noch weiter auszuhorchen und ..."

Mehrmals versuchte Lisa, den Redestrom ihrer Bettnachbarin zu unterbrechen, doch die schimpfte weiter, als hörte sie deren Stimme gar nicht.

Endlich nahm der Arzt der aufgebrachten Frau die Liste ab, warf einen kurzen Blick darauf und schaute dann Lisa fragend an. „Darf ich das lesen?"

Lisa nickte.

„Nun bin ich aber gespannt, welche Lüge sie Ihnen erzählt, Herr Doktor", keifte Frau Hartlaub. „Darauf bin ich wirklich sehr gespannt, denn es kann ja nur eine Lüge sein, was sollte es sonst ..."

„Bitte, Frau Hartlaub!", mahnte Doktor Sanders bestimmt und hob die Hand. „Ich möchte hören, was Frau Blume zu sagen hat."

Lisa warf dem Arzt einen dankbaren Blick zu und begann: „Ich glaube an Gott und ich habe einen Listentick. Das da ist meine Gebetsliste. Wie Sie sehen, steht ganz oben der Name meiner ältesten Tochter. *Juliane*. Dahinter steht *Schwangerschaft*. Meine Tochter erwartet ein Baby, heute hat sie mir das erste Ultraschallbild meines Enkelkindes gezeigt!"

Da Doktor Sanders schwieg und ausnahmsweise auch Frau Hartlaub still blieb, sprach Lisa weiter: „An zweiter Stelle finden Sie den Namen meiner jüngeren Tochter. *Hanna*. Dahinter steht: *Schule* und *Partner*. Hanna arbeitet als Lehrerin. Ich bete für ihre Arbeit und auch dafür, dass sie den richtigen Partner findet."

„Hm." Doktor Sander hob eine Augenbraue. „Hm, ja, das stimmt. Und an dritter Position steht *Anton. Arbeit.*"

„Anton ist mein Schwiegersohn. Er betreibt mit Juliane ein kleines Lebensmittelgeschäft. Da aber immer mehr Supermärkte gebaut werden, müssen die kleinen Läden sehr ums Überleben kämpfen."

„Ah, ich verstehe!" Lächelnd hob der Arzt den Finger. „Ich selbst glaube zwar nicht an Gott, aber ich hatte schon etliche Patienten, die mir erzählt haben, dass sie für andere beten." Er reichte Lisa die Liste zurück und räusperte sich. „Ähm ... ja ... einige sprachen davon, dass sie auch für mich beten. Ich habe mich dafür bedankt, denn man kann ja nie wissen. Allerdings war mir nicht klar, dass man die Gebetsanliegen auch aufschreibt. Doch wenn ich so darüber nachdenke, erscheint mir das logisch."

„Die Liste hilft mir bei meinem Gebet, so kann ich niemanden vergessen." Lisa schluckte. „Und Sie haben recht, ich hätte Sie auch mit auf meine Liste schreiben sollen. Ich bin Ihnen so dankbar! Sie haben Großartiges geleistet und ich habe mich dafür auch schon bei Gott bedankt." Lächelnd tippte sie sich an den Kopf. „Hier drin habe ich nämlich noch eine Danke-Liste."

Der Arzt räusperte sich erneut und machte eine wegwerfende Handbewegung. „Wie ich Ihnen schon sagte, habe ich nur meine Pflicht getan. Aber darüber haben wir ja schon nach der Operation gesprochen."

Da Frau Hartlaub noch immer schwieg, beugte Lisa sich vor und schaute ihre Bettnachbarin an. „Bitte entschuldigen Sie! Ich wollte Sie nicht aufregen! Als Sie sich meine Bibel ausborgen wollten, habe ich einfach nicht an die Liste gedacht. Es tut mir so leid ..."

„Pff." Frau Hartlaub schnaubte verächtlich und wich Lisas Blick aus.

Doktor Sanders wandte sich Frau Hartlaub zu. „Offenbar hat Frau Blume Ihren Namen auf die Liste gesetzt, weil sie sich vorgenommen hat, regelmäßig für Sie zu beten. Sie hatte damit also nichts Schlimmes vor. Falls Sie aber darauf bestehen, wird Frau Blume diese Liste selbstverständlich zerreißen und ich werde dafür sorgen, dass Sie in ein anderes Zimmer verlegt werden. Und vielleicht sollte ich mir auch noch mal Ihre Werte ansehen, nach dieser Aufregung ..."

„Lassen Sie mich in Ruhe, ich pfeife auf die Werte! Die vielen Untersuchungen ändern ja doch nichts!", fauchte Frau Hartlaub.

„Die Untersuchungen helfen uns, ihr Befinden genau zu ..."

„Ich habe gesagt, ich will meine Ruhe!", unterbrach ihn Frau Hartlaub. „Das heißt, keine Untersuchung. Ist das so schwer zu verstehen oder spreche ich Chinesisch?"

„Ich habe Sie sehr wohl verstanden, Frau Hartlaub", versuchte es der Arzt noch einmal, „aber ..."

„Nein!" Bevor Dr. Sanders noch etwas sagen konnte, drehte Frau Hartlaub ihnen den Rücken zu und zog sich die Decke übers Ohr.

Der Arzt zuckte mit den Achseln und rief laut: „Also, Frau Hartlaub, falls Sie doch noch ein anderes Zimmer wollen, können Sie das später auch der Schwester sagen. Ich werde im Schwesternzimmer eine Nachricht hinterlassen."

„Vergessen Sie die Nachricht", brummte Frau Hartlaub unter ihrer Decke hervor. „Ich will Ruhe!"

„Ich habe verstanden, Frau Hartlaub. Nun dann, gute Nacht die Damen!" Der Arzt nickte Lisa lächelnd zu und eilte davon.

Lisas Herz schlug noch immer wie wild, sie machte sich heftige Vorwürfe, weil sie vergessen hatte, die Liste aus der Bibel zu nehmen. *Oh Gott, bitte segne diese Frau!*, betete sie. *Ich habe mich dumm und nachlässig verhalten, das tut mir leid. Dabei schien es vorhin, als wäre das Eis ein wenig gebrochen, als würde Frau Hartlaub etwas auftauen, sogar die Bibel hat sie sich ausgeborgt. Und nun habe ich mit meiner Unachtsamkeit alles kaputt gemacht. Ich weiß nicht, wie ich das wieder in Ordnung bringen kann! Bitte hilf mir und zeige mir, wie ich mich verhalten soll!*

Während sie betete, spürte sie, wie sie langsam etwas ruhiger wurde. Sie wusste; Gott war für sie da und hörte ihr voller Liebe zu, wie ihr in der Kindheit die Mutter, die Großeltern und ihr neuer Vater zugehört hatten. Schon damals hatte sie erlebt, wie treffend die Bezeichnung „mitteilen" war. Wenn man jemanden hatte, dem man seine Sorgen und Probleme *mitteilen* konnte, war man nicht mehr allein mit der Last, man hatte sie mit dem anderen geteilt und der andere trug sie nun mit.

Nachdem sie gebetet hatte, blickte Lisa erneut zu ihrer verpuppten

Bettnachbarin und wusste plötzlich, was sie tun konnte. So leise wie möglich richtete sie sich auf, angelte nach Stift und Papier und begann zu schreiben:

Liebe Frau Hartlaub,
es tut mir leid! Es war dumm von mir, meine Gebetsliste in der Bibel zu lassen, so dumm!
Ich verstehe, dass Sie bestürzt waren, als Sie Ihren Namen auf dieser Liste entdeckt haben. Normalerweise halte ich diese Liste unter Verschluss, denn meine Gespräche mit Gott sind etwas Persönliches. Ich kann Ihnen gar nicht sagen, wie sehr ich mich über mich selbst ärgere. Leider habe ich keine Idee, wie ich das wiedergutmachen kann. Selbstverständlich bin ich bereit, alle Konsequenzen zu tragen. Wenn Sie möchten, bitte ich darum, dass man mich in ein anderes Zimmer verlegt. Denn warum sollten Sie dieses Zimmer verlassen, wo Sie doch gar nichts dafür können? Mir ist auch bewusst, dass ich nicht von Ihnen verlangen kann, dass Sie mir vergeben. Trotzdem bitte ich Sie darum.
Bitte verzeihen Sie mir, Frau Hartlaub!
Das mag jetzt komisch klingen – aber ich bin sehr froh, dass Sie Ihre Empörung sofort zum Ausdruck gebracht haben! Dadurch haben Sie mir signalisiert, wie sehr ich Sie verletzt habe und wie es Ihnen damit geht. Diese Geradlinigkeit und Ehrlichkeit ist eine große Stärke von Ihnen. Ich gestehe, dass ich mir gern „eine kleine Scheibe davon abschneiden" würde. Ja, ich muss zugeben, dass ich in dieser Beziehung ziemlich feige bin, ich traue mich oft nicht, meine Gefühle und meine Meinung so offen zu zeigen und zu sagen. Nun kann ich nur hoffen, dass Sie bereit sind, diesen Brief zu lesen.
Lisa Blume

Nachdem sie alles noch einmal durchgelesen hatte, faltete Lisa das Blatt zwei Mal, schrieb auf die leere Fläche *An Frau Hartlaub* und legte es vor sich auf die Decke. In einem geeigneten Moment würde sie Frau Hartlaub den Brief hinüberreichen. Da ihre Bettnachbarin Lisa aber weiter den Rücken zuwandte, schloss sie schließlich die Augen und dachte an die Begegnung mit Max. Langsam glitt sie durch die Tür der Erinnerung ins Land ihrer Kindheit. Zurück in die Zeit, da sie Max kennengelernt hatte.

In Gera waren sich die Mutter und ihr damaliger Chef nähergekommen und hatten schließlich geheiratet. Lisa hatte einen Vati bekommen – Papa wollte sie ihn nicht nennen, denn ihr Papa war ja tot. Doch Vati wurde ihr ein Vater, wie sie ihn sich nicht besser hätte vorstellen können. Bald zogen sie nach Heidenau bei Dresden, wo Vati sich als Schuhmacher selbstständig machte. In Heidenau lernte Lisa Max und Gerda kennen, ihre wichtigsten Spielkameraden. Mit Max war sie fast täglich zusammen, Gerda wurde später ihre beste Freundin.

Lisa öffnete die Augen und strich ihre Decke glatt. Es war verlockend, ins Land der Erinnerungen abzutauchen. Dabei konnte man entscheiden, wohin man gehen wollte, konnte die schwierigen Bereiche meiden und die schönen wieder und wieder besuchen. Aber die Gegenwart musste auch gelebt werden, auch wenn sie einem nicht passte und man einige Abschnitte auf dem Lebensweg lieber umgehen würde.

Das gefaltete Papier lag noch immer vor ihr, noch immer wandte Frau Hartlaub ihr den Rücken zu. Eine Mauer aus Eis, die Lisas Seele frieren machte. Am liebsten hätte sie dieser zänkischen Frau ebenfalls den Rücken zugekehrt und sich wieder ins Land ihrer Kindheit zurückgezogen. Doch dann rief sie sich ins Gedächtnis, welche Strategien ihr in ähnlichen Situationen geholfen hatten.

Ihre Freundin Gerda pflegte zu sagen: „Du brauchst dich ja nicht mit dieser Person am Kaffeetisch zu versammeln, aber du musst einen Weg finden, um mit ihr klarzukommen, sonst schadest du dir selbst."

Denk nach, altes Mädchen!, ermunterte Lisa sich selbst. *Lass dich nicht von den negativen Gefühlen unterkriegen, schalte den Kopf ein!*

Punkt 1: Distanziere dich bewusst von deinen Gefühlen, überwinde die Grenze, die deine Gefühle aufgerichtet haben. Lass nicht zu, dass deine Gefühle dich gefangen nehmen, einsperren und quälen, versuche, dich in dein Gegenüber hinein zu versetzen! Frage dich: Wie geht es dieser Frau? Wie fühlt sie sich? Warum verhält sie sich so? Was mag sie so sehr verletzt haben? Ihre spitzen Worte und ihre Kratzbürstigkeit sind ein Zeichen für ihre Verletzungen. Sie verhält sich wie ein Igel, der sich einrollt und seine Stacheln auf-

richtet. Ein Igel nutzt seine Stacheln, um sich zu schützen. Damit sorgt er in erster Linie für sich selbst. Also nimm das Verhalten von Brigitte Hartlaub nicht persönlich, versuche, tiefer zu schauen.
Punkt 2: Mach dir bewusst, welche guten Seiten dein Gegenüber hat. Was davon hilft dir oder bringt dich weiter? Jeder Mensch ist ein Geschöpf Gottes und trägt auch das Gute in sich.
Nun versuchte Lisa, ihren Strategien zu folgen, sich in Frau Hartlaub hineinzuversetzen und sich die guten Seiten dieser Frau bewusst zu machen. Langsam verschwand die Eiseskälte aus ihrer Seele, sie spürte wieder das Leben in sich und ein Gefühl für das, was ihr wichtig war. Schließlich beschloss sie, den nächsten Brief an ihre Töchter zu beginnen. Also nahm sie ein weiteres Blatt Papier und schrieb über das, was ihr zeit ihres Lebens zu schaffen gemacht hatte: die Angst, offen ihre Meinung zu sagen. Freilich war das auch ein wenig ihrer Vergangenheit geschuldet. Während der DDR-Zeit wusste man nie, wer einen als Inoffizieller Mitarbeiter der Staatssicherheit belauschte. Doch Lisa war sich dessen bewusst, dass sie oftmals viel zu wenig gewagt hatte und dadurch auch an anderen Menschen schuldig geworden war. Frau Hartlaub war da ganz anders. Mochte sie auch noch so schwierig sein, eines war sie ganz sicher nicht – ein Duckmäuser. Unverhohlen sagte sie, was sie dachte und fühlte, auch wenn sie damit rechnen musste, dadurch von anderen abgelehnt zu werden. Das war etwas, was Lisa ein Stück von ihr lernen konnte – und lernen wollte.
„*Mein Motto soll ab heute sein: Bleibe du selbst*", beendete Lisa ihren Brief. „*Verbieg dich nicht um anderer Leute willen. Frage nach dem, was Gott will. Vielleicht reicht es schon zu fragen: ‚Was von dem, was ich heute sage oder tue, wird in einigen Wochen, Monaten, Jahren noch wichtig sein? Was zählt, wenn ich sterbe?'*
Diese Gedanken will ich heute mit euch teilen. Und ich will sie für mich festhalten, für später. Denn später, wenn mich wieder der Alltagstrott eingeholt hat, kann es nützlich sein, dass ich mich an die Lektionen erinnere, die mir die Nähe des Todes – und auch meine Bettnachbarin – erteilt haben. Eure Mutter".
Lisa faltete das Schreiben zusammen und versteckte es tief unten in der

Schublade ihres Nachttischs. Den Brief an Frau Hartlaub behielt sie bei sich. Nun gab es nichts weiter zu tun, als auf die richtige Gelegenheit zur Übergabe des Briefes zu warten. Also entschloss sie sich, bewusst an etwas Schönes zu denken. Sie dachte an Max und wanderte erneut zurück in das Land ihrer Erinnerungen.

Eines Tages hatte Vati sie mit einem besonderen Geschenk überrascht: einer jungen Schäferhündin. Bald war Nala Lisas treue Begleiterin geworden. Auch Max hatte sich rasch mit der Hündin angefreundet. Als Nala Nachwuchs bekam, hatten Lisa und Max mit ihnen „Familie" gespielt. Eines Tages hatten sie die jungen Hunde in den Puppenwagen verfrachtet und waren mit ihnen spazieren gegangen. Nala war neben ihnen hergetrottet und hatte alles überwacht. Darauf hatte Max bei ihrer kurzen Begegnung auf dem Flur angespielt. Doch da war auch noch die andere Anspielung ... und da war der merkwürdige Blick von Max, nachdem sie ihre Trennung durch den Krieg erwähnt hatte ...

Die Tür flog auf, Schwester Luise stürmte herein und verkündete: „Post für Frau Blume!"

Erstaunt schaute Lisa auf. „Für mich? Heute Abend? Von wem könnte das sein?"

Diesmal ertönte kein Geschimpfe aus dem Nachbarbett. Frau Hartlaub lag ganz still und wandte ihnen weiter den Rücken zu. Schwester Luise deutete auf die Bettnachbarin, runzelte die Stirn und zuckte fragend mit den Achseln. Lisa zuckte ebenfalls mit den Schultern, nahm ihren Brief in Empfang und reichte Schwester Luise ihr Schreiben für Frau Hartlaub. Die junge Schwester stutzte, las die Adresse, schmunzelte und eilte dann auf die andere Seite von Frau Hartlaubs Bett. „Alles im grünen Bereich bei Ihnen?"

„Verschwinden Sie!"

„Das geht leider nicht! Erst muss ich bei Ihnen Puls nehmen." Die junge Schwester zog eine Uhr aus der Tasche. „Außerdem haben Sie ebenfalls Post bekommen. Ich lege sie auf Ihren Nachttisch."

„Ein Befund?"

„Neeein." Schwester Luise zog das Wort in die Länge wie einen Kaugummi und nahm Frau Hartlaubs Handgelenk. „Soweit ich sehe, ist es ein persönliches Briefchen. Aber bleiben Sie ruhig, sonst schießt Ihr Puls in die Höhe!"

„Ich schieße gleich mit was anderem, wenn Sie mich verscheißern!", brummte die alte Dame. „Ich bekomme keine persönlichen Briefchen! Erst recht nicht hier!"

„Oh oh, ich fürchte, ich hätte das Briefchen erst später erwähnen sollen!" Schwester Luise schlug sich an die Stirn. „Was bin ich nur für eine Anfängerin, ich hätte doch wissen müssen, dass Sie sich gleich wieder aufregen! Wir werden später noch mal Puls messen!"

Der Brief für Lisa war ohne Umschlag – genau wie der, den sie an Frau Hartlaub geschrieben hatte. Während sie das Papier auseinanderfaltete, beobachtete sie aus den Augenwinkeln heraus ihre Bettnachbarin. Die schaute sich zunächst die Unterschrift an, grunzte vernehmlich, warf Lisa einen kurzen Blick zu und fing dann an zu lesen.

Lisas Brief kam von Max. Sie spürte, wie ihr Herz schneller schlug. Dennoch beschloss sie, das Schreiben ihres ehemaligen Spielfreundes später zu lesen, in aller Ruhe, jetzt war erst einmal Frau Hartlaub wichtig. Wie würde sie auf Lisas Zeilen reagieren? Doch Frau Hartlaub dachte nicht daran, etwas zu ihrem Brief zu sagen. Erneut gab sie einen Grunzlaut von sich, schob das Schreiben in ihre Nachttischschublade und wandte Lisa wieder den Rücken zu.

„Schlafen Sie gut, Frau Hartlaub", sagte Lisa, bekam aber keine Antwort. *Du musst Geduld mit ihr haben,* ermahnte sie sich selbst. *Du kannst nicht erwarten, dass sie sich dir zuwendet, als wäre nichts passiert, sie muss das alles erst einmal verarbeiten. Wer weiß, was sie alles schon erlebt hat, wie viele Enttäuschungen und Verletzungen sie durchmachen musste, wie viele Träume sie begraben musste. Bleib einfach positiv, Mädchen, versuche, das Gute zu sehen und weiter für diese Frau zu beten.*

Dann atmete sie tief durch und begann, den Brief von Max zu lesen.

Liebe Lisa,
als ich dich heute traf, dachte ich, ich träume. Dich nach so langer Zeit wiederzusehen und auch zu erkennen, grenzte an ein Wunder. Nach unserer kurzen Begegnung auf dem Flur konnte ich mich kaum auf das Gespräch

mit dem Arzt konzentrieren. Im Anschluss an das Abendessen wollte ich dich besuchen, aber Schwester Luise passte mich vor deiner Zimmertür ab und verbot mir, über eure Schwelle zu treten! Sie meinte, deine Bettnachbarin brauche ihre Ruhe. Herausbitten wollte sie dich auch nicht mehr, ich sollte mich an unsere Verabredung halten. Deshalb schreibe ich dir wenigstens einen kleinen Gruß und hoffe, dass er dich erreicht.

Ich habe oft an dich gedacht, Lisa. Als wir jung waren, haben wir täglich miteinander gespielt, ich konnte es morgens nach dem Aufstehen kaum erwarten, wieder zu meiner Lisa zu kommen. Und auch später, während der Schulzeit, trafen wir uns, so oft es möglich war. Du sagtest, der Krieg habe uns getrennt, aber das stimmt nicht. Nun ja, der Krieg war schuld, dass wir uns nicht mehr täglich sehen konnten, der Krieg hat dafür gesorgt, dass du zum Landdienst musstest und ich eingezogen wurde. Aber wir haben beide den Krieg überlebt und wussten voneinander. Dennoch bin ich weggegangen und habe nichts mehr von mir hören lassen. Ich hätte dich finden können, doch ich wollte es nicht.

Warum? Nun, das erzähle ich dir lieber persönlich. Es hatte zum Teil mit unserer letzten Begegnung zu tun.

Doch nun genug für heute.

In Vorfreude auf unser Treffen

Max

„Licht aus!", brummte Frau Hartlaub.

Lisa verstaute den Brief in ihrer Nachttischschublade und löschte das Licht. Doch das Gedankenkarussell drehte sich weiter. Was mochte Max mit seinen Andeutungen meinen? Was war damals geschehen? Sie wusste es nicht. Vielleicht gelang es ihr, die Erinnerung wachzurufen. Immer Schritt für Schritt. Doch sie kam nicht weit mit ihren Erinnerungen. Sie waren bitter und regten auf. Die ganze Kriegszeit mit all ihrem Elend – am liebsten hätte sie das alles vergessen. Und da war auch noch die Schuldfrage. Denn sie wusste, dass jeder auf irgendeine Weise schuldig geworden war. Selbst wenn man versuchte, sich herauszuhalten, wurde man schuldig. Auch wenn man schwieg, wurde man schuldig. Schuldig wurde das ganze deutsche Volk. Schuldig wurde je-

der Einzelne. Die Nachbarn, die Freunde, die Verwandten. Der Vater. Die Mutter. Sie selbst. Schuldig, schuldig, schuldig.
Ja, sie alle waren schuldig geworden. Und ob sie jemals die Kraft haben würde, über die Hölle des Krieges zu schreiben, wusste Lisa nicht. Sie wusste aber, dass es Vergebung gab. Gott hatte ihr vergeben.
Einmal hatte sie nach dem Gottesdienst das Gespräch mit dem Pfarrer gesucht und alles ausgesprochen, was sie belastete. Er hatte ihr die Vergebung zugesprochen. Zwar wusste sie, dass man Gott auch im stillen Kämmerlein um Vergebung bitten konnte, aber die Beichte war ihr damals eine große Hilfe gewesen. Der Pfarrer wurde ihr zum Zeugen, auf ihn konnte sie sich berufen, wenn sie zweifelte. Noch heute hatte sie die Worte des Pfarrers im Ohr: „Du hast Gott deine Schuld bekannt. Er hat dir vergeben. Darauf sollst du dich verlassen. Deine Schuld ist weg. Gott will nicht, dass du sie wieder hervorholst." Später las sie einen Vergleich von Corrie ten Boom: „Wenn dir der Herr deine Sünden abnimmt, siehst du sie niemals wieder. Er wirft sie ins tiefe Meer – vergeben und vergessen. Ich glaube sogar, dass er ein Schild darüber anbringt: Fischen verboten!"
Seitdem hatte Gott ihr immer und immer wieder vergeben. Und er hatte ihr die Gewissheit geschenkt, dass sie nichts von ihm trennen konnte, auch nicht der Tod. Daran wollte sie festhalten und sich auf die Gegenwart konzentrieren. Und in diese Gegenwart war Max zurückgekommen! Nach zweiundfünfzig Jahren! Darüber wollte sie sich freuen.

Lisa erwachte durch die Schritte der Nachtschwester auf dem Flur und konnte nicht mehr einschlafen. Draußen war es noch dunkel, wie spät mochte es sein? Im Nachbarbett schnarchte Frau Hartlaub. Also tat sie, was sie schon so oft in schlaflosen Nächten getan hatte: Sie fing an zu beten. Daheim war sie allein, da konnte sie laut mit Gott reden, hier ging das nur in Gedanken. Aber sie wusste, dass Gott sie trotzdem hörte. Zunächst dankte sie wieder für ihre Kinder und bat Jesus, sie zu bewahren. Dann dankte sie für den neuen Tag, den sie erleben durfte. Irgendwo hatte sie mal gelesen, dass Gottes *Fürchte dich nicht* 365- oder gar 366-mal in der Bibel vorkäme, also für jeden Tag des Jahres einmal. Man konnte es vom ersten bis zum letzten Buch der Bibel immer wieder finden – und Lisa hatte es schon an vielen Stellen entdeckt. Das erste Buch der Bibel war das 1. Buch Mose und das letzte Buch war die Offenbarung des Johannes. Diese war für sie bisher im wahrsten Sinne des Wortes ein *Buch mit sieben Siegeln* gewesen, aber heute wollte sie in diesem letzten Buch der Bibel lesen. Sachte schaltete sie die Lampe über ihrem Bett ein, angelte nach ihrer Bibel und schlug die Offenbarung des Johannes auf. Dabei fragte sie sich, ob die meisten Menschen eigentlich wussten, dass die Redewendung *Buch mit sieben Siegeln* – wie so viele andere geflügelte Worte – aus der Bibel kam. Ja, genau hier wurde das Buch mit den sieben Siegeln erwähnt, Offenbarung 5, Vers 1. Doch Lisa wollte ja in diesem Buch nach dem *Fürchte dich nicht* suchen. Also schlug sie das erste Kapitel auf.

Beim Lesen malte sie sich aus, wie einsam Johannes sich in seiner Verbannung auf Patmos gefühlt haben musste und wie erschrocken er war, als Gott anfing, mit ihm zu reden. Kein Wunder, dass Johannes *wie tot* umfiel, als Gott ihn dann auch noch diese Vision sehen ließ!

Aber dann, als Johannes wie tot am Boden lag, wurde er von Gott getröstet und aufgerichtet. Lisa las den Abschnitt, der sie am meisten berührte, noch einmal: „Und als ich ihn sah, fiel ich zu seinen Füßen wie tot, und er legte seine rechte Hand auf mich und sprach: Fürchte dich nicht! … Ich war tot, und siehe, ich bin lebendig von Ewigkeit zu Ewigkeit und habe die Schlüssel des Todes und der Hölle."

Dann schloss sie die Augen und ließ diese Worte auf sich wirken.

Die Vision von dem, der einem Menschensohn gleich war, stand eindeutig für Jesus Christus, den Auferstandenen. Wie tröstlich musste die Berührung durch Jesu rechte Hand für Johannes gewesen sein! Auch in ihrem Leben hatte sie die Nähe Jesu oft gerade dann am stärksten gespürt, wenn sie nicht mehr weiterwusste. Wenn sie wieder einmal einen lieben Menschen betrauern musste. Wenn sie vor lauter Sorgen nicht aus noch ein wusste. Wenn sie mit ihrer Kraft am Ende war. Dann wurde ihr dieses „Fürchte dich nicht!" am stärksten.

Aber Jesus beließ es nicht bei diesem „Fürchte dich nicht", nein, er sprach noch weiter. Er hatte die Schlüssel des Todes und der Hölle! Ein Schlüssel war ein starkes Symbol. Es war mehr als das. Jesus hatte die Schlüssel, er allein. Er konnte die Tür des Todes öffnen und schließen. Er entschied. Ebenso entschied er über die Tür zur Hölle. Nicht der Teufel besaß diese Schlüssel. Nicht die Menschen besaßen sie, sondern Jesus allein.

Lisa nahm ihre Liste und ergänzte das Bild aus der Offenbarung.

Bilder und Vergleiche	**Quelle**
Jesus besitzt die Schlüssel des Todes und der Hölle.	Offenbarung 1,18

Kaum hatte Lisa ihrer Liste zur Seite gelegt, flog krachend die Tür auf. Eine ältere Krankenschwester rauschte herein und schaltete alle Lampen an. „Blutdruck kontrollieren! Fieber messen! Morgentoilette! Wir wollen doch frisch und sauber sein, wenn die Ärzte kommen, nicht wahr?"
„Wollen wir das?" Frau Hartlaub wälzte sich auf die andere Seite.
„Selbstverständlich wollen wir das," tönte die Schwester. "So etwas können wir doch wohl voraussetzen!"
Während die Schwester ihr die Blutdruckmanschette anlegte, las Lisa das Namensschild. *Schwester Doris.*
Frau Hartlaub musterte die Schwester mit zusammengezogenen Brauen. „*Jemand* wird gleich mal prüfen, ob die *Wir*-Sagerin sauber und frisch genug für die Visite ist!"
Schwester Doris bekam einen roten Kopf, trug Lisas Werte in eine Tabelle ein und reichte ihr das Fieberthermometer. Dann trat sie an Frau Hartlaubs Bett und befahl: „Beim Blutdruckmessen bitte ruhig liegen!"
„Geht doch", kicherte Frau Hartlaub. „Hatte schon befürchtet, Sie sagen wieder *wir*! Dann hätte ich Sie aufgefordert, sich neben mich zu legen und bei sich selbst den Blutdruck zu messen."
9.30 Uhr musste Lisa zu Doktor Sander. Als sie von ihren Untersuchungen zurückkehrte, war es bereits 11.45 Uhr. Auf ihre Frage nach Max erfuhr Lisa, dass er entlassen worden war. Eine Nachricht habe er nicht

hinterlassen. Während Lisa auf ihr Zimmer zuging, hörte sie Gesang, begleitet von etwas, das wie ein Schlaginstrument klang. Kaum hatte sie die Tür geöffnet, blieb sie mit offenem Mund stehen, blinzelte mehrmals, schüttelte den Kopf, als käme sie gerade von einem Tauchgang zurück, kniff sich in den Oberarm und zupfte sich am Ohrläppchen, doch nichts veränderte sich. Nein, sie träumte nicht – was sie da hörte und sah, war Wirklichkeit!

Zwei Frauen- und eine Männerstimme vereinten sich zum fröhlichen „Jauchzet, frohlocket" der Kantate 1 aus Johann Sebastian Bachs Weihnachtsoratorium. Der Gesang wurde von der Imitation mehrere Schlaginstrumente unterstrichen. In der Mitte des Raumes stand Reginald Luft, der freundliche Witwer, der seit einiger Zeit im selben Haus wie Lisa wohnte. Während er die Tenorstimme sang, dirigierte er schwungvoll Schwester Luises und Frau Hartlaubs Gesang. Frau Hartlaub saß kerzengerade in ihrem Bett und schlug mit einem Bleistift abwechselnd auf ihre leere Brillenhülle, eine Tasse, eine Flasche und ein Buch. Das Buch war Lisas Bibel. Ab und zu hob sie die Flasche an den Mund und ahmte eine Trompete nach. Schwester Luise stand neben Frau Hartlaubs Bett, klopfte den Takt mit dem Schuh und bimmelte dazu mit einem anderen Stift in einem Glas herum.

Als Herr Luft Lisa erblickte, hob er eine Augenbraue. Während er weitersang und mit dem linken Arm dirigierte, bedeutete er ihr mit dem rechten, die Tür zu schließen und sich zu ihrem Bett zu begeben. Auch die beiden Frauen sangen und musizierten fröhlich weiter. Kaum hatte Lisa sich gesetzt, öffnete sich die Tür und Schwester Doris kam herein. Sie stutzte, fuhr sich über die Augen, blinzelten und schien im ersten Moment genauso überrascht zu sein wie Lisa. Dann verschränkte sie die Arme vor der Brust und blieb lächelnd stehen. Da Schwester Doris vergessen hatte, die Tür zu schließen, versammelten sich dort nach und nach immer mehr Leute. Lisa konnte noch einen Pfleger, Doktor Sanders und etliche Patienten erkennen. Unbeeindruckt von der Zuschauermenge sangen und musizierten die drei weiter, bis der Eingangschor der ersten Kantate zu Ende war. Doktor Sander war der Erste, der kräftig applaudierte, die anderen taten es ihm nach.

Schließlich fragte der Arzt: „Was verschafft uns die Ehre dieser unerwarteten Kultureinlage?"

Schwester Luise lachte. „Das passierte ganz spontan. Eigentlich wollte ich nur kurz bei Frau Hartlaub den Blutdruck messen."

„Aha." Doktor Sanders räusperte sich. „Und dann hat wohl Ihr Blutdruckmessgerät einfach mal so das Weihnachtsoratorium angestimmt?"

„Nein, ich habe das so vor mich hin gesummt." Schwester Luise tippte sich an den Kopf. „Ich hatte einen Ohrwurm, unser Chor hat es in der Vorweihnachtszeit aufgeführt. Und dann kam Herr Luft herein, der auch in unserem Chor ist, und hat einfach mitgesungen."

„Was blieb mir auch anderes übrig?" Herr Luft zwinkerte ihr zu. „Der helle Sopran von Schwester Luise schrie regelrecht nach tenörlicher Begleitung!"

„Ja, und dann erlebten wir die Überraschung des Jahres! Tötötötö!" Eine Posaune nachahmend, deutete Schwester Luise auf Frau Hartlaub. „Unsere Patientin hier hat eine ausgezeichnete Altstimme und einen langen Atem, das hätte ich ihr nie im Leben zugetraut! Ich wette, Sie könnten im Posaunenchor mitblasen!"

Frau Hartlaub winkte ab. „Machen Sie nicht so einen Wind um meine Stimme, danken Sie lieber Herrn Luft! Übrigens habe ich vor etlichen Jahren auch in einem Chor mitgesungen, und das Weihnachtsoratorium höre ich mir jedes Jahr an, das gehört einfach zum kulturellen Pflichtprogramm!"

Lisa staunte. „Ja, aber dass Sie das ohne Text und Noten singen können?"

„Ach, ganz so genau haben wir es damit nicht genommen." Herr Luft klatschte und rieb sich die Hände. „Manchmal muss man improvisieren, nicht wahr die Damen?"

„Klaro!" Schwester Luise hob den Daumen und Frau Hartlaub nickte heftig.

Herr Luft schmunzelte. „Nun ja, genau genommen war am 2.2. Maria Lichtmess und damit das endgültige Ende der Weihnachtszeit. Aber wie schon gesagt, man sollte das alles nicht so eng nehmen. Man sollte ab und zu mal das tun, was die Seele sich wünscht und was ihr guttut. Und so haben wir uns das eben einfach mal gegönnt."

Endlich verließ einer nach dem anderen das Zimmer und Herr Luft blickte Lisa bedauernd an. „Eigentlich wollte ich Ihnen einen Strauß Blumen mitbringen. Ich hatte ihn schon gekauft, aber dann ...", seufzend schüttelte er den Kopf, „... dann traf ich hier vor dem Krankenhaus ein weinendes, junges Mädchen. Sie wollte ihre Großmutter besuchen und war außer sich, weil ihre Blumen durch das Gedränge in der Straßenbahn zerdrückt worden waren. Da habe ich ihr meinen Strauß gegeben ... ähm eigentlich Ihren Strauß."

Frau Hartlaub räusperte sich. „Wozu braucht Frau Blume denn Blumen? Sie hat doch schon ihren Namen."

Lisa lachte. „Ja, Frau Hartlaub, da haben Sie auch wieder recht. Außerdem haben wir hier im Zimmer gar nicht so viel Platz, mein Schwiegersohn hat mir schon den halben Obstladen angeliefert. Und ihr spontaner Orchestergruß war eine viel größere Überraschung als Blumen."

„Na, na, na!", protestierte Frau Hartlaub. „Das ist aber nicht Herrn Lufts Verdienst! Ohne meine und Schwester Luises Mitwirkung wäre dieser Orchestergruß nämlich nicht zustande gekommen!"

„Da haben Sie recht." Herr Luft verbeugte sich vor Frau Hartlaub. „Ich danke Ihnen herzlich für Ihre Mitwirkung."

Lisa lachte. „Als ich hier hereinkam, dachte ich im ersten Moment, man hätte mir versehentlich die falschen Medikamente verabreicht."

„Mich wundert, dass man Sie einfach so hier hereingelassen hat", wandte Frau Hartlaub sich an Herrn Luft. „Obwohl doch die Besuchszeit erst am Nachmittag ist."

„Ähm ... ich musste versprechen, dass ich vorher das Einverständnis aller Zimmerbewohner einhole." Er runzelte die Stirn und blickte Frau Hartlaub fragend an.

„Hm", brummte diese. „Die Frage kommt reichlich spät, nicht? Da turnt er nun schon mindestens eine halbe Stunde hier im Zimmer herum und dann offenbart er mir, dass es von mir abhängt, ob er hier sein darf oder nicht." Sie zuckte mit den Schultern. „Aber was soll's, da wir nun schon so schön zusammen musiziert haben, werde ich doch kein Unmensch sein und Sie wegschicken! Von mir aus können Sie mitessen, sich anschließend eine Campingliege hier hereinrollen und mit uns Mittagsruhe halten."

„Das ist ein verlockendes Angebot!" Er zwinkerte ihr zu. „Doch leider besitze ich nur eine Isomatte, und die liegt bei mir zu Hause. Außerdem wartet dort ein kleiner Mischling, den ich noch nicht so lange allein lassen kann."

„Ein Mischling?", fragte Lisa. „Sind Sie etwa auf den Hund gekommen?"

„Ja, das kann man so sagen." Herr Luft lachte. „Wenn auch nicht ganz freiwillig. Genau genommen haben Emma und Manuel den Welpen mit ins Haus gebracht, sehr zum Ärger ihrer Mutter."

„Das kann ich mir vorstellen." Lisa wandte sich an Frau Hartlaub. „Emma und Manuel wohnen mit ihrer Mutter im selben Haus wie Herr Luft und ich. Frau Stummschreier ist alleinerziehend, da will sie sich bestimmt nicht noch die Verantwortung für einen Hund aufhalsen."

„Nun, jedenfalls stand ich gerade vor der Tür Ihrer Tochter, um mich nach Ihnen zu erkundigen, als Frau Stummschreier in der Nachbarwohnung anfing zu schimpfen." Herr Luft fuhr sich durch sein dichtes, dunkles Haar. „Frau Stummschreier könnte mit ihrer Stimme mühelos die Posaune in Bachs Weihnachtsoratorium übertönen."

Frau Hartlaub faltete die Hände vor der Brust und seufzte: „Bin ich froh, dass es in meinem Haus nicht so turbulent zugeht."

Herr Luft winkte ab. „Ach, mich stören diese Turbulenzen nicht, die halten jung. Jedenfalls können Sie sich kaum vorstellen, wie unglücklich die kleine Emma war! Und Manuel drohte damit, seine Mutter zu verlassen und sich mit dem Hund ein Versteck im Wald zu suchen."

Frau Hartlaub blickte ihn an wie ein junges, verliebtes Mädchen. „Und so etwas konnten Sie natürlich nicht zulassen."

„Genau!" Herr Luft hob den Zeigefinger. „Deshalb leistet mir der kleine Mischling nun Gesellschaft. Und sobald die Einsamkeit versucht, sich einzuschleichen, jagt er sie in die Flucht."

„Einsamkeit?" Frau Hartlaub klatschte in die Hände. „Das nehme ich Ihnen nicht ab. Ich glaube eher, da hat Ihr Helfersyndrom zugeschlagen. Lassen Sie sich warnen! Wenn man solchen Kindern den kleinen Finger gibt, nehmen sie die ganze Hand. Sie müssen denen auch Grenzen aufzeigen, sonst haben Sie bald einen ganzen Zoo in Ihrer Wohnung!"

Da flog krachen die Tür auf. „Mittagessen!", tönte Schwester Doris.

„Ende des Besuchs während der Nichtbesuchszeit!"

„Elefant im Porzellanladen", grummelte Frau Hartlaub.

Schwester Doris fuhr zu ihr herum, doch bevor Sie zu Wort kam, sagte Herr Luft: „Der Elefant ist in der Tat ein Argument. Falls Manuel demnächst mit dem Elefanten ankommt, werde ich ihm ganz klar meine Grenzen aufzeigen, denn an meinem Porzellan hänge ich."

Während Schwester Doris irritiert von einem zum anderen blickte, zwinkerte er Frau Hartlaub zu.

Sie zwinkerte zurück und kicherte: „Ich sehe, wir verstehen uns! Viel Spaß mit Ihrem Heimtierzoo!"

„Danke verbindlichst!" Herr Luft verbeugte sich zunächst vor Frau Hartlaub, dann vor Lisa und schließlich vor Schwester Doris. „Einen schönen Tag noch den Damen."

Während sie aßen, wandte Lisa sich an Frau Hartlaub. „Ähm … ich habe mal eine Frage: War mein Bekannter heute Vormittag hier im Zimmer?"

„Häh?" Frau Hartlaub schaute von ihrem Teller auf. „Haben Sie Alzheimer? Der hat sich doch gerade eben verabschiedet."

„Aber nein, ich meine doch nicht Herrn Luft!" Lisa zerteilte eine Kartoffel. „Ich meine Max Zimmermann, meinen Freund aus Kindertagen, der bis heute früh hier Patient war."

„Tss, tss, tss." Frau Hartlaub schüttelte den Kopf. „Die Männer umschwirren Sie ja wie Bienen! Tja, das muss wohl am Namen liegen. Bei hartem Laub kann man eben nicht viel erwarten. Das taugt nur noch zur Kompostierung."

„Mit Ihrem schwarzen Humor könnten Sie im Theater auftreten." Lisa vermischte die zerdrückte Kartoffel mit Soße. „Aber was ist nun mit Max? War er hier? Hat er etwas für mich dagelassen?"

Kauend wiegte Frau Hartlaub den Kopf. „Hm. Wenn Sie dieses Blatt Papier meinen … das liegt in Ihrer Bibel. Aber wenn ich Ihnen raten dürfte, würde ich Ihnen Herrn Luft empfehlen. Dieser Mann hat Klasse. Herr Luft macht seinem Namen alle Ehre, er bringt frischen Wind ins Leben. Dieser Max Mustermann dagegen …"

„Zimmermann", berichtigte Lisa mit klopfendem Herzen. „Er heißt Max Zimmermann." Am liebsten hätte sie sofort ihre Mahlzeit unterbrochen und in ihrer Bibel nach der Nachricht von Max gesehen, doch zunächst erforderte das Gespräch mit Frau Hartlaub ihre volle Konzentration. Sie war froh, dass die Bettnachbarin wieder mit ihr sprach. Die Begegnung mit Herrn Luft hatte sie von einer murrenden Alten in eine gesprächige Junggebliebene verwandelt.

„Ist doch egal, wie der heißt." Frau Hartlaub wedelte mit der Gabel in der Luft herum und schleuderte dabei ein kleines Stück Kartoffel an die Wand. Es blieb direkt zwischen den Fenstern kleben und sah aus wie die Markierung für ein geplantes Kunstwerk. Frau Hartlaub gönnte ihm einen missbilligenden Blick und sprach dann weiter. „Jedenfalls kommt dieser Max mir im Vergleich zu Herrn Luft wie ein träger Blubberfisch neben einem quicklebendigen Hündchen vor."

Lisa löste ihren Blick von der Kartoffeldekoration und wandte sich Frau Hartlaub zu. „Also ich will weder mit dem einen noch dem anderen Mann etwas anfangen – in meinem Alter. Herr Luft ist mein Nachbar. Und Max ist ein Freund, den ich lange nicht gesehen habe."

Frau Hartlaub fuhr herum, als hätte Lisa in ein Horn geblasen. „Was heißt hier *in meinem Alter*? Sie reden ja, als hätten Sie mit dem Leben schon abgeschlossen! Man ist so jung, wie man sich fühlt, und sollte die Bühne des Lebens nicht vorschnell verlassen." Sie legte das Besteck auf den Teller und winkte ab. „Ach egal. Sie können das ja halten, wie Sie mögen, ich halte es anders. Und da Sie offensichtlich kein Interesse an Ihrem netten Nachbarn haben, können Sie ihm ja vielleicht bei Gelegenheit mal einen Gruß von mir ausrichten. Außerhalb dieser Klinik bin ich nämlich durchaus in der Lage, mich vorzeigbar zu kleiden. Vielleicht hat er ja mal Lust, mich in ein Konzert zu begleiten? Klassik, versteht sich! Ich war lange nicht mit einem Mann unterwegs ... kein Bedarf und keine Gelegenheit, aber dieser Mann ... " Anstatt ihren Satz zu vollenden, schob Frau Hartlaub ihren Teller von sich und fuhr sich durchs Haar, als wollte sie sich auf der Stelle erheben und die Klinik verlassen.

Lisa musste sich das Lachen verbeißen, sie fragte sich, was Herr Luft getan hatte, um Frau Hartlaub derart zu beeindrucken. „Gern richte ich meinem Nachbarn Ihre Grüße aus", sagte sie. „Allerdings brauche ich dann auch Ihre Adresse."

Auf einmal veränderten sich Frau Hartlaubs Gesichtszüge, als wäre ihr bewusst geworden, dass sie aus Versehen ihre Maske fallen lassen hatte. Sie räusperte sich, nahm ihre Gabel wieder auf und sagte mit förmlicher Stimme: „Darüber muss ich noch nachdenken."
„Oder wenigstens die Telefonnummer. Damit Herr Luft sich bei Ihnen melden kann, wenn er möchte." Lisa schob sich ein Stück Fleisch in den Mund.
„Hm, mal sehen." Frau Hartlaub stocherte in ihrem Essen herum, als suchte sie darin etwas Verlorenes.
Während sie kaute, überlegte Lisa, wie sie den Gesprächsfaden wieder aufnehmen konnte. Schließlich sagte sie: „Sie sprachen vorhin von einem Chor, in dem sie gesungen haben. Was war das denn für ein Chor?"
„Das war ein gemischter Chor", antwortete Frau Hartlaub. „Ich wohne in einem kleinen Dorf hier in der Nähe; der Chor bestand aus einer Mischung verschiedenster Leute aus verschiedenen Orten, die zu verschiedenen Anlässen gesungen haben, manchmal auch in der Kirche. Für das Weihnachtsoratorium haben wir uns mit zwei Kirchenchören zusammengetan."
„Dann haben Sie Gott mit ihrer Stimme gelobt", stellte Lisa lächelnd fest.
„Ach was!", stieß Frau Hartlaub hervor. „Das ist doch nur Musik! Deshalb muss man doch nicht an Gott glauben!" Sie trank einen Schluck Tee.
Lisa schob das restliche Gemüse auf ihre Gabel. „Und jetzt singen Sie wohl nicht mehr in diesem Chor?"
„Nein." Nachdrücklich setzte Frau Hartlaub ihre Tasse ab. „Da gab es ein paar ... ähm ... Unstimmigkeiten."
„Schade. Wo Sie doch so eine schöne Stimme haben." Lisa schluckte. „Vorhin, als ich zurück ins Zimmer kam, dachte ich, ich träume. Wie Sie da gesungen haben zusammen mit Schwester Luise ..."
„Hm." Frau Hartlaub stellte ihren Teller beiseite und nahm sich die Kompottschüssel. „Übrigens habe ich von Ihrer Ameisengeschichte geträumt! Nun ja, nicht ganz von dieser Geschichte, aber ich nehme an, sie war der Auslöser für meinen Traum. Merkwürdig. Sehr merkwürdig!"

„Jetzt haben Sie mich neugierig gemacht!" Lisa stellte ihren Teller ebenfalls auf den Nachttisch.

„Hm. Also ich stand neben Ihnen vor diesem Ameisenhaufen und plötzlich ...", Frau Hartlaub schüttelte den Kopf, „... plötzlich hatten alle Ameisen menschliche Gesichter. Und eine davon war unser kleines Luischen."

„Sie meinen Schwester Luise?", fragte Lisa.

„Na wer denn sonst? Gibt es hier etwa noch eine andere Frau mit diesem Namen?" Frau Hartlaub starrte in ihren Obstsalat, als säße darin die Ameise namens Luise.

„Und was hat die Ameise Luise gemacht?", fragte Lisa.

„Die hat geschleppt. Viel zu viel hat die herumgeschleppt. Stöckchen, die zu groß und zu dick für sie waren. Fette Käfer und anderes Getier." Frau Hartlaub schüttelte sich. „Wenn sie sich beobachtet fühlte, tat sie so, als machte ihr das nichts aus. Aber wenn sie sich allein fühlte, sackte sie weinend zusammen."

„Hm." Lisa nahm ihre Kompottschüssel. „Das klingt nach Überlastung."

„Ja, und sie tat mir leid. Komischerweise tat sie mir leid. Sie war so zart, so verletzlich – wie ein kleines Mädchen, das meinen Schutz brauchte." Frau Hartlaub schüttelte erneut den Kopf. „Sehr merkwürdig, dieser Traum!"

„Und dann?" Abermals wunderte Lisa sich über Frau Hartlaubs Stimmungsumschwung.

„Ich wollte ihr helfen. Ich sagte: ‚Du darfst nicht so viel tragen, du machst dich doch selbst damit kaputt!'"

„Hat die Ameise Luise Sie verstanden?"

Frau Hartlaub zuckte mit den Schultern, blickte auf und begegnete Lisas Blick. „Wie gesagt, Sie standen neben mir. Sie wiesen mich auf eine andere Ameise hin, und die andere Ameise, also die, die Sie mir zeigten ... das war ich selbst ... als Ameise. Ich war sozusagen doppelt da, einmal als Ameise und einmal als Zuschauerin."

Lisa lachte. „Ja, im Traum passieren die komischsten Dinge. Da kann es schon mal vorkommen, dass man doppelt da ist."

„Hm. Jedenfalls war die Brigitte-Hartlaub-Ameise gar nicht nett zu

dem kleinen Luischen. Sie ... also, sie teilte der Kleinen immer viel zu schwere Lasten zu." Frau Hartlaub räusperte sich. „Wirklich ein blöder Traum. Und dann hat mein Zuschauer-Ich mit meinem Ameisen-Ich geschimpft." Frau Hartlaub wandte sich ihrem Obstsalat zu.
Erstaunlich, dass sie mir diesen Traum erzählt, dachte Lisa und schob sich ein Stück Apfel in den Mund. Hoffentlich sagte sie nicht wieder etwas Falsches! Bloß gut, dass sie etwas zu essen hatten, da musste man nicht reden.
„Wissen Sie, ich bin nicht immer so eine Meckertante!" Frau Hartlaub verzog das Gesicht. „Aber manchmal rutsche ich in diese Rolle ... also ... Sie wissen ja", Frau Hartlaub räusperte sich. „Also jeder spielt ja so seine Rollen, je nachdem, wo man sich befindet. Verstehen Sie, was ich meine?"
„Klar weiß ich, was Sie meinen." Lisa überlegte. „Manchmal wird man auch in eine Rolle gedrängt. In meiner Schulzeit gab es zum Beispiel eine Lehrerin, mit der ich nicht klarkam. Sie behandelte mich, als wäre ich ein bisschen zurückgeblieben. Deshalb habe ich mich in ihrem Unterricht nie mehr zu Wort gemeldet. Obwohl ich vieles wusste, tat ich so, als wüsste ich es nicht. Und je mehr Zeit verging, um so unmöglicher wurde es mir, in ihrem Unterricht mitzuarbeiten."
„Ja, so ist das mit unseren Rollen." Frau Hartlaub nickte. „Wissen Sie, ich habe früher in einer führenden Position gearbeitet ... und als Chefin muss man den anderen schließlich zeigen, wo es langgeht."
„Man muss eine Führungsrolle übernehmen", bestätigte Lisa."
„Genau! Das ist wie im Theater!" Frau Hartlaub hob erneut ihren Löffel. „Entweder man spielt diese Rolle überzeugend, oder man ist weg von der Bühne."
Nachdenklich löffelte Lisa ihren Obstsalat und hoffte, dass ihre Bettnachbarin einfach weitersprach, was diese dann auch tat. „Ja, also das mit dem Traum, das war wirklich sehr komisch. Er fühlte sich so wirklich an und ließ mich einfach nicht los, nachdem ich aufgewacht war. Und dann, während Sie zu Ihren Untersuchungen waren, kam die kleine Luise tatsächlich ins Zimmer. Sie sah irgendwie müde aus ... und irgendwie kam ihr derzeitiges Aussehen dem in meinem Traum ziemlich

nahe ... Ich meine natürlich nur die Gesichtszüge, nicht dem Ameisenkörper. Hm ja, und komischerweise verspürte ich Mitleid mit ihr ... wie in meinem Traum."

Frau Hartlaub blickte Lisa an wie ein scheues Kaninchen, das sich aus seinem Bau hervorwagte und vorsichtig in den Wind schnupperte. Nur nichts Falsches sagen jetzt! Aber irgendetwas musste sie sagen. Hanna hatte ihr einmal vom sogenannten „Spiegeln" erzählt, einer psychologischen Methode. Aber ob sie das hinbekam?

„Das Gefühl, das Sie in Ihrem Traum hatten, war also so stark, dass sie es noch spüren konnten, nachdem Sie aufgewacht waren?", fragte Lisa.

„Ja, so war es. Deshalb sagte ich zu Schwester Luise: ‚Sie sehen müde aus.'"

„Sie haben ihr also Ihre Wahrnehmung mitgeteilt."

„Ja, das habe ich. Und diesmal ohne spitze Worte oder so." Frau Hartlaub wedelte erneut mit dem Löffel. „Und sie hat mit den Schultern gezuckt und sich über die Augen gewischt. Da habe ich zu ihr gesagt: ‚Wissen Sie was', habe ich gesagt, ‚Sie sind eine sehr patente junge Frau, Sie werden es sicher noch weit bringen in Ihrem Beruf.'"

Lisa fischte ein Stück Apfelsine aus ihrem Obstsalat. „Und wie hat sie darauf reagiert?"

„Sie hat gelächelt und gefragt: ‚Meinen Sie? Ich habe tatsächlich noch viel vor, ich will irgendwann noch studieren, und zwar Medizin.' Da habe ich ihr zugenickt und gesagt: ‚Machen Sie das, Schwester Luise, Sie schaffen das.' Und dann habe ich ihr scherzhaft mit dem Finger gedroht und gesagt: ‚Aber hören Sie auf, die alten Leute zu ärgern, Leute wie mich!'"

Lisa lachte. „Das sieht Ihnen ähnlich! Dabei fühlen wir beide uns doch noch gar nicht so alt, oder?"

„Natürlich sind wir nicht alt!", rief Frau Hartlaub. „Aber Übertreibungen bringen nun mal eine gewisse Würze in unsere Sprache. Nun, jedenfalls hat Schwester Luise weitergelächelt und ‚Danke' gesagt. Und ‚So alt sind Sie doch noch gar nicht, Frau Hartlaub. Und es tut mir leid ... meine Worte und so ... ich bin manchmal bisschen vorlaut'. Darauf habe ich geantwortet: ‚Ich glaube, da haben wir etwas gemeinsam.' Ja, und dann haben wir zusammen gelacht und wenig später kam sie singend ins Zimmer und dann kam Ihr wunderbarer Herr Luft und hat frischen Wind reingebracht ... und den Rest kennen Sie!"

Frau Hartlaub schob sich das restliche Obst in den Mund, stellte die Schüssel auf den Nachttisch und ließ sich in ihr Kissen fallen. „So, und nun will ich schlafen. Sie können sich ja inzwischen Ihrer Bibel mit den vielen kleinen Zetteln darin widmen. Den Listen und Briefen und was auch immer ... Sie sollten sich lieber eine Schreibmappe für diesen Kram zulegen, ja, das sollten Sie!"

„Ich habe schon verschiedene Mappen. Die Zettelchen gehören zu den jeweiligen Bibelstellen. Und die Gebetsliste habe ich inzwischen auch herausgenommen, haben Sie das nicht bemerkt?" Lisa aß ihr Obst auf und stellte die Schüssel ebenfalls zur Seite.

„Kann schon sein." Frau Hartlaub gähnte vernehmlich. „Ich hoffe nur, Sie haben sie nicht zerrissen. Die Leute, die da draufstehen, die ... also, die sind sicher dankbar, wenn Sie für sie beten."

„Meinen Sie?" Lisa nahm sich die Bibel.

„Wenn ich das so sage, dann meine ich es auch. Ich glaube zwar nicht an so etwas, aber schaden kann das Beten bestimmt auch nicht. So, und nun will ich schlafen und bitte um Ruhe." Damit drehte sie Lisa den Rücken zu und zog sich die Decke über die Ohren.

Rasch öffnete Lisa die Bibel und fand darin den Brief von Max.

Liebe Lisa,
vielleicht ist es so gewollt, dass wir uns nicht wiedersehen. Ich muss schnell auf den Punkt kommen, denn gleich werde ich abgeholt.
In meinem Brief gestern deutete ich an, dass ich mich nicht von dir finden lassen wollte. Du hattest mich zutiefst verletzt, Lisa.
Ja, eigentlich wollte ich heute mit dir darüber reden, das Vergangene endlich klären, aber wie gesagt, es hat nicht sollen sein. Und vielleicht ist es auch besser so.
Mach dir keine Gedanken, Lisa, das alles ist vorbei und vergessen. Die Zeit drängt, ich muss schließen ... also dann ...
Leb wohl! Ich muss gehen, mein Taxi wartet.
Max

Betroffen ließ Lisa den Brief sinken. Tränen schossen ihr in die Augen. Bemüht, nicht zu laut zu weinen, kramte sie nach einem Taschentuch. Nur gut, dass Frau Hartlaub schnarchte wie eine Sägemaschine. *Lieber, guter Max,* dachte sie, *womit habe ich dich so sehr verletzt?* Lange überlegte sie, was sie ihm angetan haben könnte. Freilich waren da all die Ängste und Sorgen gewesen, die ein Krieg mit sich brachte, aber sie hatten einander doch Briefe geschrieben – damals, als sie im Landdienst gewesen war und er zur Armee musste ...

Sie erinnerte sich an die schwere Zeit, die sie fern der Heimat verbringen musste, als Landdienstmädchen, aufgewachsen in einer Stadt, unerfahren in der Landwirtschaft, jung, mit Plänen und Zielen, die der Krieg Stück für Stück verbrannte wie wertlose Papierschnipsel. Ja, sie hatten sich geschrieben und ab und zu gesehen, wenn sie beide daheim waren – aus ihrer Sicht war es immer der Krieg gewesen, der sie getrennt hatte. Der Krieg, der ihnen so vieles gestohlen hatte.

Der Krieg schickte den Vater an die Front, er stahl ihm die Schuhmacherwerkstatt und die Wohnung, sodass Lisa mit der Mutter umziehen musste. Der Krieg stahl Max den Vater und das Zuhause. Und schließlich stahl der Krieg Lisa ihre erste große Liebe. Fritz wurde von einer Granate zerrissen.

Der Krieg war nun schon so lange vorbei, aber die Erinnerungen taten noch immer weh. Seufzend legte Lisa die Nachricht von Max auf den Nachttisch. Die Traurigkeit umfing sie wie ein dunkler Vorhang. Schließlich ermahnte sie sich selbst: *Beruhige dich, altes Mädchen! Beruhige dich und denk nach!* Fritz war tot – wie so viele andere Menschen, die sie geliebt hatte. Sie hatte um sie alle geweint, schon viele Male. Es war genug! Aber Max lebte! Und wenn jemand lebte, konnte man mit ihm reden. Und man konnte ihn um Vergebung bitten. Sie war ihm wiederbegegnet – vielleicht, weil Gott ihr diese Chance der Versöhnung geben wollte. Zwar war der Faden zwischen ihnen zerrissen, aber das musste nicht so bleiben. Einen zerrissenen Faden konnte man wieder zusammenknoten. Der Knoten würde zwar nicht zu übersehen sein, aber er würde halten.

Erneut nahm sie das Schreiben von Max in die Hand. Sie wendete es hin und her, konnte aber nirgends eine Adresse oder Telefonnummer finden.

Kurz entschlossen stand sie auf und ging zum Schwesternzimmer. Dort traf sie einen Pfleger, den sie bisher noch nicht gesehen hatte. Aufgeregt sprach sie ihn an: „Heute Morgen wurde ein guter Freund von mir entlassen, Max Zimmermann. Wir hatten uns zu einem Plausch verabredet, aber leider musste ich dann zu einer Untersuchung. Und als ich wieder zurückkam, war Max schon fort. Würden Sie mir bitte seine Anschrift geben?"

Der Pfleger schüttelte den Kopf. „Tut mir leid, das darf ich nicht."

„Dann geben Sie mir doch bitte seine Telefonnummer", drängte Lisa. „Ich muss unbedingt mit ihm sprechen!"

„Auch diesen Wunsch kann ich Ihnen nicht erfüllen."

Rasch zog Lisa den ersten Brief von Max aus der Tasche ihres Morgenmantels. „Da, sehen Sie! Das ist der Beweis, dass Max sich mit mir treffen wollte. Doch dann kam meine Untersuchung dazwischen und ..."

Während sie weiter auf den Pfleger einredete, betrat ihre ältere Tochter Hanna den Gang, stutzte und blieb neben ihr stehen. „Das mag ja alles sein", unterbrach der Pfleger sie, „aber wir haben nun mal unsere Bestimmungen. Wir dürfen keine Daten der Patienten weitergeben."

„Ich bin doch nicht irgendjemand, und Max' Telefonnummer kann ja nun kein sooo großes Geheimnis sein", wandte Lisa ein. „Sie brauchen sich doch nur mal dieses Schreiben hier anzusehen!" Energisch deutete sie auf den Brief.

Wieder streifte der Pfleger das Papier mit dem Blick und schüttelte den Kopf. „Ich darf keine Daten weitergeben. Und jetzt muss ich weiter, die Station ist voller Patienten, die mich *wirklich* brauchen."

„Aber ..."

„Nun komm schon, Mutti!" Hanna nahm Lisas Arm und zog sie mit sich. „Erkläre mir erst mal, was dich so aufregt."

Endlich fügte sich Lisa und erzählte Hanna von Max. Vor der Tür ihres Zimmers blieben sie stehen, bis Lisa mit ihrem Bericht fertig war.

Hanna strich sanft über den Arm der Mutter. „Das ist eine spannende Geschichte! Aber der Pfleger hat recht, er darf dir keine Auskunft geben. Wir müssen auf andere Weise nach deinem Bekannten suchen. Im Telefonbuch nachschauen zum Beispiel oder Leute fragen, die ihn von früher kennen."

„Es wird nicht mehr viele Leute geben, die wir fragen können." Lisa öffnete die Tür.

Hanna holte sich einen Stuhl und setzte sich neben das Bett ihrer Mutter.

Da ertönte aus dem Nachbarbett ein Hüsteln. Frau Hartlaub richtete sich auf und musterte Hanna mit zusammengezogenen Brauen. „Oh, schon Besuchszeit?"

„Guten Tag, ich bin Frau Blumes Tochter." Hanna nickte ihr zu. „Entschuldigen Sie bitte, wenn wir Sie geweckt haben, es ist noch nicht ganz drei Uhr. Aber ich komme aus der Nähe von Leipzig, da kann man nicht so genau planen, wie lange man bis hierher braucht."

„Schon gut." Frau Hartlaub winkte ab. „Mein Name ist übrigens Hartlaub." Brigitte Hartlaub deutete auf Lisas Bibel. „Darf ich mir Ihren Wälzer noch mal borgen? Anderen Lesestoff gibt es hier ja nicht. Wahrscheinlich sind die froh, wenn die Patienten sich zu Tode langweilen."

Lisa reichte ihr die Bibel. „Ich rate Ihnen, zunächst die Evangelisten zu lesen, zum Beispiel Lukas."

„Wenn Sie meinen?" Frau Hartlaub zuckte mit den Schultern, nahm die Bibel und schlug sie auf.

Unterdessen zog Hanna etliche Briefumschläge und eine Mappe mit Blaupapier aus ihrer Tasche. „Verrätst du mir, wozu du das brauchst?"

Lisa schob die mitgebrachten Sachen in ihre Nachttischschublade und holte zwei zusammengefaltete Blätter heraus. „Das sind Briefe. An dich und an Juliane. Ihr werdet noch mehr von mir bekommen, in Zukunft schreibe ich sie dreifach. Also für dich, für Juliane und für mich. Dafür brauche ich das Durchschlagpapier."

„Du schreibst uns Briefe?", wunderte Hanna sich. „Aber du kannst doch mit uns reden! Wir haben schließlich alle ein Telefon. Und Juliane wohnt im selben Haus wie du, ihr …"

„Schon gut." Lisa hob die Hand. „Lies die Briefe daheim, dann wirst du wissen, warum ich sie schreibe."

„Na gut." Sorgsam verstaute Hanna die zusammengefalteten Zettel in ihrer Handtasche. Dann ließ sie sich alles über Lisas Herzprobleme, ihre Einlieferung in die Klinik und die Operation berichten.

Als Lisa später ihre Tochter bis zum Treppenhaus begleitete, kam ihr Schwester Luise entgegen. „Ab ins Zimmer, Frau Blume! Der Arzt kommt gleich zu Ihnen!"

Lisa nickte und fragte rasch: „Erinnern Sie sich an unsere Begegnung mit Max Zimmermann hier auf dem Flur?"

„Ihre Sandkastenliebe!" Schwester Luise kicherte. „Haben Sie sich denn nun mit ihm getroffen?"

„Das ist es ja", seufzte Lisa. „Wir hatten uns gestern verabredet, aber dann musste ich heute Morgen zur Untersuchung, und Max wurde entlassen. Und nun weiß ich nicht mal, wo er wohnt. Sie werden doch sicher verstehen, dass ich ihn gern wiedersehen möchte und …"

„Hm, das verstehe ich. Aber wenn Sie denken, ich könnte Ihnen die Adresse geben … " Sie schüttelte den Kopf. „… keine Chance."

„Können Sie nicht mal eine Ausnahme machen?", mischte Hanna sich ein. „Sie haben doch miterlebt, wie dieser Mann sich gefreut hat, als er meiner Mutter begegnet ist."

„Ich darf nicht." Schwester Luise blickte sich nach allen Seiten um. „Also ich darf nicht in den Akten nachsehen. Aber was ich weiß … na ja, etwas kann ich Ihnen vielleicht verraten." Sie blickte sich erneut um und sprach leise weiter. „Also, ich weiß, dass er im selben Ort wohnt wie Sie, Frau Blume." Sie legte den Finger auf die Lippen und flüsterte dann: „Von mir wissen Sie das nicht. Vielleicht hat Ihnen das eine Freundin gesteckt?"

„Eine junge Freundin vielleicht?", fragte Lisa schelmisch.

„Ob jung oder alt, das spielt doch in einer Freundschaft keine Rolle, oder?"

„Für mich nicht", antwortete Lisa.

„Na sehen Sie!", lachte die Schwester. „Und nun verabschieden Sie sich von Ihrer Tochter und dann ab ins Bett!"

Trotz Kälte und Schnee fühlte Lisa sich nach ihrer Entlassung aus der Klinik so voller Elan, als hätte der Frühling bereits begonnen. Hanna hatte während ihres Besuchs in Heidenau Lisas Wohnung geputzt, das Bett frisch bezogen und die Wäsche gewaschen. Juliane und Anton hatten ihren Kühlschrank gefüllt, Brot besorgt und den Wohnzimmertisch mit einer ovalen Pflanzschale mit verschiedenen Frühblühern geschmückt.
Nachdem Lisa ihre Kliniktasche ausgepackt hatte, warf sie einen Blick auf ihre Listen und nahm sich vor, sofort mit der Umsetzung ihrer Ziele zu beginnen. Zuerst schlug sie das Telefonbuch auf. In Heidenau gab es fünfzehnmal den Namen Zimmerman, unter ihnen eine Maxi und einen Maximilian. Kurz entschlossen wählte sie die Nummer des Maximilian und wartete mit klopfendem Herzen darauf, dass der Teilnehmer abhob. Endlich meldete sich eine männliche Stimme, die aber viel jünger klang als die von Max.
„Entschuldigen Sie bitte", antwortete sie, „mein Name ist Lisa Blume und ich suche einen Max Zimmermann, der bereits im Rentenalter ist und in der vergangenen Woche aus der Klinik in Dresden entlassen wurde."
„Rentenalter?" Der Mann am anderen Ende lachte. „Davon bin ich noch weit entfernt. Und in einer Klinik bin ich noch nie gewesen, außer bei meiner Geburt. Aber davon weiß ich nichts mehr."
„Und Sie haben auch keinen Verwandten oder Bekannten, der Max Zimmermann heißt und schon etwas älter ist?", fragte Lisa.
„Nee. Wäre ja voll komisch, wenn es in unserer Familie mehrere Maxe gäbe. Fragen Sie doch mal auf dem Einwohnermeldeamt. Dort müssten doch alle Leute registriert sein."
„Das ist eine gute Idee, vielen Dank. Und entschuldigen Sie bitte die Störung."
„Schon okay. Viel Erfolg bei der Suche."
Nachdenklich trat Lisa ans Fenster. Da entdeckte sie unten auf dem Gehsteig Herrn Luft, der sich lebhaft mit einer Frau unterhielt. Sie war schlank, trug einen extravaganten Hut mit breiter Krempe, dunkelblaue Jeans und einen gemusterten Anorak. Leider verdeckte der Hut das Ge-

sicht der Frau, vermutlich war sie viel jünger als Herr Luft. Lisa überlegte, ob der Kopfputz wohl warm genug für diese Jahreszeit war. Das glaubte sie kaum. Leider hatte sie auch keine Ahnung, ob er der derzeitigen Mode entsprach. Sie jedenfalls würde nicht so herumlaufen. Und dieser Anorak passte ja nun gleich gar nicht zu so einem Hut. Da legte die Frau Herrn Luft ihre Hand auf die Schulter. Sie lachten miteinander und wirkten sehr vertraut.
„Was willst du von diesem Mann?", murmelte Lisa. „Der passt nicht zu dir! Such dir einen jüngeren!"
Jetzt warf die Frau sich ihm auch noch an den Hals und küsste ihn auf die Wange. Und er schien es zu genießen. Er umarmte sie, als wollte er sie nie wieder loslassen.
Lisas Groll auf diese Frau dehnte sich aus wie ein Hefeteig, den man in ein viel zu enges Gefäß gesetzt hatte. Abrupt wandte sie sich vom Fenster ab und schimpfte mit sich selbst: „Was redest du da, Lisa! Was geht dich diese Frau an? Und seit wann beurteilst du Menschen nach ihrem Äußeren?" Sie ließ sich in einen Sessel fallen und seufzte. Sie wusste genau, was mit ihr los war. Sie ärgerte sich, weil Reginald Luft diese Frau umarmt hatte. Womöglich war sie seine Freundin. Na und? Durfte er nicht eine junge, flotte Freundin haben? Bildete sie sich etwa auf ihre alten Tage etwas darauf ein, dass er sie in der Klinik besucht hatte? Sie sollte sich diesen Mann aus dem Kopf schlagen. Er war ein netter Nachbar, sonst nichts! Stattdessen sollte sie lieber zusehen, dass sie die Sache mit Max klärte! Sie versuchte, sich an den Blick zu erinnern, mit dem er sie in der Klinik angeschaut hatte. Was war damals passiert? Womit hatte sie Max so schlimm verletzt?
Bisher hatte sie die schmerzhaften Erinnerungen an den Krieg und all ihre Verluste gemieden, doch heute wusste sie, dass sie wichtig waren. Sie durften nicht verloren gehen. Die Menschen durften nie vergessen, wie grausam ein Krieg war, wie unsagbar grausam. Und was einem Menschen in den tiefsten Tiefen Halt geben konnte. Denn was, wenn nicht der Glaube an Jesus Christus, sollte einem da Halt geben? Der Glaube an den guten Hirten, der mit einem durch die finstersten Täler der Todesschatten ging. Und der einen schließlich durch den Tod hindurch-

führte zum ewigen Leben bei Gott. Es war Zeit, ihre Erlebnisse aufzuschreiben – auch die schweren.

Gott hatte ihr noch etwas Zeit auf dieser Erde geschenkt, die wollte sie nutzen, um ihren Kindern und Enkeln ein schriftliches Erbe zu hinterlassen, das mehr enthielt als leere Worte, die vom Sturm der Zeit wie Spreu verweht wurden.

Also setzte sie sich an ihren Schreibtisch und begann, ihre Erinnerungen aufzuschreiben. Sie erzählte alles, was sie von ihrer frühen Kindheit in Gera noch wusste, von ihren Großeltern, dem frühen Tod ihres Papas und der ersten Begegnung mit Fritz, den sie später ihren *Geigenjungen* nannte. Ihre Oma hatte immer viele Alpenveilchen besessen. Einmal, als Lisa gefragt hatte, wie das denn mit dem Sterben sei, hatte Oma eines ihrer Alpenveilchen vor ihr auf den Tisch gestellt und erklärt: „Du weißt, wenn die Blüten verwelkt und die Blätter vertrocknet sind, könnte man meinen, die Pflanze sei nun tot. Du weißt auch, dass ich Alpenveilchen dann in den kalten, dunklen Keller trage. Wenn ich ein wenig Geduld habe, erlebe ich, dass die Knolle nach ihrer Ruhezeit wieder neu austreibt. Oft sind ihre Blüten nach der Zeit, die sie im finsteren Keller verbracht hat, noch zahlreicher und kräftiger als vorher. Weißt du, die Natur mit ihrem Zyklus vom sterbenden und neu erwachenden Leben kann uns ein Zeichen dafür sein, dass der Tod nicht das Ende ist." Dieser Vergleich hatte sich ihr eingeprägt, deshalb vermerkte sie ihn heute mit auf ihrer Liste. Dazu passten auch die Gedanken, die sie sich während ihrer Fahrt im Krankenwagen über den Frühling und das Erwachen der Natur gemacht hatte.

Bilder und Vergleiche	**Quelle**
Das Alpenveilchen. Die Blüten und Blätter sterben. Doch nach einiger Zeit der Ruhe bringt die Knolle neues Leben hervor. Ein Wunder der Verwandlung.	Vergleich meiner Oma Natur

Bilder und Vergleiche	Quelle
Der Winter gleicht dem Tod, die Bäume haben ihre Blätter verloren, die Pflanzen sind verdorrt, gestorben. Doch auf jeden Winter folgt der Frühling, der neues Leben hervorbringt. Kälte, Eis und Schnee (ebenfalls ein Bild für den Tod) müssen weichen. Bäume, die scheinbar tot sind, erwachen im Frühjahr zu neuem Leben. Wo vorher nur kahle Erde war, sprießt und grünt es.	Natur

Lisa hörte, wie ein Schlüssel ins Schloss gesteckt wurde. Kurz darauf stürmte Juliane herein und wedelte mit einem Blatt Papier herum. „Eben habe ich deinen ersten Brief gelesen, Mutter, zumindest einen Teil davon! Ich werde das nicht zu Ende lesen! Und den zweiten schaue ich mir erst gar nicht an! Was hast du dir nur dabei gedacht!" Juliane warf das Papier auf den Tisch und funkelte Lisa mit zusammengezogenen Bauen an.

„Was meinst du, Juliane?" Verwirrt strich Lisa sich über die Stirn.

„Kein Wunder, dass Hanna die Briefe nicht mit mir zusammen lesen wollte", schimpfte Juliane weiter. „Sicher ist es ihr genauso gegangen wie mir. Hanna hat die Briefe allein gelesen und dann an mich weitergegeben, ich sollte sie mal in Ruhe lesen – aber dann war so viel los und ich hätte die Briefe fast vergessen ... und jetzt fielen sie mir wieder ein, und ..." Juliane fuchtelte wild mit den Händen herum. „Was denkst du eigentlich, wie sich das anfühlt, wenn man so mit dem Tod konfrontiert wird? Reicht es nicht, dass wir um dein Leben gebangt haben? Hast du nicht selbst gesagt, ich soll an mein Baby denken und mich nicht aufregen?!"

„Oh!" Mit einer solchen Reaktion auf ihren Brief hatte Lisa nicht gerechnet. „Es ... es tut mir leid", stammelte sie. „Ich wollte nicht, dass du dich so aufregst. Ich wollte nur meine Gedanken mit euch teilen ... Weil sie mit der Frage nach dem Sinn des Lebens zu tun haben und weil ich das Beste für euch will und ..."

„Ja, ich weiß, du willst, dass ich an Gott glaube", unterbrach Juliane sie. „Aber das kann ich nicht! Ich habe meinen Kinderglauben abgelegt, der passt nicht mehr in meine Welt. Schließlich ziehe ich auch nicht mehr die Kleider an, die ich als Kind getragen habe! Also sei so gut und lass mich mit diesem Thema in Ruhe; versuche nicht, dich in mein Leben einzumischen! Schreib mir nie wieder einen solchen Brief. Wenn du das Beste für mich willst, dann lass mich gefälligst mein Leben leben, wie ich es will!"

Lisa stand auf und ging auf ihre Tochter zu. „Aber das möchte ich doch, Juliane, ich hab dich doch lieb! Mit diesen Briefen wollte ich mich nicht in dein Leben einmischen, ich habe sie geschrieben, weil ..."

„Lass gut sein, Mutter." Juliane hob die Hände. „Wenn du schreiben willst, dann schreibe. Aber behalte deine Schreibereien bei dir. Wenn ich etwas davon lesen möchte, melde ich mich."

Lisa nickte. „Es tut mir leid, Juliane. Ich dachte wirklich nicht ..."

„Schon gut." Juliane nahm ihre Mutter in die Arme. „Ich hab dich lieb, Mutti."

„Ich dich auch, Juliane", sagte Lisa. „Danke für deine Offenheit. Ich hoffe, du bist mir jetzt nicht mehr böse?"

„Natürlich nicht." Juliane grinste schief. „Du kennst mich doch. Wenn mir etwas nicht passt, lasse ich es raus. Und dann ist es auch wieder gut."

Nachdem Juliane gegangen war, rief Lisa bei Hanna an und erkundigte sich, wie es ihr nach dem Lesen der Briefe ergangen sei.

„Wie soll es mir ergangen sein?", fragte Hanna. „Ich fand deine Überlegungen interessant. Aber ich dachte nicht, dass du eine Antwort auf die Briefe erwartest."

„Eine Antwort erwarte ich auch nicht", sagte Lisa. „Ich möchte nur wissen, ob ich dir weitere Briefe schreiben darf."

„Was für eine Frage, Mutti!", rief Hanna. „Natürlich darfst du. Ich freue mich immer über Post von dir. Wir können gern auch mal über deine Briefe reden, wenn wir bisschen mehr Zeit und Ruhe haben."

„Sehr gern, Hanna. Weißt du, durch die Zeit in der Klinik habe ich angefangen, noch intensiver über den Sinn des Lebens nachzudenken. Über die Zeit, die mir noch bleibt und so ..." Lisa schluckte. „Ich habe auch angefangen, meine Erinnerungen aufzuschreiben."
„Mach das, Mutti, das ist eine super Idee!", erwiderte Hanna. „Vielleicht kann ich das ja bei Gelegenheit mal lesen und manches sogar für meinen Unterricht verwenden. Erlebte Geschichten hören die Kinder gern, das lockert die reine Wissensvermittlung auf."
„Von mir aus gern", sagte Lisa. „Aber ich brauche noch etwas Zeit ... viel Zeit wahrscheinlich."
„Ist doch klar, Mutti, ich weiß, wie lange man braucht, um etwas zu schreiben, was Hand und Fuß hat." Dann wechselte Hanna das Thema. „Hast du schon etwas Neues über deinen Spielfreund Max herausgefunden?"
„Leider nicht. Ich habe schon etliche Leute namens Zimmermann angerufen, aber bisher war der richtige Max noch nicht dabei."
„Bleib dran, Mutti! Du schaffst das schon. Leider muss ich jetzt Schluss machen, ich habe meine Nachbarin zum Abendbrot eingeladen."
„Dann wünsche ich dir einen schönen Abend", verabschiedete Lisa sich.
„'Tschüss, Mutti. Bis bald mal wieder."

In den nächsten Tagen nahm Lisa sich immer wieder das Telefonbuch vor. Mit zehn Teilnehmern namens Zimmermann hatte sie bereits gesprochen, keiner von ihnen kannte Max. Fünf hatte sie noch nicht erreicht, doch sie durfte nicht aufgeben. Vielleicht war ja doch noch einer dabei, der ihr weiterhelfen konnte.
Wenn sie den Gottesdienst oder eine der anderen Zusammenkünfte in ihrer Kirchgemeinde besuchte, erkundigten sich dort viele Leute nach ihrem Befinden. Manchmal ergab sich daraus ein längeres Gespräch, in dem Lisa von ihrer Begegnung mit Max und ihrer Suche nach ihm erzählte. Doch leider kannte auch hier niemand ihren ehemaligen Spielfreund, offensichtlich gehörte er nicht zur Kirchgemeinde.
Doch sie durfte die Hoffnung nicht aufgeben. Dass ihr ausgerechnet

Max im Krankenhaus über den Weg gelaufen war, konnte kein Zufall sein. Das war ihrer Meinung nach göttliche Fügung, und nun wollte sie auch wissen, womit sie ihn so sehr verletzt hatte. Sie wollte sich mit Max aussprechen und ihn um Vergebung bitten – das war das Mindeste, was sie für ihn und für sich selbst tun musste.

Neben der Suche nach Max hatte sie angefangen, ihre Listeneinträge *Was geordnet werden muss/Was ich loslassen muss* in Angriff zu nehmen. Bei der Durchsicht ihres Kleiderschrankes fand sie vieles, was sie seit Jahren nicht getragen hatte und sicher auch in Zukunft nicht tragen würde. Das sortierte sie in vier Stapel. Der erste enthielt alles, was noch sehr gut erhalten war. Auf den zweite legte sie Kleidungsstücke, von denen sie einzelne Teile – wie Knöpfe, Schnallen, Reißverschlüsse, Borten, Fellbesätze, Verzierungen und vieles mehr – abtrennen wollte. Oder die aus Stoffen gemacht waren, die sich zur Weiterverarbeitung oder zum Ausbessern anderer Kleidungsstücke eigneten.

Schon früh hatte die Mutter ihr das Nähen beigebracht. Durch Vaters Schuhmacherwerkstatt gehörte sie zu den Auserwählten, die verschiedene Nähmaschinen besaßen. Einige verkauften sie in der schweren Zeit oder tauschten sie gegen Lebensmittel ein, die beste behielten sie. Damals und auch während der DDR-Mangelwirtschaft hatte Lisa gelernt, aus abgelegten Kleidungsstücken neue, schöne Dinge zu zaubern und kaputte Sachen so zu reparieren, dass die ausgebesserten Stellen ihnen einen besonderen modischen Touch verliehen. Lächelnd erinnerte sie sich daran, wie sie einmal für ein Loch in Hannas Lieblingshose ein passendes Stoffstück zu einer Note zugeschnitten und diese kunstvoll aufgenäht hatte, woraufhin die Hose von Hannas Klassenkameradinnen bewundert wurde. Einige Mütter hatten sich sogar bei Lisa erkundigten, wie man so etwas machte. Und dann hatten sich die Frauen eine Zeit lang getroffen, um ihre Ideen auszutauschen, gemeinsam zu nähen und zu plauschen. Ebenso große Aufmerksamkeit wie die Notenhose hatten Julianes Patchwork-Tasche und einige Faschingskostüme auf sich gezogen, die Lisa nach den Vorstellungen der Mädchen kreiert hatte.

Der dritte Stapel enthielt Kleidungsstücke, die sich zerschnitten als Putzlappen eigneten, und der vierte rangierte als Lumpenhaufen. Die

Sachen, die noch gut erhalten waren, packte sie in einen Karton und versah ihn mit der Aufschrift *Rumänienhilfe*. In der Nähe von Pirna gab es einen Verein, der regelmäßige Transporte zu den Ärmsten der Armen nach Rumänien organisierte. In Lisas Kirchgemeinde wurden dafür Kleider-, Sach- und Geldspenden gesammelt.

Nach der Kleidung nahm sie sich ihren Schmuck vor, sortierte ihn in echten und in Modeschmuck und beschriftete besondere Erbstücke so, dass ihre Töchter sich später einen raschen Überblick verschaffen und alles gerecht teilen konnten.

Dann kamen die vielen kleinen Dinge in ihrer Schrankwand an die Reihe. Auch da gab es etliches, was sie nicht mehr brauchte. Sie sortierte es in vier Kartons mit den Aufschriften: *Verkaufen. Verschenken. Wegwerfen. Fotografieren und erzählen.* In den Karton *Fotografieren und erzählen* legte sie Gegenstände, die zwar einen besonderen Erinnerungswert besaßen, aber weder schön noch wertvoll waren.

Dann folgten zahlreiche Gegenstände, die ihre Töchter im Laufe ihrer Kindheit gebastelt und ihr geschenkt hatten; verschiedene Vasen aus dem Nachlass der Mutter; Souvenirs, die sie sich von verschiedenen Reisen mitgebracht hatte, und vieles mehr.

Als Juliane bei Lisa vorbeischaute, brachte sie ihre Freude über die Sortieraktion der Mutter zum Ausdruck. Dann inspizierte sie neugierig die verschiedenen Kisten, suchte sich einige Dinge aus, die sie gern behalten wollte, und stellte eine Auswahl zusammen, die sie in ihrem Laden zum Verkauf anbieten konnte. „Die Sachen sehen aus wie neu, haben aber inzwischen einen gewissen Seltenheitswert. Manchmal suchen die Leute ein besonderes Geschenk oder so. Ich schreibe ein Schild dazu *Second-Hand-Angebote*, damit sind wir auf der sicheren Seite."

Lisa runzelte die Stirn. „Aber geht das denn? Schließlich habt ihr keinen Second-Hand-Laden."

„Das nicht, aber einen der wenigen *Tante-Emma-Läden*, die sich gehalten haben. Und unsere Kunden sind ständig auf der Suche nach Dingen, die es nicht in jedem x-beliebigen Supermarkt gibt. Natürlich darf das mit den alten Sachen nicht überhandnehmen, ich denke dabei nur an eine kleine Auswahl von besonderen Dingen. Außerdem haben wir im hinteren Teil unseres Geschäftes die große Fläche, wo früher die vielen Getränkekästen standen. Seit es diesen Getränkchändler nebenan gibt, haben wir unser Angebot an Getränken stark reduziert, also haben wir da Platz für neue Ideen."

„Nun gut, dann versucht es. Das Geld könnt ihr behalten. Hanna möchte nichts von all den Sachen, ich habe sie bereits am Telefon gefragt."

„Das dachte ich mir." Juliane kicherte. „Meine ordnungsliebende Schwester häuft keine unnötigen Besitztümer an. Alles in ihrer Wohnung muss clean und zweckdienlich sein."

„Nun übertreib mal nicht!", mahnte Lisa. „Das klingt ja gerade so, als wohnte Hanna in einer sterilen Umgebung aus Chrom und Glas. Ich finde ihre Wohnung durchaus gemütlich."

„Schon gut Mutter, so krass habe ich das auch nicht gemeint. Aber im Vergleich zu deiner Stube sieht Hannas Wohnzimmer sehr ... ähm ... eben sehr ordentlich aus, fast wie die Ausstellung eines Möbelhauses. "

„Mag schon sein." Lisa nahm einen gedrechselten Kerzenständer aus dem Schrank. „Deshalb räume ich ja jetzt auf."

„Ich habe nicht behauptet, dass es bei dir unaufgeräumt ist. Ich hoffe, du verstehst mich nicht falsch." Juliane ließ ihre Blicke durch das Zimmer wandern. „Außerdem bin ich hier groß geworden, ich finde es gemütlich; trotzdem ist es gut, dass du mal so eine richtige Bestandsaufnahme machst und ausmistest. Vieles ist ja wirklich total überflüssig, Ballast, den du nie wieder benutzen wirst. "Da entdeckte sie auf dem Tisch das Telefonbuch. „Wie weit bist du mit deiner Suche nach Max? Hast du schon alle Zimmermänner angerufen? Soll ich dir helfen? Oder soll ich mal auf dem Einwohnermeldeamt ..."

„Danke für dein Angebot, aber ich mach das lieber allein", unterbrach Lisa ihre Tochter. „Schließlich könnte es ja sein, dass einer der Leute, die ich noch anrufen muss, Max tatsächlich kennt. Dann ist es besser, wenn ich ihm gleich weiter Fragen stellen kann."

„Und wie viele Einträge im Telefonbuch sind noch offen?", wollte Juliane wissen.

„Fünf."

Als Lisa den gedrechselten Kerzenständer in die Kiste mit der Aufschrift *Fotografieren und erzählen* legte, fragte Juliane: „Was ist mit den Sachen, die da drin sind? Soll ich mal schauen, ob sich davon noch etwas verkaufen lässt?"
Lisa schüttelte den Kopf. „Jetzt noch nicht. Diese Gegenstände haben alle einen besonderen Erinnerungswert für mich. Jeder hat eine Geschichte. Diese Geschichten werde ich aufschreiben. Dazu möchte ich von allen Gegenständen Fotos machen, danach können sie weggeworfen oder verkauft werden. Zum Beispiel hat diesen Kerzenständer dein Opa gedrechselt, als er ..."
„Bitte nicht jetzt, Mutter!" Juliane hob abwehrend die Hände. „Ich habe noch so viel zu tun. Schreib die Geschichte auf, das ist eine gute Idee. Vielleicht lese ich sie später mal."
Lisa ahnte, dass dieses *später* – wenn überhaupt – erst nach ihrem Tod sein würde, dennoch wollte sie weiterschreiben. Denn die Briefe, Listen und Aufzeichnungen halfen ihr, ihre Gedanken und Gefühle zu ordnen und die Prioritäten ihres Lebens zu klären. Sie wusste, dass ihre Zeit begrenzt war – deshalb durfte sie sich nicht verzetteln. Es ging um die Summe ihres Lebens und die Frage, was wirklich zählte.

Am Nachmittag läutete jemand so heftig an Lisas Tür, als wollte er sie vor einem Feuer warnen. Im Hausflur stand der sechsjährige Heinrich Starke, der mit seiner Familie in der Wohnung gegenüber lebte. Heinrich war schwerhörig und trug ein Hörgerät. Atemlos stieß er hervor: „Die Frau mit dem Papagei braucht Hilfe. Aber meine Mama ist nicht da. Und Papa hat keine Zeit. Er denkt, ich denke mir das nur aus, aber der Frau mit dem Papagei geht es wirklich schlecht."
„Du meinst Frau Forell?", fragte Lisa laut und deutlich.
Heinrich nickte heftig. „Ja. Die Frau mit dem Papagei."
„Warst du bei ihr?", wollte Lisa wissen. „Hat sie dich geschickt, um Hilfe zu holen?"
Heinrich antwortete weder mit Ja noch mit Nein, sondern drängte Lisa weiter, sofort nach der Frau mit dem Papagei zu sehen. Also nahm sie

ihren Wohnungsschlüssel und eilte mit Heinrich die Treppe in die vierte Etage hinauf.

Es dauerte ziemlich lange, bis Frau Forell ihnen öffnete. Blass und erschöpft klammerte sich die alte Dame an den Türrahmen.

„Dürfen wir Ihnen helfen?", fragte Lisa.

„Gern." Frau Forell atmete tief durch und deutete auf die Küchentür: „Meine Einkäufe ... einiges muss in den Kühlschrank ... ich ... ich muss mich wieder hinlegen."

„Ich helfe dir!", rief der kleine Heinrich, sprang an Frau Forells Seite und nahm ihre Hand. Lisa schloss hinter sich die Tür, eilte an die andere Seite der alten Dame und begleitete sie ins Wohnzimmer, wo sie der Papagei mit „Hereinspaziert!" und „Ruckzuck, ahoi" begrüßte.

Während der Papagei weiter herumplapperte, legte Frau Forell sich aufs Sofa und sagte leise: „Danke, dass Sie gekommen sind."

Heinrich setzte sich neben die alte Dame und streichelte ihren Arm.

„Soll ich einen Arzt holen?", fragte Lisa.

„Auf keinen Fall!" Frau Forell hob abwehrend die Hand „Ich muss mich nur ein wenig ausruhen ... ein Glas Wasser vielleicht ..."

Nachdem die alte Dame das Wasser getrunken hatte, seufzte sie: „Danke, Frau Blume, Sie schickt der Himmel."

Lächelnd schüttelte Lisa den Kopf. „Diesmal war es nicht der Himmel, sondern Heinrich."

„Du?" Erstaunt blickte Frau Forell den Kleinen an. „Woher wusstest du das?"

„Was?" Heinrich hielt den Kopf schief und fasste sich hinters Ohr.

Laut und deutlich fragte Lisa: „Woher wusstest du, dass es Frau Forell nicht gut geht?"

Heinrich zuckte mit den Schultern. „Das habe ich gemerkt."

„Ruckzuck, ahoi", rief der Papagei wieder und erinnerte Lisa an die Einkäufe in der Küche.

Während Lisa alle Lebensmittel aufräumte und Tee kochte, blieb Heinrich an Frau Forells Seite. Dann verabschiedete er sich und versicherte, am nächsten Tag noch einmal vorbeizuschauen.

Die beiden Frauen wunderten sich erneut über die Sensibilität des Jun-

gen. Frau Forell erklärte: „Ich habe ihm kein Wort davon gesagt, dass es mir nicht gut geht. Wir sind uns nur kurz im Treppenhaus begegnet, als ich vom Einkaufen kam." Dann setzte sie sich auf und nahm Lisas Hand. „Vielen Dank, dass Sie gekommen sind. Ich denke, ich schaffe das jetzt allein."
Lisa deutete auf das Telefon. „Bitte rufen Sie mich an, wenn Sie Hilfe brauchen."
Lächelnd nickte die alte Dame. „Es ist schön, so nette Nachbarn zu haben."

In den folgenden Tagen schaute Lisa regelmäßig bei Frau Forell vorbei, bekam ab und zu Besuch von Juliane oder den Kindern aus dem Haus, sortierte weiter ihre Habseligkeiten, telefonierte mit Hanna und verschiedenen Bekannten und schrieb an ihren Erinnerungen, Listen und Briefen. Eines Nachmittags, als Lisa gerade dabei war, den Inhalt ihres Wohnzimmerschrankes zu sichten, läutete es an der Wohnungstür. Wer mochte das sein? Vielleicht wieder der kleine Heinrich oder eines der anderen Kinder aus dem Haus? Die wussten, dass Lisa meistens daheim war und sich über ihren Besuch freute. Erst gestern hatte sie mit Emma, Leni und Heinrich Kekse gebacken.
Doch vor der Tür stand Herr Luft mit einem großen Blumenstrauß und strahlte sie an, als wäre heute der größte Freudentag seines Lebens. Er trug eine dunkle Stoffhose, ein perfekt gebügeltes Hemd und duftete nach Rasierwasser. „Liebe Frau Blume!", sagte er feierlich. „Heute möchte ich endlich meine Schulden begleichen!"
„Welche Schulden?" Lisa blickte ihn fragend an.
„Na die Blumen, die ich Ihnen am 5. Februar in die Klinik bringen wollte." Lisa fuhr sich durchs Haar und fragte sich, wann sie sich das letzte Mal gekämmt hatte. Bestimmt sahen ihre Haare aus wie ein Staubmopp. „Aber Herr Luft! Sie haben mir an diesem Tag doch dann viel mehr geschenkt als Blumen! Musik, Freude und Versöhnung mit meiner Zimmernachbarin."
„Versöhnung? Das freut mich. Versöhnung ist immer gut." Er streck-

te ihr den Blumenstrauß entgegen. „Da, nehmen Sie! Bevor wieder jemand anderes kommt, der Blumen nötig hat!"

„Ähm … danke." Lisa nahm ihm den Strauß ab und bedeutete ihm hereinzukommen. „Aber schauen Sie sich bloß nicht um! Seit Tagen sortiere ich meine Sachen. Während der Zeit in der Klinik ist mir klar geworden, dass das nötig ist, schließlich möchte ich meinen Kindern nicht einem Haufen unnützen Kram hinterlassen."

„Das verstehe ich. Machen Sie sich bloß keine Gedanken, ich bin nicht gekommen, um ihre Ordnungskompetenzen zu überprüfen."

„Jetzt klingen sie wie ein Lehrer", kicherte Lisa. „Meine jüngere Tochter spricht auch manchmal von Kompetenzen."

„Ich bin kein Lehrer, nur ein ganz gewöhnlicher Malermeister im Ruhestand."

Herr Luft folgte Lisa ins Wohnzimmer.

„Bitte." Sie deutete auf einen Stuhl. Während er sich setzte, überlegte Lisa, ob sie schnell ihre Sortierkisten ins Schlafzimmer räumen sollte, doch das würde Herrn Luft sicher den Eindruck vermitteln, sie sei beschäftigt und habe ihn nur aus Höflichkeit hereingebeten. Also beschloss sie, die Unordnung zu ignorieren und sich ganz auf ihren Gast und die Blumen zu konzentrieren. Zwischen Tulpen, Anemonen und Ranunkeln steckten einige Zweige vom Mandelbäumchen, das sie seit ihrer Kindheit liebte. „Vielen Dank, der Strauß ist wunderschön." Herr Luft räusperte sich. „Also eigentlich wollte ich Ihnen ja schon längst Blumen bringen, ich war schon einmal kurz davor, aber …" Er schüttelte den Kopf und grinste verschmitzt. „… also die Blumen sind mir auf dem Weg zu Ihnen wieder abhandengekommen."

„Oh!" Lisa lachte. „Wie haben Sie das denn angestellt?"

„Ja, als ich mit den Blumen auf dem Weg zu Ihnen war, traf ich unten im Hausflur Frau Rumpert, die sofort wieder anfing, über meinen – oder besser gesagt den Hund der Kinder – zu schimpfen. Da stand ich nun mit meinem schönen Strauß, der so gar nicht zu dieser Dissonanz passen wollte. Und dann fiel mir eine Bibelstelle ein, in der es darum geht, dass man seinem Feind Gutes tun soll." Er räusperte sich. „Nun, jedenfalls habe ich der schimpfenden Frau kurzerhand die Blumen in die Hand gedrückt und sie um Vergebung für alle Belästigungen gebeten, die sie erdulden muss, und so weiter und so fort. Da ist sie sehr still geworden, hat sogar ein schwaches *Danke* über die Lippen gebracht und sich rasch mit hochrotem Kopf und den Blumen in ihre Wohnung zurückgezogen."

Lisa nahm eine Vase aus dem Schrank. „Das war ja eine tolle Idee! Einige dieser Bibelstellen über den Umgang mit unliebsamen Menschen kenne ich übrigens auch, zum Beispiel die mit den glühenden Kohlen."

„Sie lesen auch in der Bibel?" Herr Luft hob den Daumen. „Super! Ja, den Vers mit den glühenden Kohlen aus den Sprüchen Salomos finde ich auch genial. *Hungert deinen Feind, so speise ihn mit Brot, dürstet ihn, so tränke ihn mit Wasser, denn du wirst feurige Kohlen auf sein Haupt häufen, und der Herr wird dir's vergelten.*"

Lisa nickte. „Ich habe diesen Vergleich neulich im Brief des Paulus an die Römer gelesen. Da steht er nämlich auch. Und ich finde es schön, dass auch Sie in der Bibel lesen. Doch nun werde ich erst einmal die Blumen ins Wasser stellen. Übrigens mag ich das Mandelbäumchen besonders gern. Es war das Erste, was mein Vater nach unserem Umzug in unseren kleinen Garten gepflanzt hat. Ja, und wie die Mandelbaumzweige mich an unseren Neuanfang damals in Heidenau erinnern, so erinnert mich vieles von diesem alten Kram an Ereignisse aus meiner Vergangenheit."

Sie deute mit dem Kopf auf die Sachen, die im Zimmer herumlagen. „Deshalb brauche ich ziemlich viel Zeit, um alles zu sortieren. Andererseits möchte ich über all dem auch nicht die Gegenwart verpassen."

„Ich weiß, was Sie meinen." Herr Luft ließ seine Blicke zu Lisas Sortierkisten wandern. „Erinnerungen sind wichtig. In der Vergangenheit liegen unsere Wurzeln. Sie hat uns geprägt und wir können aus der Geschichte lernen. Aber die Gegenwart will auch gelebt werden, womöglich habe wir nicht mehr viel Zeit und sollten das Beste daraus machen."

„Auch darüber habe ich in der Klinik nachgedacht." Lisa blieb mit der Vase an der Tür stehen. „Und ich habe mir vorgenommen, die Zeit, die mir noch bleibt, bewusst zu nutzen." Lächelnd nickte sie Herrn Luft zu. „Und jetzt würde ich mich freuen, wenn Sie noch etwas Zeit für eine Tasse Kaffee hätten. Oder möchten Sie lieber Tee?"

„Gern nehme ich einen Kaffee. Aber machen Sie sich bloß keine Umstände, eigentlich wollte ich ja nur meine Schulden bezahlen."
„Das macht doch keine Umstände, ich freue mich über Gesellschaft zum Kaffee. Mögen Sie Kekse? Erst gestern habe ich welche gebacken; mit Emma, Leni und Heinrich."
Herr Luft lachte. „Na, danach wird Ihre Küche aber schön bunt ausgesehen haben!"
„Ach, so schlimm war das nicht." Lisa winkte ab. „Jedenfalls nicht schlimmer als die Unordnung hier im Wohnzimmer."
Endlich eilte Lisa in die Küche, versorgte die Blumen, schaltete die Kaffeemaschine ein und huschte dann ins Badezimmer. Dort blickte sie in den Spiegel. Sie sah blass aus, aber wenn sie sich jetzt schminkte, wäre das zu auffällig. Außerdem hatte sie das noch nie gut gekonnt; sie war keine von denen, die sich besonders *zurechtmachten*. Rasch kämmte sie sich die Haare, nahm ein wenig Deo und zupfte an ihrem Pullover. Dann eilte sie zurück in die Küche, holte die Vase mit den Blumen und brachte sie ins Wohnzimmer. Als sie die Kekse auf den Tisch stellte, sagte Herr Luft: „Dann waren also die drei jüngeren Kinder aus dem Haus gestern bei Ihnen. Unterdessen haben Benno und Manuel mit mir Winnie Rex ausgeführt." Er zwinkerte ihr zu. "Wir sollten uns zusammentun und das Kinderbespaßungsinstitut Blume und Luft gründen."
„Sie haben vielleicht Ideen!" Kichernd holte Lisa zwei Gedecke aus dem Schrank. „Ein Kinderbespaßungsinstitut!"
„Warum nicht?" Herr Luft zwinkerte ihr zu. „Institut klingt doch viel besser als ‚Einrichtung' oder gar ‚Anstalt'."
„Damit haben Sie allerdings recht." Lisa trug Tassen und Teller zum Tisch. „Stammt der Name des Hundes eigentlich auch von Ihnen?"
„Nein, natürlich nicht!" Entsetzt hob er die Hände. „Winnie Rex – das klingt wie saure Gurke mit Schlagsahne! Aber ich konnte nichts dagegen tun, jedes der Kinder bestand auf einem anderen Namen, bis sie sich schließlich auf diese Symbiose einigten. "
Lachend stellte Lisa das Geschirr ab und holte zwei Servietten. „Na, mal sehen, ob er seiner Mischung aus Polizeihund Rex und Winnie Puuh gerecht wird." Sie blickte auf. „Übrigens finde ich es sehr nett von Ihnen,

dass Sie Manuels Hund zu sich genommen haben. Frau Stummschreier hat es nicht leicht, so allein mit den beiden Kindern. Ich kann gut verstehen, dass sie sich nicht auch noch um einen Hund kümmern will."
„Hm, von dieser Seite her habe ich die Sache noch gar nicht betrachtet." Herr Luft wiegte den Kopf. „Mir taten vor allem die Kinder leid. Ich habe mir früher auch immer einen Hund gewünscht, aber nie einen bekommen. Und nun", er zuckte mit den Schultern, „seit dem Tod meiner Frau ist es sehr still um mich geworden."
„Haben Sie Kinder?"
„Einen Sohn. Andreas wohnt mit seiner kleinen Familie auch hier in Heidenau. Aber Sie wissen ja, wie das ist: Die jungen Leute führen ihr eigenes Leben und ich will ihnen nicht zur Last fallen. Und seine Tochter, also meine Enkelin, ist schon siebzehn und hat natürlich auch nicht viel Lust, ihre Zeit mit einem ollen Knacker wie mir zu verbringen. Deshalb genieße ich das Zusammensein mit den Kindern hier im Haus. Und den Hund möchte ich inzwischen auch nicht mehr missen."
„Ich mag Hunde auch. Als ich Kind war, hatten wir eine Schäferhündin." Herr Luft lehnte sich zurück. „Wissen Sie eigentlich, dass der neunjährige Benno ein richtiges Rechengenie ist? Als ich gestern mit den Jungs unterwegs war, habe ich nur so gestaunt."
„Nein, das wusste ich nicht. Aber ich habe bemerkt, dass sein kleiner Bruder sehr einfühlsam ist. Neulich hat Heinrich mich gebeten, zu Frau Forell zu gehen, weil es ihr nicht so gut ginge. Tatsächlich traf ich Frau Forell völlig erschöpft an. Sie war sehr dankbar, als ich kam. Sie wunderte sich auch über das Gespür des kleinen Heinrich, denn sie war ihm nur kurz im Treppenhaus begegnet. Als ich Heinrich später danach fragte, meinte er, es sei doch ganz normal, dass man spüre, wenn es jemandem nicht gut gehe." Lisa schwieg einen Moment und fuhr dann fort: „Vielleicht kommt das daher, dass er nicht gut hören kann?"
„Das ist durchaus möglich." Herr Luft blickte Lisa fragend an. „Und wie geht es der alten Dame jetzt?"
„Inzwischen war der Arzt da. Sie hat Probleme mit dem Kreislauf und kämpft mit einer Erkältung. Der Arzt sagt, sie soll sich schonen. Freitagnachmittag kommt ihre Tochter, bis dahin helfe ich ihr."

Er schlug sich an die Stirn. „Ich bin ein alter Esel, ich hätte längst mal nach ihr schauen sollen! Dabei ist mir schon vor einigen Tagen aufgefallen, dass sie ihre Zeitung erst kurz vor Mittag geholt hat. Sonst holte sie die bereits am Morgen."

„Oh, das wusste ich gar nicht! Ich habe ihr die Zeitung auch erst gegen Mittag hinaufgebracht." Lisa holte den Kaffee, goss ein und setzte sich.

„Danke." Herr Luft nahm sich einen Keks. „Ab morgen werde ich ihr die Zeitung bringen, dann können Sie sich diesen Weg sparen. Und ich werde Frau Forell fragen, ob ich etwas einkaufen soll. Das kann ich mit meinen täglichen Runden mit Winnie Rex verbinden. Und am Nachmittag können die beiden Jungen mir tragen helfen. Es ist gut, wenn man die Kinder beizeiten für die Befindlichkeiten anderer Menschen sensibilisiert."

„Das war wieder so ein Lehrer-Satz." Lisa trank einen Schluck Kaffee.

Grinsend zwinkerte Herr Luft ihr zu „Tja, ich bin eben ein Wörterdieb."

„Sie meinen, Sie stehlen anderen Leuten die Worte?" Lächelnd lehnte Lisa sich zurück.

„Ja, so könnte man es nennen. Anderen ihre Aussprüche zu stehlen ist doch nicht verboten, oder? Schließlich werden die Leute dadurch nicht ärmer, sie können ihre Worte ganz normal weiterverwenden."

„Nein, verboten ist es nicht, es überrascht nur manchmal."

„Das ist gut. Überraschungen gehören zur Würze des Lebens. Ich liebe Überraschungen." Er hob den Rest seines Kekses. „Und diese Köstlichkeit hier ist auch eine Überraschung. Sie schmeckt nach Liebe und macht Lust auf mehr."

Bei Kaffee und Keksen plauderten sie weiter und überlegten schließlich, was man tun könnte, damit sich das Verhältnis zwischen Familie Rumpert und den anderen Mitbewohnern ein bisschen entspannte. Ständig reglementierten sie die anderen, besonders lautstark schimpften sie mit den Kindern, als müssten sie ständig und vor jedem ihre Autorität als Verwalter demonstrieren.

„Wenn ich irgendjemandem zutraue, die Atmosphäre in unserem Haus zu verbessern, dann sind Sie das." Lächelnd goss Lisa Herrn Luft noch einmal Kaffee nach. „Ein Beweis dafür sind die Blumen, die Sie spontan an Frau Rumpert verschenkt haben."

„Sie machen mich ganz verlegen." Herr Luft goss sich Sahne in den Kaffee. „Doch leider muss ich Ihnen widersprechen, denn auch ich habe kein Patentrezept für den Umgang mit Leuten wie den Rumperts. Vielleicht wäre das anders, wenn ich Koch gelernt hätte." Er hob den Finger. „Aber ich bin überzeugt davon, dass unser himmlischer Vater ein Rezept kennt und uns bei der Auswahl der richtigen Zutaten helfen kann."

Lisa nickte. „Dafür kann man nur beten. Auf jeden Fall finde ich Ihre kreativen Ideen genial. Zum Beispiel Ihr Besuch im Krankenhaus mit der spontanen musikalischen Einlage – auf so etwas muss man erst einmal kommen."

Herr Luft erläuterte ihr, dass das nicht so schwer gewesen sei, da er in einem großen Kirchenchor in Dresden mitsinge, mehrere Instrumente spiele und früher Kapellmeister werden wollte. Leider musste er diesen Traum aufgrund des Krieges aufgeben und einen *richtigen* Beruf erlernen, wie sein Vater es nannte. „Aber nun haben wir genug über mich geredet", schloss er seinen Bericht. "Jetzt sind Sie dran. Erzählen Sie doch mal etwas von sich."

„Was möchten Sie denn gern wissen?" Lisa schob sich den Rest eines Kekses in den Mund.

„Ach, fangen Sie doch einfach irgendwo an. Wir müssen uns ja heute nicht über unsere ganze Lebensgeschichte austauschen, wir können uns das schön einteilen. So haben wir immer mal wieder einen Grund, uns zu treffen." Er zwinkerte ihr zu. „Mir würde das jedenfalls gefallen."

Lisa spürte, wie sie rot wurde. Um ihre Antwort noch ein wenig hinauszuzögern, kaute sie länger als nötig auf ihrem Keks herum. Wie sollte sie die Worte dieses Mannes verstehen? War er tatsächlich an ihr interessiert? Was sollte sie ihm antworten? *Ein Mädchen muss sich rarmachen,* hatte die Mutter immer gesagt, *wenn du an einem Jungen interessiert bist, darfst du ihn das nicht gleich spüren lassen.* Sie spülte den Keks mit einem Schluck Kaffee hinunter und schalt sich in Gedanken selbst. *Unsinn! Du bist kein junges Mädchen mehr und er ist kein junger Bursche! Er ist ein Mann mit Lebenserfahrung und wünscht sich ein gutes Miteinander der Leute in diesem Haus. Du bist eine von den Mitbewohnerinnen, mehr nicht!*

„Ähm, ja …", stammelte sie, „also … also dann zu mir. Als Sie von Ihrem Traumberuf sprachen, musste ich an meinen eigenen denken, denn mir ging es ähnlich wie Ihnen. Auch mein großer Traum ist durch den Krieg zerplatzt wie eine Seifenblase. Ich wollte Kunst studieren in Dresden an der Kunstakademie. Ich habe schon immer gern gezeichnet, während der Schulzeit gewann ich bei etlichen Zeichenwettbewerben einen Preis." Sie trank noch einen Schluck Kaffee und fuhr dann fort: „Doch dann kam, wie gesagt, der Krieg, mein Vater wurde eingezogen und ich musste zum Landdienst. Als das Landjahr zu Ende war, suchte ich nach einer Arbeit, um meine Mutter finanziell zu unterstützen. Ich hatte auf der Haushaltsschule Stenografie und Maschinenschreiben gelernt und war auch in Mathematik ziemlich gut, also fand ich eine Anstellung in einem Büro."

Herr Luft deutete auf die Wand, an der ein gerahmtes Aquarell von Stiefmütterchen hing. „Dann haben Sie dieses Bild selbst gemalt?"

„Ja, ich habe unzählige Blumenbilder gemalt, viele habe ich verschenkt. Jede Blüte ist ein kleines Wunder für sich, jede sieht anders aus. In natura sind sie natürlich noch viel schöner als auf meinen Bildern. Man kann mit dem Pinsel leider nur einen Bruchteil der Wirklichkeit einfangen. Aber man kann mit den Bildern auch Stimmungen und Gefühle zum Ausdruck bringen genauso wie mit einem guten Roman oder einem Musikstück."

„Ich weiß, was Sie meinen. Ich bin ein begeisterter Besucher der Gemäldegalerie. Bis zum Tod meiner Frau haben wir in der Dresdner Altstadt gewohnt, wir hatten eine Jahreskarte für die Museen. Jetzt lohnt sich das nicht mehr, obwohl ich immer noch in der Dresdner Kirchgemeinde zu Hause bin. Meine Glaubensgeschwister dort haben mir nach dem Tod meiner Frau geholfen, wieder ins Leben zurückzufinden. Nach dem Tod von Regine – meiner Frau – hätte ich am liebsten", Herr Luft hüstelte mehrmals und biss sich dann auf die Lippe, „also ich … ähm, ich wäre am liebsten auch gestorben. Gott sei Dank waren da noch Andreas mit seiner Familie, meine Kirchgemeinde, der Kirchenchor … also sie haben mir geholfen, über die dunkelsten Wochen hinwegzukommen."

„Ich kenne dieses Gefühl", sagte Lisa leise. „Ich weiß nicht, was nach dem Tod meines Mannes aus mir geworden wäre, wenn ich nicht meine beiden Töchter gehabt hätte."

Herr Luft schaute ihr in die Augen und legte kurz seine Hand auf ihren Arm. „Wie mir scheint, haben wir viel gemeinsam."

Die Stelle, an der er Lisa berührt hatte, fühlte sich an, als hätte er dort ein kleines Feuer entzündet. Genauso ein Feuer, wie seine Blicke in ihrem Inneren entfachten. Während sie sich mit einem Schluck Kaffee abzulenken versuchte, nahm er einen weiteren Keks und knabberte daran.

Als sie ihre Kaffeetasse absetzte und ebenfalls einen Keks nahm, hallten seine Worte in ihr nach: *Wie mir scheint, haben wir viel gemeinsam.* Sollte das ein Kompliment sein? Unsinn, was reimte sie sich da nur wieder zusammen! Er hatte lediglich eine Feststellung ausgesprochen. Ja, eine Feststellung, und nicht mehr!

Sie räusperte sich. „Hm... wann mussten Sie von Ihrer Frau Abschied nehmen?"

„Vor einem reichlichen Jahr." Er schluckte. „Andreas wollte dann, dass ich die große Wohnung aufgebe und näher zu ihm und seiner Familie ziehe. Deshalb lebe ich nun hier in Heidenau und finde es gar nicht so übel. So freundliche Nachbarn, die einen mit Kaffee und Keksen verwöhnen ... " Er zwinkerte ihr zu. „Ich danke Ihnen für diesen wunderschönen Nachmittag!"

Lisa spürte, wie sie erneut rot wurde. Auf einmal fühlte sie sich wieder wie ein fünfzehnjähriges Mädchen, das von einem attraktiven, älteren Jungen beachtet wurde. Doch auch diesmal schob sie diese Gefühle beiseite und schalt sich eine dumme, alte Schachtel. Sie war ganz sicher nichts Besonderes für ihn. Dieser Mann war zu jeder Frau freundlich, schließlich hatte er ja sogar der ständig meckernden Frau Rumpert einen Blumenstrauß überreicht. Also schluckte sie ihre süßen Keksreste hinunter und stammelte: „Ähm ... aber das, also dieser schöne Nachmittag ist doch nur das Resultat Ihrer Freundlichkeit! Schließlich haben *Sie* sich auf den Weg gemacht, als ich in der Klinik lag, und mich mit einer Gesangseinlage überrascht, die ich unter diesen Umständen nie

für möglich gehalten hätte. Und heute haben Sie mir diesen wunderschönen Frühlingsstrauß gebracht ... und überhaupt."
„Ach, das ist doch alles selbstverständlich." Er wedelte mit der Hand.
„Aber ich hätte da mal noch eine Frage. Also, wenn es Ihnen nichts ausmacht ... wollen wir nicht zum *Du* übergehen?"
Ihr Mund fühlte sich so trocken an, als hätte sie seit Tagen nichts getrunken. „Ja, gern", stieß sie hervor.
„Das freut mich ... Lisa." Erneut legte er ihr seine Hand auf den Arm, ließ sie diesmal aber etwas länger liegen. „Ich heiße Reginald. Leider kann man sich seinen Vornamen ja nicht aussuchen und ich musste lernen, mit ihm zu leben. Dagegen ist dein Name ein Ohrenschmaus." Er nahm seine Hand weg, beugte sich vor und blickte ihr in die Augen. „Lisa."
„Meinst du?" Sie zwang sich, dem Blick seiner braunen Augen standzuhalten. „So besonders finde ich meinen Namen gar nicht."
„Doch, das ist er. Dieser Name klingt wie eine Symphonie, in der einfach alles stimmt. Lisa." Aus seinem Mund klang ihr Name tatsächlich sehr melodiös.
Sie schluckte erneut, aber die Trockenheit in ihrem Mund wollte nicht weichen. Rasch wandte sie den Blick ab. „Ähm ... also ... wollen wir mit einem Glas Wein anstoßen?"
„Das ist eine Spitzenidee!"
Mit klopfendem Herzen stand sie auf und deutete in Richtung Küche. „Würden Sie ... ähm ...würdest du mir bitte helfen, eine Flasche zu öffnen?"
Am Abend schrieb Lisa in ihr Tagebuch:
Zur Summe des Lebens gehören vor allem auch Beziehungen. Auch wenn gemeinsame Erlebnisse rasch vergehen, gehören sie zum Leben und können immer wieder erinnert werden.
Während sie in kurzen Sätzen die Ereignisse des Tages festhielt, flatterten ihre Gedanken immer wieder zu Reginald. Er war zwei Jahre älter als sie, kam ihr aber viel jünger vor. Wahrscheinlich lag das an seiner sportlichen Figur, seinem dichten, dunklen Haar und seiner fröhlichen, aufmunternden Art. Er verstand es, dem Guten, das ihm widerfuhr,

mehr Gewicht beizumessen als dem Schlechten. Das schenkte ihm die Kraft, Widrigkeiten durchzustehen, ohne dabei seine lebenszugewandte Haltung zu verlieren. Bestimmt half ihm dabei auch sein Glaube – eine von vielen Gemeinsamkeiten, die sie einander näherbrachten. Und nachdem er ihr das Du angeboten hatte, hatte er es sich natürlich auch nicht nehmen lassen, sie nach dem Brüderschaftstrunk zu küssen – das war ein Kuss, der es in sich hatte. Er küsste sie lange, mit der Begründung, das gehöre sich einfach so, denn der Kuss sei das Siegel, das ihre Vereinbarung rechtsgültig mache. Lisas Herz hatte dabei gehämmert, als müsste es dem Schrittmacher beweisen, dass es auch ohne seine Hilfe zurechtkam und nur ab und zu etwas frischen Wind brauchte, um sich wie im zweiten Frühling zu fühlen. Durch den Kuss wurde ihr so heiß, als wäre plötzlich der Hochsommer in ihre Stube eingezogen.

Später hatten sie sich weiter unterhalten und miteinander gelacht, dabei war die Zeit wie im Flug vergangen. Am liebsten hätte sie Reginald noch zum Essen eingeladen, aber mit den wenigen Lebensmitteln, die noch in ihrem Kühlschrank lagen, durfte man keinen Mann abspeisen, erst recht nicht beim ersten gemeinsamen Abendessen.

Lisa fragte sich, ob sie für Reginald noch immer eine Nachbarin wie alle anderen war oder ob er mehr für sie empfand. Freilich war sie nicht gerade hässlich, aber es gab zahlreiche Frauen in ihrem Alter, die bedeutend attraktiver, schlanker, sportlicher und vor allem musikalischer waren. Und Reginald war keiner von denen, die daheim hockten, ihr Schicksal betrauerten und mit dem Leben abgeschlossen hatten. Männer wie er hatten garantiert auch jede Menge Chancen bei jüngeren Frauen. Sicher kannte er viele Frauen, allein in seiner Kirchgemeinde. Drei bis vier Mal in der Woche fuhr er nach Dresden, sang und musizierte mit anderen, besuchte verschiedene Veranstaltungen und den Gottesdienst. Er war kein Kind von Traurigkeit – er verstand es, andere aufzumuntern und eine gute Atmosphäre zu verbreiten. Der beste Beweis dafür war Frau Hartlaub. Nach seinem Besuch hatte Frau Hartlaub deutlich zum Ausdruck gebracht, wie angetan sie von diesem Mann war, und damit bewiesen, dass Lisa nicht die einzige Frau war, deren Herz in seiner Nähe höherschlug.

Dann fiel ihr wieder die junge Frau mit dem extravaganten Hut ein, mit der sie ihn vor einiger Zeit gesehen hatte. Reginald hatte sie umarmt, als wollte er sie für immer festhalten und sie hatte ihn auf die Wange geküsst. Sicher wäre er nicht abgeneigt gewesen, wenn sie ihm einen richtigen Kuss gegeben hätte! Lisa wollte sich davor hüten, dem Brüderschaftskuss zu viel Bedeutung beizumessen. Reginald hatte sie geküsst, weil das einfach zu diesem alten Ritual dazugehörte – na und, was war schon dabei? Und was war dabei, wenn ein Hausbewohner einem anderen einen Besuch in der Klinik abstattete? Reginald wünschte sich ein gutes Miteinander in diesem Haus, das hatte er selbst gesagt. Aber im Gegensatz zu anderen Leuten beließ er es nicht bei diesem Wunsch, sondern versuchte so viel wie möglich dafür zu tun. Genauso selbstverständlich, wie er Lisa in der Klinik besucht hatte, kümmerte er sich um Manuels Hund, nahm sich Zeit für die Kinder, schenkte Frau Rumpert einen Blumenstrauß und bot Frau Forell seine Hilfe an.
„Schlag dir diesen Mann aus dem Kopf, altes Mädchen", sagte sie zu sich selbst und erinnerte sich im selben Moment daran, dass sie fast dieselben Worte schon einmal zu sich gesagt hatte. Sie musste sich auf ihre Suche nach Max konzentrieren, der war wichtiger als Reginald. Es wurde Zeit, die nächsten Schritte in dieser Sache zu planen.

An diesem Morgen riss der Wecker Lisa bereits gegen sieben Uhr aus dem Schlaf. Sie eilte ins Bad, kleidete sich dann an und ging zum Bäcker. Zu Hause angekommen, stieg sie gleich hinauf in die vierte Etage zu Frau Forell. Dort öffnete ihr der kleine Heinrich die Tür. „Heute gehe ich nicht in den Kindergarten. Ich helfe Frau Forell." Ohne eine Antwort abzuwarten, hüpfte er ihr ins Wohnzimmer voraus und verkündete: „Frau Blume ist da!"
„Blume, Blume!", kreischte der Papagei.
Frau Forell saß in ihrem Ohrensessel und blätterte in der Zeitung. „Guten Morgen, Frau Blume! Wie Sie sehen, habe ich heute einen kleinen Gehilfen. Heinrich hat mir die Zeitung gebracht und meinen Einstein mit Futter und frischem Wasser versorgt."

„So früh schon?", wunderte Lisa sich.

„Ich weiß, was Sie meinen." Frau Forell nickte Lisa lächelnd zu. „Aber in meinem Alter schläft man nicht mehr so gut und sehnt den neuen Tag herbei. Gestern Abend haben wir es so abgesprochen, Heinrichs Mutter und ich."

Heinrich steckte seinen Arm in den Käfig und lockte: „Komm raus, Einstein! Die Nacht ist vorbei. Du musst fliegen, damit du fit bleibst! "

„Aus die Maus!", kreischte der Papagei.

„Einstein ist manchmal eine Nervensäge!" Frau Forell verzog das Gesicht und seufzte. „Dieses *Aus die Maus* hat ihm mein Urenkel beigebracht, nun posaunt er es mindestens zehn Mal am Tag in die Welt hinaus."

„Aus die Maus!" Einstein lief auf seiner Stange hin und her und nickte dazu. „Ruckzuck, ahoi!"

Heinrich versuchte weiter, den Vogel aus dem Käfig zu locken, doch der Papagei plusterte sich auf und überschüttete den kleinen Jungen mit einem Wortschwall wie ein Politiker, der viel reden, aber nicht zuhören konnte. „Ruckzuck, ahoi! Aus die Maus!"

Lisa deutete auf ihren selbst genähten Semmelbeutel. „Ich habe Ihnen frische Brötchen mitgebracht."

„Oh! Das ist lieb von Ihnen." Frau Forell stand auf. „Ich habe noch nicht gefrühstückt. Und mir geht es heute wirklich schon bedeutend besser."

„Darf ich Ihnen Kaffee kochen?" Lisa deutete auf die Küche.

„Natürlich dürfen Sie! Es wäre mir eine Freude, mit Ihnen zusammen zu frühstücken! Aber nur wenn Sie nichts Besseres vorhaben, Frau Blume!"

„Blume, Blume!", tönte der Papagei. „Ruckzuck, ahoi!"

Der kleine Hinrich erklärte, er habe schon zu Hause gegessen und müsse sich nun weiter um Einstein kümmern.

Beim Frühstück meinte Frau Forell: „Wenn man von so lieben Menschen umgeben ist, muss es einem ja gleich besser gehen! Heinrich hat ein Gespür dafür, was einem guttut. Er war gestern Nachmittag schon hier und ich muss sagen, dass mich seine Anwesenheit direkt aufmuntert. Wenn ich Unterhaltung brauche, erzählt er mir etwas oder lässt mich erzählen, und wenn ich mich ausruhen möchte, kümmert er sich

um Einstein. Aber ist es nicht schlimm, dass er so schlecht hören kann? Er hat zwar jetzt dieses Hörgerät, damit scheint es ganz gut zu gehen, trotzdem …" Seufzend schüttelte sie den Kopf.
Lisa bestrich ihr Brötchen mit Marmelade. „Auch mir ist aufgefallen, dass Heinrich sehr sensibel ist. Und das mit seinem Gehör … vielleicht ist er gerade deshalb so feinfühlig?"
„Ah, ich verstehe, was Sie sagen wollen!" Frau Forell hob den Zeigefinger. „Ja, so ist das Leben! Aus unseren Schwächen können Stärken erwachsen, die für andere zum Segen werden. Wir müssen es nur zulassen."
Lisa rührte nachdenklich in ihrem Kaffee „Und gerade die Menschen, die uns auf den ersten Blick nicht so ganz perfekt erscheinen, sind oft die verlässlichsten Freunde." Sie biss von ihrem Brötchen ab und genoss die Gemeinschaft. Eigentlich war sie gekommen, um die alte Dame zu unterstützen, doch jetzt spürte sie, wie sie selbst beschenkt wurde. Und wie es schien, war dieses gegenseitige Geben und Nehmen auch die beste Medizin für Frau Forell. Lisa wusste aus eigener Erfahrung, wie es sich anfühlt, auf die Hilfe und Freundlichkeit anderer angewiesen zu sein. Es war demütigend, wenn man immer nur nehmen musste und nichts geben konnte. Man fühlte sich dann wie ein Bettler am Straßenrand, dem die vorübergehenden Menschen zwar viele Münzen hinwarfen, aber keinen einzigen Blick schenkten.
Nachdem Lisa noch eine weitere Kanne Kaffee gekocht hatte, kamen sie auf ihren Aufenthalt in der Klinik zu sprechen. Schließlich erzählte sie Frau Forell auch von ihrer Begegnung mit Max.
Auf einmal stand Heinrich neben Lisa und erklärte: „In meinem Kindergarten gibt es auch einen Max. Sein Nachname ist Günzel. Ist das vielleicht Ihr Max?"
Verwundert, dass Heinrich ihr Gespräch mitbekommen hatte, antwortete Lisa: „Nein. Der Max, den ich meine, heißt Zimmermann. Und ist schon so alt wie ein Opa."
„Timmermann?", fragte Heinrich.
„Nein, Zimmermann," wiederholte Lisa.
„Ah, wie Zimmer!"
Lisa lachte. „Ja, Zimmermann wie Zimmer."

„Bloß gut, dass es ein anderer Max ist!" Heinrich atmete tief durch. „Der Max in meinem Kindergarten ist nämlich manchmal böse. Und er lacht mich aus, wenn ich etwas falsch verstehe. Dabei kann ich doch gar nichts dafür."

„Nein, du kannst nichts dafür! Und dieser Max weiß bestimmt noch gar nicht, was für ein toller Junge du bist!"

„Denke Sie, dass ich ein toller Junge bin?"

„Natürlich bist du das!"

„Das finde ich auch!" Frau Forell tätschelte ihm die Wange. „Und du bist mein tüchtiger Helfer! Ich bin froh, dass es dich gibt!"

Heinrich strahlte übers ganze Gesicht. Dann wandte er sich wieder an Lisa. „Habe Sie mit dem Max Zimmermann als Kind gespielt?"

„Natürlich! Er war wie ein Bruder für mich!", antwortete Lisa laut und deutlich. Etwas leiser fügte sie hinzu: „Aber das ist lange her, wir haben uns aus den Augen verloren."

„Ein Bruder? Und Sie wissen nicht, wo er jetzt wohnt?" Der Blick des kleinen Jungen drückte so viel Mitgefühl aus, dass es Lisa ganz warm ums Herz wurde.

„Nein." Sie räusperte sich. „Wir haben uns lange nicht gesehen."

Lisa wusste nicht, ob Heinrich sie verstanden hatte. Er blickte sie noch immer mit großen Augen an und schüttelte dann den Kopf. „Das ist sehr traurig. Ich möchte Benno nie verlieren. Leni auch nicht, aber die ist ja meine Schwester."

Er legte seine Hand auf ihre, sie war so leicht wie ein junges Vögelchen, das noch keine Federn hat. „Sie müssen Ihren Max finden!"

Lisa verspürte den Wunsch, den Kleinen vor allem Bösen abzuschirmen. Niemand sollte ihm wehtun, niemand auf der ganzen Welt! „Du hast recht", sagte sie. „Ich werde Max finden."

Frau Forell fragte: „Ist Einstein in seinem Käfig?"

„Oh nein! Hoffentlich macht er keine Dummheiten!" Schon sauste Heinrich zurück ins Wohnzimmer.

„Aber nun", sagte Frau Forell, „will ich alles über Ihren Freund Max hören, alles!"

Ungefähr dreißig Minuten später läutete es an der Tür. „Ich mach schon auf!", rief Heinrich. Kurz darauf erschien er mit Reginald, der einen großen Strauß Frühlingsblumen in der Hand hielt. Lisas Herz hämmerte, als wollte es sich einen Weg nach draußen bahnen.

Reginald nahm behutsam Frau Forells Hand, blickte ihr in die Augen und lächelte, als wäre sie seine geliebte Mutter. „Wie geht es Ihnen heute? Ich möchte nicht stören, ich will Ihnen nur ein paar Frühlingboten bringen."

„Aber Sie stören doch nicht!", flötete Frau Forell entzückt. „Und diese Blumen, die sind einfach himmlisch!"

Sie nahm ihm den Strauß ab und roch daran. „Ja, Frühlingsblumen schenken nicht nur Freude über das Ende des dunklen Winters, sondern sind auch ein Zeichen für einen neuen Anfang. Ich habe das Gefühl, die Nacht meiner Krankheit ist vorbei. Es wird wieder hell."

Frau Forells Worte erschienen Lisa wie der Schlüssel zu einer neuen Metapher für den Tod. Die wollte sie später unbedingt festhalten. Unterdessen fragte Heinrich, wo eine Vase zu finden sei, nahm Frau Forell die Blumen ab und kümmerte sich darum.

Reginald nahm nun Lisas Hand, hielt sie ebenfalls länger als nötig und blickte ihr in die Augen. „Schön dich zu sehen, Lisa. Und frische Brötchen hast du auch schon besorgt. Wie es scheint, bist du bereits mitten in der Nacht aufgesprungen, um mit Frau Forell genussvoll zu frühstücken!"

„Aber ich war noch eher hier!", krähte Heinrich.

„Ja, Heinrich war schneller als ich." Was für ein idiotischer Satz! Der klang ja, als hätten sie einen Wettlauf zur vierten Etage veranstaltet! Glücklicherweise musste sie jetzt nicht aufstehen, um die Blumen zu versorgen! Sie fühlte sich, als hätte sie anstelle von Kaffee zwei Tassen Schnaps konsumiert. *Dummes Ding*, schalt sie sich und entzog Reginald ihre Hand. *Er ist zu allen Frauen so charmant, das hast du doch gerade wieder bei seiner Begrüßung von Frau Forell miterlebt!*

„Setzen Sie sich bitte, Herr Luft!" Die alte Dame deutete auf einen freien Stuhl.

„Danke, aber ich bin gekommen, um mich nützlich machen. Ganz gleich, was es ist, ich kann backen, braten, bohnern oder bügeln, ich kann Wäsche waschen oder einkaufen, ich kann Ihnen etwas vorlesen oder singen ..."

„Lassen Sie es gut sein." Lachend hob Frau Forell die Hände. „Wenn Sie uns eine Freude bereiten wollen, trinken Sie eine Tasse Kaffee mit uns. Das Geschirr finden Sie in dem Schrank neben der Spüle."

Während Reginald sich ein Gedeck holte, kreischte Einstein im Wohnzimmer etwas, das Lisa nicht verstand. Sie umklammerte ihre Tasse wie eine Boje, die sie vor dem Ertrinken retten konnte, und murmelte in den Rest ihres Kaffees hinein: „Ich muss gehen, habe noch viel vor heute."

„Ach, wie schade!" Frau Forell goss Reginald Kaffee ein. „Aber ich kann gut verstehen, dass sie Besseres zu tun haben, als bei einer alten Frau herumzusitzen und ..."

„Nein, so ist es nicht!", rief Lisa. „Ich habe die Zeit mit Ihnen genossen. Ich muss nur heute unbedingt ..."

„Ach, tut mir leid, so war das auch gar nicht gemeint." Die alte Dame schlug sich auf den Mund. „Manchmal rede ich unbedachtes Zeug daher."

„Der Kaffee ist köstlich!" Reginald hob seine Tasse, als wollte er den beiden Frauen zuprosten.

„Ja, das finde ich auch." Frau Forell setzte sich wieder. „Den Kaffee hat Frau Blume gekocht."

„Ja, Lisa Blume macht ihrem Namen mal wieder alle Ehre!" Reginald stellte seine Tasse ab und zwinkerte ihr zu. „Blumen sind ein himmlischer Gruß aus dem Paradies."

Lisa spürte, wie sie rot wurde. Irgendwann musste sie Frau Forell sagen, wie gut ihr das Gespräch getan hatte, aber im Moment fehlten ihr die richtigen Worte dazu. Sicher deutete die alte Dame ihren Aufbruch so, als ob sie den Staffelstab des Fürsorgebesuchs jetzt an Reginald übergeben wollte, was aber ganz und gar nicht der Fall war. Warum gab es nur immer diese Missverständnisse unter Menschen? Warum verstanden andere manchmal etwas ganz anders, als man es gemeint hatte? Nun, jedenfalls war sie froh, dass Reginald sich jetzt mit Frau Forell über den Papagei unterhielt. So konnte sie aufstehen und ihr Geschirr zur Spüle tragen.

Als sie sich kurz darauf verabschiedete, fragte Reginald: „Hast du am Nachmittag Zeit und Lust zu einem gemeinsamen Spaziergang mit Winnie Rex?"

Ihr Herz machte mehrere Hüpfer, am liebsten hätte sie sofort Ja gerufen. Doch dann dachte sie an Max und schüttelte den Kopf. „Ich ... also, ich habe heute noch viel vor."

„Schade." Reginald schenkte ihr wieder dieses Lächeln, von dem ihr ganz warm wurde. „Vielleicht ein anderes Mal?"

„Vielleicht", wiederholte sie und gab ihren Beinen den Befehl, ihr dummes Herz zu ignorieren und sofort zur Tür eilen.

Im eigenen Wohnzimmer angekommen, fiel Lisas Blick auf die Blumen, die Reginald ihr gebracht hatte. Sacht strich sie über die rosa Mandelblüten und schon flatterten wieder die Schmetterlinge in ihrem Bauch herum. Ärgerlich brummelte sie: „Du bist wohl nicht gescheit, Lisa, schlag dir diesen Mann aus dem Kopf!" Ihr Strauß war dem von Frau Forell sehr ähnlich. Auch Reginalds Worte, Blicke und Gesten der alten Dame gegenüber bestätigten wieder Lisas Beobachtung, dass er jede Frau wie eine Königin behandelte. Sie musste begreifen, dass sie nichts Besonderes für ihn war. Und wenn ihr dummes Herz das nicht einsah, musste sie eben ihrem Verstand gehorchen und Reginald aus dem Weg gehen. Sie hatte viel zu tun, musste ihr Leben ordnen und herausfinden, was die Summe ihres Lebens war. Eine Summe, die über den Tod hinausreichte. Außerdem war da noch Max, den sie verletzt hatte. Sicher war es kein Zufall, dass er ihr in der Klinik über den Weg gelaufen war. Sie stand in seiner Schuld, musste herausfinden, was sie falsch gemacht hatte, und ihn um Vergebung bitten. Zwar hatte er seine Adresse nicht auf den Brief geschrieben, aber das bedeutete nicht, dass er sie nicht wiedersehen wollte. Offensichtlich hatte er es eilig gehabt, wahrscheinlich hatte das Taxi schon auf ihn gewartet. Sie musste ihn suchen, das hatte sogar der kleine Heinrich erkannt.

Zunächst holte Lisa ihre Liste heraus, um die Metapher festzuhalten, die Frau Forell gebraucht hatte. Sie hatte von der *Nacht der Krankheit* gesprochen. Neben der *Nacht der Krankheit* sprach man zuweilen auch von der *Todesnacht*.

Auf der Suche nach einer passenden Bibelstelle blieb sie beim Evangelium des Johannes hängen. Im ersten Kapitel in Vers fünf hieß es: „*Und das Licht scheint in der Finsternis, und die Finsternis hat's nicht ergriffen.*" „Ja, so ist es!", murmelte sie. „Das Licht der kleinsten Kerze genügt, um die Finsternis zu vertreiben. Umgedreht wird es der Finsternis niemals gelingen, das Licht ganz und gar zu verschlingen. Denn das Licht ist stärker als die Finsternis." Nun fiel ihr noch ein anderer Bibelvers ein, den sie ebenfalls aufschlug. In Johannes 8, Vers 12, sagt Jesus von sich: „*Ich bin das Licht der Welt. Wer mir nachfolgt, der wird nicht wandeln in der Finsternis, sondern wird das Licht des Lebens haben.*"

„Das Licht des Lebens", murmelte Lisa weiter, „ein Licht, das nie ausgelöscht werden wird, auch nicht durch den Tod. Denn Jesus hat am Kreuz Tod und Teufel besiegt, er ist durch die Nacht des Todes hindurchgegangen, um für uns den Weg zu Gott zu bahnen. Jesus ist auferstanden, damit alle, die an ihn glauben, die Vergebung der Sünden und das ewige Leben haben."

Rasch nahm sie ihren Füllhalter und ergänzte ihre Liste.

Bilder und Vergleiche	Quelle
Die Nacht, mag sie auch noch so finster sein, wird durch einen neuen Morgen abgelöst.	Natur, Zeiten, Schöpfung
Das Licht ist stärker als die Finsternis.	Johannes 1,5
Jesus ist das Licht, er möchte uns das Licht des Lebens schenken.	Johannes 8,12

Jesus hat Tod und Teufel besiegt und uns den Weg zu Gott gebahnt. Nach der Nacht des Todes wurde es Tag, durch die Auferstehung Jesu. Viele Menschen haben seine Auferstehung bezeugt und immer wieder davon gesprochen. Auch Paulus, ein glühender Christenverfolger, wurde zum Apostel und sprach immer wieder von der Auferstehung.	die Bibel, vor allem das Neue Testament, die Ostergeschichten, z. B. 1. Korintherbrief, Kapitel 15

Dann nahm sie ihre Liste über den Sinn des Lebens und erinnerte sich an das Gespräch mit Frau Forell. „Aus unseren Schwächen können Stärken erwachsen, die für andere zum Segen werden", hatte die alte Dame gesagt. „Wir müssen es nur zulassen."
Lisa murmelte: „Es ist auch der Sinn des Lebens, meine besonderen Gaben zu entdecken und diese für andere einzusetzen. Dazu ist es nie zu spät."
Auf ihrer Liste vermerkte sie:

- meine Gaben entdecken und nutzen
  - Auch aus Schwäche können besondere Stärken erwachsen.

Endlich verstaute Lisa ihre Listen wieder im Schreibtisch, stand auf und nahm sie sich das letzte Fach ihres Wohnzimmerschrankes vor. Sie holte alle Gegenstände heraus, säuberte das Fach und räumte nur das wieder ein, was sie unbedingt behalten wollte. Die restlichen Sachen sortierte sie in ihre vier Kartons. Schließlich unterbrach sie ihre Arbeit, um Pellkartoffeln zu kochen.
Kaum waren die fertig, stürmte Juliane herein. „Hallo Mutti, ich habe eine geniale Idee!", rief sie. „Bitte zeichne mal ein Porträt von Max für uns, du kannst das doch! Keine Sorge, wir hängen das Bild nicht aus, schließlich sollen die Leute nicht denken, dass er ist ein gesuchter Ver-

brecher ist. Aber wenn wir alle wüssten, wie er aussieht, könnte uns das die Suche nach Max erleichtern."

Während Juliane weitersprach, zerkleinerte Lisa eine Zwiebel und frische Kräuter, die in Töpfen auf ihrer Fensterbank wuchsen. Endlich atmete Juliane tief durch und trank einen Schluck Tee.

„Hm, das ist eine gute Idee." Lisa mischte die Kräuter und Zwiebelwürfel unter den Quark. „Ich kann versuchen, Max zu zeichnen, aber einfach wird das nicht. Ich habe ihn ja nur kurz im Krankenhaus auf dem Flur gesehen."

„Ach, das kriegst du schon hin." Juliane naschte einen Stängel Petersilie.

„Möchtest du mitessen?", fragte Lisa.

„Danke, ich habe eher Appetit auf was Süßes." Juliane zwinkerte ihr zu. „Du weißt ja, wie das ist, wenn man schwanger ist."

„Soll ich dir einen Pfannkuchen backen?", bot Lisa an.

„Gern", freute Juliane sich. „Außerdem möchte ich eine saure Gurke essen."

Nach der Mittagsruhe ging Lisa zum Einwohnermeldeamt. Nachdem die zuständige Bearbeiterin in ihren Unterlagen nachgeschaut hatte, fragte sie: „Sind Sie mit Max Zimmermann verwandt? Haben Sie Papiere, die diese Verwandtschaft beweisen?"

Lisa schüttelte den Kopf. „Er ist ein alter Freund von mir. Wir sind uns kürzlich in der Klinik begegnet und wollten uns am nächsten Tag treffen, doch ..."

„Also wenn Sie keine Verwandte von ihm sind, kann ich Ihnen nicht weiterhelfen", unterbrach die Frau sie. „Es wurde verfügt, dass ich Fremden keine Auskunft erteilen darf."

Lisa versuchte, der Frau wenigstens einen kleinen Tipp abzuluchsen, hatte jedoch keinen Erfolg damit. Niedergeschlagen verließ sie das Rathaus und überlegte, wie sie nun weiter vorgehen sollte. Da fiel ihr ihre Freundin Gerda ein, die ganz in der Nähe wohnte und vor einigen Monaten ihren Mann verloren hatte. Mit Gerda hatte sie - neben Max - schon

im Vorschulalter gespielt. Sie waren in dieselbe Klasse gegangen, hatten gemeinsam den Ausbruch des Krieges erlebt und Freud und Leid miteinander geteilt. Und da Gerda nach ihrer Hochzeit im selben Ort wohnen geblieben war wie Lisa, hatte ihre Freundschaft bis heute Bestand.
Lisa eilte ins nächstgelegene Blumengeschäft und kaufte einen Frühlingsstrauß. Gerda freute sich über ihren Besuch und lud sie zum Kaffeetrinken ein. Schließlich kam sie auf Günter zu sprechen und fing an zu weinen. „Tagsüber denke ich: Du musst das schaffen, du wusstest, dass so etwas geschehen kann nach all den guten Jahren, die wir hatten. Es war ein Geschenk, dass wir so viele Jahre beieinander sein durften, ein großes Geschenk. Aber wenn ich dann abends im Bett liege, droht der Schmerz mir die Brust zu zerreißen."
„Dieses Gefühl kenne ich", sagte Lisa leise. „Du wünschst dir, das alles wäre nur ein böser Traum."
„Ja, so ist es. Und wenn es dir dann doch gelingt, ein wenig Schlaf zu finden, schlägt nach dem Erwachen die Wirklichkeit wieder mit dem Hammer auf dich ein und tausend Stimmen flüstern: Er ist fort, er kommt nie wieder."
Sachte schob Lisa ihre Hand über den Tisch. Gerda klammerte sich wie eine Ertrinkende daran. Lange saßen sie schweigend beieinander.
Endlich löste Gerda sich von ihr, putzte sich die Nase und schniefte: „Am schlimmsten sind die Schuldgefühle. Du siehst dein Versagen. Du weißt, was du hättest anders machen sollen. Du bedauerst, was du diesem Menschen schuldig geblieben bist. Kleine Gesten ... Zeit ... Liebe ...du wünschst dir, die Zeit zurückdrehen zu können, du kannst nicht fassen, dass du nichts mehr wiedergutmachen kannst. Du kannst ihn nicht mehr um Verzeihung bitten. Du kannst ihm kein gutes Wort mehr sagen. Du wünschst dir, ihm wenigstens noch einen Satz sagen zu können, einen einzigen Satz ..." Gerda schluckte und blickte Lisa mit tränenfeuchten Augen an.
Lisa nickte mehrmals. „Diese Gefühle kenne ich auch."
„Du siehst klar und deutlich, wie es hätte sein können." Gerda knüllte ihr Taschentuch zusammen. „Aber so ist es nicht gewesen, weil du ungeduldig und egoistisch warst."

Lisa legte ihrer Freundin die Hand auf den Arm und wartete, ob diese noch etwas sagen wollte. Da sie aber schwieg, fing sie leise an zu sprechen: „Schuldgefühle sind ganz normal. Jeder, der einen lieben Menschen verloren hat, kennt sie. Weil wir alle unsere Schwächen haben. Weil wir nicht perfekt sind." Sie atmete tief durch und sprach dann weiter. „Aber du darfst nicht zulassen, dass die Schuldgefühle all das Gute überdecken, das ihr einander geschenkt habt. Denn die Wahrheit ist: Du hast deinem Mann unendlich viel mehr gegeben, als du ihm schuldig geblieben bist. Du hast ihm deine Liebe geschenkt. Und das ist das Beste, was wir einander schenken können."
„Meinst du?", schluchzte Gerda.
Lisa nickte erneut. „Ihr habt eine gute Ehe geführt. Das weiß ich und du weißt es auch. Male dir die Stunden vor Augen, in denen es dir gelungen ist, deinen Mann glücklich zu machen. Erinnere dich an Erlebnisse, die ihr genossen habt. Vergiss auch nicht die schweren Stunden, die ihr gemeinsam durchlitten, in denen ihr euch gegenseitig gestützt habt. Denk an die Augenblicke, in denen ihr ganz eins wart."
„Hm ... das will ich versuchen. Ja, ich will es versuchen." Gerda putzte sich erneut die Nase. „Die Fotos ... wir haben ... ich habe viele Fotos ... aber es tut noch zu weh, sie anzuschauen."
„Lass dir Zeit, Gerda. Du darfst trauern. Du darfst weinen. Du darfst schreien. Das darfst du, denn hast einen großen Verlust erlitten." Lisa strich ihrer Freundin sanft über den Arm. „Doch wenn du das Gefühl hast, in deiner Trauer unterzugehen, wenn du nicht mehr allein aus deinem finsteren Loch herauskommst, hol dir Hilfe."
„Danke." Gerda schwieg eine Weile. Dann hob sie den Kopf und blickte Lisa an. „Das klingt vielleicht jetzt komisch, aber von dir kann ich das alles gut anhören, weil du ... weil ich weiß, dass du meinen Schmerz kennst. Weil du dasselbe erlebt hast."
„Ja, ich habe das auch erlebt." Nachdenklich biss Lisa sich auf die Lippe und dachte wieder zurück an den Tod ihres geliebten Mannes. War das eine Frucht ihres Leidens? Dass sie Menschen ein Stück helfen konnte, die Ähnliches erlebten, wie sie es erlebt hatte? Gerda hatte recht; wenn Menschen unter ihren Verlusten und ihrem Versagen litten; wenn sie

im Finstern saßen, dann brauchten sie keine gut gemeinten Tipps von Menschen, die diese Finsternis nie kennengelernt hatten und auf der Sonnenseite des Lebens spazieren gingen. Dann wollten sie abgeholt werden von Menschen, denen diese Finsternis vertraut war, weil sie selbst einmal darin gefangen gewesen waren.

„Du kannst mich jederzeit anrufen, Gerda. Jederzeit. Und ich werde für dich beten."

„Danke, Lisa."

Eine Weile saßen sie still beieinander. Dann fragte Gerda: „Und wie geht es dir?"

„Danke." Lisa lächelte. „Während meines Aufenthaltes in der Klinik ist mir bewusst geworden, wie verletzlich unser Leben ist. Ich habe mir erneut die Frage nach dem Sinn meines Lebens und nach dem Tod gestellt. Was ist der Tod, wo führt er hin, wie kann ich mit der Gewissheit des Todes leben?"

„Wie du dir sicher denken kannst, sind das genau die Fragen, die auch mich seit Günters Tod umtreiben." Gerda goss ihr noch eine Tasse Kaffee ein.

„Ja, diese Fragen bewegen wohl alle Menschen, die eine Grenzerfahrung machen."

„Und?" Gerda stellte die Kanne auf den Tisch. „Hast du Antworten gefunden?"

„Ja, einige Antworten habe ich gefunden. Ich habe einige Listen angefangen."

Gerda lachte. „Du hattest schon immer einen Listentick."

Lisa goss etwas Sahne in ihren Kaffee. „Ich habe festgestellt, dass hinter allen Fragen nach dem Sinn des Lebens – und dem Tod – eine andere, viel größere Frage steht."

„Jetzt machst du mich aber neugierig!"

„Es ist die Frage, ob ich an ein Leben nach dem Tod glaube. Denn wenn ich das nicht tue, fallen die Antworten anders aus."

Gerda rührte in ihrem Kaffee. „Du hast recht. Wenn man keinen Glauben hat und mit dem Tod das große Nichts kommt, dann kann der Sinn des Lebens nur darin bestehen, im Leben möglichst viel zu erleben und Spaß zu haben."

„Nun, ganz so würde ich es nicht sagen." Lisa wiegte den Kopf hin und her. „Auch wenn du keinen Glauben hast, sind da die anderen Menschen. Menschen, die dir etwas bedeuten; Menschen, denen du wichtig bist. Es kann nicht der Sinn des Lebens sein, das eigene Glück zu suchen – unter allen Umständen. Denn wenn man sich auf Kosten anderer selbst verwirklicht, auf Kosten der Kinder, des Partners, der Familie und der Freunde, fällt einem das eines Tages auf die Füße."

„Das ist wahr", bestätigte Gerda. „Wenn jemand nur an sich selbst denkt, besteht die Gefahr, dass er einsam wird. Und Einsamkeit macht nicht wirklich glücklich, sie lässt einen frieren. Glück ist auch, für andere da zu sein, anderen Gutes zu tun, sich mit ihnen zu freuen und ihnen im Leid beizustehen. Die Zuwendung, die wir anderen schenken, wärmt auch das eigene Herz."

„Das hast du schön gesagt", lobte Lisa. „Diesen Satz würde ich mir gern aufschreiben, wenn du nichts dagegen hast."

„Nur zu", lachte Gerda. „Aber das ist noch nicht alles, was mir dazu einfällt. Es gibt auch die Liebe, die den Tod überdauert. Solange ich lebe, wird Günter in meinem Herzen weiterleben." Gerda schwieg einen Moment. Dann deutete sie auf die Uhr an der Wand. „Aber das Rad der Zeit dreht sich weiter. Und unsere Urenkel sind noch so klein, dass sie sich nicht mehr an Günter erinnern werden. Und ob sie einst wissen werden, woran wir geglaubt haben, halte ich für mehr als fragwürdig."

„Du kannst einiges tun, damit hier auf der Erde etwas von dir bleibt. Zumindest einiges, wofür die nächsten Generationen sich vielleicht interessieren", wandte Lisa ein. „Du kannst die Fotos in deinen Alben beschriften, damit deine Nachkommen wissen, wer die Leute sind, die da abgebildet wurden. Du kannst Briefe an deine Kinder verfassen, deine Gedanken und Gefühle in einem Tagebuch festhalten. Du kannst deine Erinnerung aufschreiben, kannst malen oder etwas schaffen, was deinen Begabungen und Neigungen entspricht."

„Stimmt." Gerda nahm den Anhänger ihrer Halskette in die Hand. „Diesen Schmetterling hat Günter für mich gemacht. Die Herstellung von Modeschmuck war ja sein Hobby, damit hat er sich nebenbei auch

etwas Geld verdient." Behutsam strich Gerda mit dem Zeigefinger über den Anhänger. „Während unseres Urlaubs in Spanien war ich so von diesen Monarch-Faltern fasziniert, dass Günter sie fotografiert hat. Zu Hause hat er dann heimlich diesen Anhänger gefertigt. Er wird mich immer an Günter und diesen schönen Urlaub erinnern."
„Auch ich mag die Schmetterlinge." Lisa lächelte. „Sie sind ein Symbol des neuen Lebens, das aus dem Tod hervorgeht."
„Für mich auch." Den Blick weiter auf ihren Anhänger gerichtet, nickte Gerda ernst. „Die Raupe verpuppt sich, das ist, als würde sie sterben. Doch das ist nicht das Ende, sie wird verwandelt. Schließlich verlässt ein ganz neues Wesen die Puppe. Es ist wunderschön und kann fliegen."
Endlich kam Lisa dazu, von ihrer Suche nach Max zu berichten. Als sie damit fertig war, sagte Gerda:
„Ich weiß leider auch nicht, wo er wohnt, wir sind uns nur manchmal begegnet. Das letzte Mal war das beim Frisör *Schicker Schnitt* an der Müglitzbrücke. Wir nickten uns nur kurz zu."
„Wann war das?", fragte Lisas aufgeregt.
Gerda zuckte mit den Schultern. „So lange kann das nicht her sein. Der Friseursalon wurde doch erst letztes Jahr eröffnet. Vorher bin ich immer zu dem Friseur auf der Bahnhofstraße gegangen."
„Vielleicht ist Max Stammkunde dort?", unterbrach Lisa Gerdas Geplauder. „Ich werde auf dem Heimweg gleich mal vorbeigehen und nach Max fragen. Trotzdem ist es seltsam. Ich kann mir gar nicht vorstellen, dass Max in Heidenau wohnt und wir uns nicht ein einziges Mal über den Weg gelaufen sind."
„Hm." Gerda zupfte sich am Kinn. „Vielleicht seid ihr aneinander vorbeigegangen, ohne euch wirklich zu sehen, zum Beispiel im Supermarkt? Wenn ich da von mir ausgehe, ist so was durchaus denkbar. Meistens achte ich nicht auf andere Leute, während ich mit meinen Einkäufen beschäftigt bin. Aber wie auch immer, ich werde ebenfalls die Augen offen halten und dir Bescheid sagen, sobald ich etwas herausfinde."

Im Salon *Schicker Schnitt* wartete Lisa an der Empfangstheke, bis eine junge Friseuse zu ihr kam. „Guten Tag, mein Name ist Schneller, was kann ich für Sie tun? Sie haben Glück, eine Kundin hat abgesagt, ich könnte Sie einschieben, sofern Sie keine aufwendigen Strähnchen wünschen oder so."

Eigentlich hatte Lisa nicht vorgehabt, sich heute einen Haarschnitt verpassen zu lassen, aber da sie nun einmal hier war, überlegte sie es sich anders. Frau Schneller schien sehr gesprächig zu sein. Sicher war es einfacher, ihr einige Informationen zu entlocken, während sie sich an Lisas Haaren zu schaffen machte. „Nichts Aufwendiges, nur waschen, schneiden, föhnen."

„Also das übliche Programm?" Die junge Frau musterte Lisas Haare. „Sie haben nur sehr wenige graue Strähnchen, das ist wirklich erstaunlich in Ihrem Alter."

Nach dem Waschen schnatterte Frau Schneller ohne Pause und sprang von Thema zu Thema. Als sie ihren Redestrom endlich unterbrach, um Lisa ihren Hinterkopf im Spiegel zu zeigen, ergriff Lisa rasch das Wort. „Ja, sehr schön haben Sie das gemacht. Doch nun habe ich noch eine ganz spezielle Frage. Eine Freundin hat mir berichtet, dass sie hier einem gemeinsamen Bekannten begegnet ist, den ich lange nicht gesehen habe, mit dem ich aber etwas besprechen muss. Leider habe ich seine Adresse nicht. Es ist schon sehr lange her, seit wir uns das letzte Mal gesehen haben. Meine Freundin weiß leider auch nicht, wo er jetzt wohnt, aber es ist wirklich sehr wichtig. Leider steht er nicht im Telefonbuch, und auf dem Einwohnermeldeamt konnte ich die Adresse auch nicht erfahren. Er heißt Max Zimmermann. Und ..."

„Oh, ich glaube nicht, dass ich Ihnen da weiterhelfen kann. Wissen Sie, die meisten Männer kommen ohne Voranmeldung, da erfahren wir keine Namen. Es gibt nur wenige, die sich vorher anmelden, aber ich kann trotzdem mal nachsehen." Schon eilte sie zur Theke und fing an, in dem Bestellbuch zu blättern. Kurze Zeit später kam sie wieder zurück und schüttelte den Kopf. „Tut mir leid, ich habe keinen Max Zimmermann in unserem Bestellbuch gefunden. Natürlich konnte ich nicht alle Seiten durchlesen, außerdem stehen in diesem Buch nur die Kunden die-

ses Jahres drin. Er müsste sich also in diesem Jahr wenigstens einmal angemeldet haben."
„Schade", seufzte Lisa. „Trotzdem vielen Dank."
„Bitte, ich helfe gern, wenn das möglich ist." Frau Schneller nahm sich die Lockenbürste und den Föhn. „Beschreiben Sie mir den Mann doch mal. Hat er etwas, das ihn von anderen abhebt, ich meine, etwas Besonderes? Zum Beispiel ein Muttermal auf der Nase, blaue Strähnchen, einen Bauch wie ein Fass, besonders große Hände, eine Stimme wie Heino ... na, Sie wissen schon."
Lisa lächelte. „Leider ist er nur ein ganz normaler Durchschnittstyp. Er ist etwas größer als ich, nicht dick, mit grau meliertem Haar ... "
„Damit kommen wir leider nicht weiter." Frau Schneller wandte sich ihrer Kollegin zu, die gerade mit einer Kundin zur Kasse ging. „Sag mal, Silvi, kennst du einen Max Zimmermann? Er soll Kunde bei uns sein."
Die Friseuse namens Silvi blickte sie nachdenklich an. „Max Zimmermann? Nein, nicht dass ich wüsste."
„Ich kenne nur einen Toni Zimmermann", sagte die Kundin, während sie in ihrer Geldbörse kramte. „Ein Klassenkamerad meines Sohnes."
„Vielleicht hat er einen Großvater, der Max heißt?", fragte Lisa hoffnungsvoll.
Die Frau zuckte mit den Schultern. „Keine Ahnung. Soweit mir bekannt ist, wohnen seine Großeltern in Bayern."
„Wenn Sie ein Foto hätten, wäre das etwas anderes aber so ..." Frau Schneller schaltete den Föhn an. Juliane hatte recht, Lisa musste ein so bald wie möglich ein Portrait von Max zeichnen. Damit konnte sie später noch einmal hierherkommen und Frau Schneller nach ihm fragen.

Zu Hause holte sie rasch den Zeichenblock und die Acrylfarbe heraus und begann zu malen. Schließlich betrachtete sie das Ergebnis ihrer Arbeit, wiegte den Kopf und seufzte: „Hm, ja, so ungefähr sieht er aus. Aber eben leider nur ungefähr."
Obgleich Max derzeit nur noch wenig mit dem Knaben gemein hat-

te, der er damals gewesen war, zog sie ihr ältestes Fotoalbum aus dem Schrank und suchte nach Bildern aus ihrer Kindheit. Endlich fand sie eine schwarz-weiße Aufnahme von sich selbst mit Max. Lisa nahm ihre Lupe und schaute sich ihren ehemaligen Spielfreund ganz genau an. Der kurze Haarschnitt ließ die Form seines Hinterkopfes erkennen. Ein schmales, kantiges Gesicht, leicht abstehende Ohren, spitze Nase, ein ausgeprägtes Kinn.
Sie legte die Lupe beiseite und wandte sich wieder ihrem Bild zu. Nachdem sie Kopfform, Nase, Ohren und Kinn korrigiert hatte, gefiel ihr das Portrait schon besser. Da hörte sie, wie draußen im Flur jemand die Tür aufschloss. Kurz darauf ertönte Julianes Stimme: „Hallo Mutti, ich bin's!" Während Lisas Tochter ins Wohnzimmer stürmte, stieß sie atemlos hervor: „Ich habe nicht viel Zeit, wollte nur mal kurz Hallo sagen … Oh, du warst beim Frisör? Das sieht schick aus!"
„Es freut mich, dass du das schick findest." Lisa lachte. „Ich war nämlich beim Frisör *Schicker Schnitt* an der Müglitzbrücke."
Und du malst! Das ist super!" Schon stand sie neben Lisa und begutachtete das Portrait.
„Na ja, ganz genau bekomme ich es nicht hin." Mit gerunzelter Stirn schaute Lisa auf. „Wir sind uns ja nur kurz begegnet im Krankenhaus."
Juliane winkte ab. „Ach, so wie ich dich kenne, bist du wieder einmal viel zu streng mit dir selbst. Das sieht super aus! So erkenne ich ihn, falls er mir mal über den Weg läuft."
„*Falls* er dir mal über den Weg läuft." Seufzend lehnte Lisa sich zurück. „So schwierig hätte ich mir die Suche nach ihm nicht vorgestellt."
„Du darfst die Hoffnung nicht aufgeben!" Juliane legte ihr eine Hand auf die Schulter. „Wenn er noch hier in der Stadt wohnt, ist es möglich, dass er mal in unserem Laden einkauft."
„Ja, aber findest du nicht auch, dass diese Gleichung viel zu viele Unbekannten hat? Du kennst ihn nicht und ich weiß nicht, ob ich ihn einigermaßen getroffen habe. Und obwohl er in derselben Stadt wohnt wie ich, bin ich ihm bisher noch nie bewusst begegnet. Überall steht uns der Datenschutz im Weg. Meine Freundin Gerda hat mir erzählt, dass sie Max mal im Friseursalon *Schicker Schnitt* gesehen hat, deshalb bin ich

heute nach dem Besuch bei ihr sofort dahin gegangen. Aber selbst die schwatzhafte Frisöse konnte mir nicht ..."

„Beim Frisör *Schicker Schnitt* sagst du?"", unterbrach Juliane sie. „Als ich bei der Schwangerschaftsuntersuchung war, habe ich mich im Wartezimmer der Frauenärztin mit einem Mädchen unterhalten, das beim Frisör *Schicker Schnitt* arbeitet. Ich werde ihr bei Gelegenheit einen Besuch abstatten und dein Bild mitnehmen. Vielleicht lasse ich mir auch gleich mal die Haare von ihr kürzen."

„Dann könntest du auch gleich mit nach Frau Schneller fragen. Die hat mich heute frisiert, war sehr gesprächig und meinte, ich solle mal mit einem Bild von Max wiederkommen."

Kann ich das Bild schon mitnehmen?", fragte Juliane.

„Mir wäre es lieber, wenn du es morgen früh holst", antwortete Lisa. „Vielleicht ändere ich noch dieses oder jenes daran."

„Gut, so machen wir es!" Juliane gab ihr einen Kuss. „Tschüss, Mutti, bis morgen!"

Als Lisa am nächsten Morgen erwachte und auf ihren Wecker blickte, war es erst fünf Uhr. Am liebsten wäre sie noch einmal eingeschlafen und hätte weiter von ihrem verstorbenen Mann Richard geträumt. Aber leider ließen bestimmte Träume sich nicht herbeizwingen, man konnte sich nur bewusst an Erlebtes erinnern. Oder sich mithilfe der Fantasie ausmalen, was man sich von der Zukunft erhoffte. Und Dank der erfolgreichen Operation hatte sie noch eine Zukunft. Die wollte sie bewusst leben. Vielleicht gab es für sie ja sogar noch eine neue Liebe? Das war durchaus nichts Ungewöhnliches in ihrem Alter. Außerdem fühlte sie sich innerlich überhaupt noch nicht alt. Ja, zuweilen passierte es ihr sogar, dass sie gar nicht mehr an ihr tatsächliches Alter dachte. Zum Beispiel, wenn sie mit Reginald zusammen war. Seine frische, humorvolle Art ließ sie Raum und Zeit vergessen, seine Gegenwart ließ sie aufblühen wie eine Blume im Frühling. Ob Reginald das Zusammensein mit ihr ebenso genoss? Sie war ihm bestimmt nicht egal, schließlich hatte er sie sogar in der Klinik besucht. Und als er neulich bei ihr war, hatte er sich sichtlich wohlgefühlt und hatte den Besuch in die Länge gezogen. Und gestern, bei Frau Forell, hatte er sie gefragt, ob sie zusammen spazieren gehen wollten. Was machte es schon, dass sie beide im Herbst des Lebens unterwegs waren? Der Herbst war die Zeit der bunten Farben, tanzenden Blätter und schwebenden Drachen – auch der Herbst des Lebens konnte farbenfroh und lustig sein, voller Freude, Lebendigkeit und neuer Entdeckungen ...

Schluss jetzt! Steh auf Lisa!, ermahnte sie sich selbst. Wenn der Schlaf erst einmal geflohen war, kam er nicht zurück. Sie musste mit der Träumerei aufhören, schließlich war sie kein junges Mädchen mehr, das Luftschlösser baute und den Märchenprinzen herbeisehnte. Der Herbst des Lebens war nun einmal nicht der Frühling. Im Herbst des Lebens hatte man schon viel erlebt und wusste, dass Märchen eben nur Märchen waren. Und was Reginald anging ... sie hatte doch selbst erlebt, wie charmant er sich allen Frauen gegenüber verhielt. Sie war nichts Besonderes für ihn, das musste sie sich ein für alle Mal klarmachen! Außerdem hatte sie ihn neulich mit dieser Frau gesehen, die viel jünger und attraktiver als sie selbst war, also Schluss mit den Träumereien, *Carpe diem – Nutze den Tag!* Der Sinnspruch erinnerte Lisa wieder an Richard. Er hatte ihr erklärt, dass die genauere Übersetzung von *Carpe diem* eher *Pflücke den Tag* hieß. Diese Metapher hatte ihr sofort gefallen. Um den Tag zu pflücken, musste man ihn anschauen, sich mit allen Sinnen auf ihn einlassen, seine Möglichkeiten sehen und leben.

Während sie aufstand, erinnerte sich Lisa an das Gespräch mit Gerda über den Glauben. Und an die Briefe, die sie angefangen hatte, an ihre Töchter zu schreiben. Sie hatte sich vorgenommen, damit fortzufahren, auch wenn Juliane von diesen Briefen nichts wissen wollte. Schließlich hatte Hanna sich nicht gegen die Schreiben der Mutter verwahrt, und für Juliane konnte Lisa ja jeweils eine Kopie in einer Mappe sammeln, über die Juliane dann zu einem späteren Zeitpunkt verfügen konnte.

Noch vor dem Frühstück schrieb sie ihren dritten Brief an die Töchter.

Meine lieben Kinder!
Wie angekündigt, schreibe ich euch einen weiteren Brief. Was mich derzeit beschäftigt, sind die Fragen:
- **Wie finde ich heraus, ob Gott da ist? Oder:**
- **Was hilft mir, an Gott zu glauben? Oder:**
- **Was kann meinen Glauben an Jesus Christus stärken?**

Gestern habe ich meine alte Freundin Gerda besucht. Wir kennen uns seit der frühesten Kindheit. Gerda hat vor einiger Zeit ihren Mann Günter verloren. Der Tod eines lieben Menschen ist eine Grenzerfahrung, genauso wie schwere Krankheiten, Kriege, Katastrophen und Verluste, die wir erleben und die kein Mensch verhindern kann. Wir fühlen uns dann so hilflos, haben das Gefühl, dass uns alles aus der Hand gleitet, und fragen – viel mehr als in unseren guten Tagen – nach dem Sinn des Lebens.

Hinter all den Fragen, die uns dann bewegen, steht eine andere, grundlegende Frage; und zwar die, ob ich an Jesus Christus und das Leben nach dem Tod glauben kann oder nicht.

Wenn ich nämlich daran glauben kann, so ist mit dem Tod nicht alles aus und ich habe eine Hoffnung, die mir nichts und niemand nehmen kann. Der Glaube an Gott hilft mir aber auch, mein Leben zu meistern. Gott ist größer als jeder Mensch, er hat den größeren Überblick. Er hat jedem Menschen besondere Gaben geschenkt und weiß, was der bestmögliche Lebensweg für mich ist. Wenn ich mich nach seinem Willen richte, nehme ich den Platz ein, den Gott für mich vorgesehen hat. Diesen Platz einzunehmen, gibt meinem Leben Sinn und Ziel.

Als Gott den Menschen schuf, wünschte er sich ein Gegenüber. Er machte aus uns keine Marionetten, die nach der Pfeife ihres Meisters tanzen, sondern gab uns einen freien Willen. Gott schenkt uns Freiheit – wir selbst können uns für oder gegen ihn entscheiden.

Ich habe mich für ein Leben mit Gott entschieden. Ich glaube daran, dass er das Beste mit mir vorhat. Deshalb frage ich nach seinem Willen. Deshalb beten wir auch im Vaterunser: Dein Wille geschehe.

Meine Freundin Gerda und ich sprachen also über die Frage: „Was kann den Glauben wecken? Was kann ihn stärken?" Schon oft habe ich über diese Frage nachgedacht.

Die Wege, auf denen Menschen Gott finden, sind so vielfältig, dass man keine allgemeingültige Regel dafür aufstellen kann.
Es gibt also sehr viele Antworten auf die Frage: „Wie finde ich Gott?" Und das ist ein großes Geschenk.
Dennoch gibt es auch Antworten, die immer wiederkehren. Einige schreibe ich jetzt auf. Es sind nur wenige Antworten, Bruchstücke eines großen Puzzles. Denn genauso, wie kein Mensch mit seinem Verstand in der Lage ist, den allmächtigen Gott zu erfassen, kann niemand eine allumfassende Antwort auf diese Frage geben. Die Reihenfolge meiner Antworten ist auch keine Rangfolge, wie schon gesagt, wird jeder Mensch seinen eigenen Weg finden müssen. Und eigentlich kennt ihr diese Antworten alle selbst, schließlich sind wir eine Familie und ich habe versucht, euch den Glauben an Jesus Christus nahezubringen. Aber vielleicht hilft es euch (wie es auch mir immer wieder hilft), diese Antworten noch einmal zusammengefasst zu lesen. Vielleicht werdet ihr sie ja auch durch weitere Antworten ergänzen, Antworten, die ihr selbst gefunden habt.

- ☐ **Das Gebet.** *Ich lerne jemanden kennen (oder besser kennen), indem ich mit ihm spreche. Wenn ich Jesus besser kennenlernen will, bete ich. Ich kann mit ihm reden. Ich kann ihm alles sagen. Ich kann ihn auch bitten, mir mehr Glauben zu schenken und mir zu zeigen, dass er da ist.*

- ☐ **Die Bibel** *wird auch Gottes lebendiges Wort genannt. Durch die Bibel spricht Gott zu uns. In der Bibel finden wir das Versprechen: Wenn wir nach Gott, nach Jesus suchen, werden wir ihn finden. Es gibt zahlreiche Bibelstellen, in denen wir dieses Versprechen nachlesen können. Einige seien hier genannt:*
  - *(Gott spricht) Suchet mich, so werdet ihr leben. (Amos 5,4)*
  - *Ihr werdet mich suchen und finden; denn wenn ihr mich von ganzem Herzen suchen werdet, so will ich mich von euch finden lassen, spricht der Herr. (Jeremia 29,13–14)*
  - *Naht euch zu Gott, so naht er sich zu euch. (Jakobus 4,8)*
  - *In der Bibel finden wir auch zahlreiche Zeugnisse von Menschen, die Gott gefunden haben. Wir können davon lesen, was Menschen mit Jesus erlebt haben.*

– Wir erfahren durch die Bibel alles über Jesus, den Sohn Gottes, über seinen Tod und seine Auferstehung. Jesus selbst will uns beim Lesen in der Bibel begegnen.
– Manchmal trifft mich ein Bibelwort mitten ins Herz und ich spüre auf einmal Gottes Nähe. Ja, Gott spricht durch die Bibel zu uns. Aber um es erleben zu können, muss ich eben dieses Buch aufschlagen und darin lesen. Und ich darf mich nicht entmutigen lassen, wenn ich nicht sofort alles verstehe.
– Ich finde Gott auch in der **Gemeinschaft mit anderen Christen**. In Gottesdiensten und Predigten, im gemeinsamen Singen und Beten, im Gespräch. Jesus hat auch versprochen, uns beim **Abendmahl** ganz nahe zu sein.
– Einer der vielen Namen von Gott ist **Schöpfer**. Also ist seine Schöpfung ein einziges Zeugnis davon, dass Gott da ist. Wenn ich in die Natur gehe, wenn ich mir die Vielfalt und Schönheit der Pflanzen und Tiere ansehe, kann ich immer wieder nur staunen. Und ich komme zu dem Schluss, dass das alles kein Zufall sein kann. Ja, ich kann Gott auch in seiner **Schöpfung** finden.
– Ich habe mir eine Liste angelegt gegen das Vergessen. Es ist die **Liste meiner Erlebnisse mit Gott**. Sie erinnert mich an die kleinen und großen Wunder, die ich mit Gott erlebt habe, an seine Fingerzeige, an kleine Glücksmomente – aber auch an die schmerzhaften und dunklen Stunden meines Lebens, in denen er mich nicht allein gelassen hat.
– Manchmal habe ich in diesen dunklen Stunden nichts von ihm gespürt, hatte das Gefühl, von ihm verlassen worden zu sein. Aber im Nachhinein habe ich stets feststellen können, dass er da war.
– Manchmal spricht Jesus uns Menschen direkt an, aber manchmal müssen wir auch erst einmal einen Schritt auf ihn zugehen. Das ist dann ungefähr so wie mit der Tür im Supermarkt, die sich erst öffnet, wenn du auf sie zugehst. Freilich kannst du auch davor stehen bleiben und denken, diese Tür könnte man nicht öffnen, weil sie weder eine Klinke noch einen Knauf hat. Dann wirst du nie erleben, wie sie sich öffnet und dir den Weg freigibt. Übrigens finden wir auch den

Vergleich mit der Tür in der Bibel, Jesus selbst nennt sich die Tür zu Gott. Womit ich für heute beim letzten Punkt meines Briefes angekommen bin, den **Bildern und Vergleichen***, die mir helfen, Gott zu erfassen. Weil Jesus um unsere Unfähigkeiten weiß, hat er selbst sehr viele Bilder und Vergleiche verwendet, um uns Gott nahezubringen. Auch das können wir in der Bibel nachlesen.*
Das soll's für heute gewesen sein, meine lieben Kinder. Ich wünsche mir so sehr, dass ihr an Jesus Christus glaubt, aber das wisst ihr ja. Beweisen kann ich euch nicht, dass er da ist, aber ich kann für euch beten und das tue ich jeden Tag. Weil ich euch lieb habe und das Beste für euch will.
Eure Mutter

Nachdem Lisa den Brief noch einmal durchgelesen hatte, heftete sie einen Durchschlag in eine Mappe, die sie mit *Briefe an Juliane* beschriftete. Einen weiteren Durchschlag heftete sie in ihrem Aktenordner unter *Briefe an meine Kinder* ab. Das Original faltete sie und schob es in einen kleineren Briefumschlag, den sie zuklebte und in einen größeren steckte. Dann verfasste sie ein Begleitschreiben für ihre jüngere Tochter:

Liebe Hanna,
heute sollst du meinen dritten Brief bekommen, du weißt schon, einen dieser besonderen Briefe. Du findest ihn in dem separaten Umschlag.
Mir geht es gut, über Max habe ich leider noch nichts Neues herausgefunden, aber ich habe mich an einem Portrait von ihm versucht. Juliane hat mich dazu angestiftet, nun ja, vielleicht hilft es, ihn zu finden.
Bleib behütet, meine liebe Hanna.
Deine Mutti

Schließlich nahm Lisa ihre Liste über den Tod und hielt darauf fest:

Bilder und Vergleiche	Quelle
Der Schmetterling. Die Raupe verpuppt sich, man könnte meinen, sie sei tot. Doch dann öffnet sich die Puppe und ein neues Wesen kommt heraus. Es ist wunderschön und kann fliegen. Das Wunder der Verwandlung ist geschehen. Neues Leben aus dem Tod.	Gespräch mit Gerda Natur

Auf der Liste über den Sinn des Lebens ergänzte sie:

Was ist wichtig für mein Leben?
☐ **Beziehungen**
- o *Familie*
- o *Freunde*
- o *Bekannte*
- o *Geschwister aus der Kirchgemeinde*
- – *Füreinander da sein. Aufeinander achten. Zitat Gerda: „Die Zuwendung, die wir anderen schenken, wärmt auch das eigene Herz."*
- – *Unsere Liebe hinterlässt Spuren in den Herzen der Menschen. Spuren, die unseren Tod überdauern.*

- o *Gott*
- – *mit Gott leben, den Glauben stärken (siehe 3. Brief an meine Töchter)*
- – *nach Gottes Willen fragen (3. Brief an meine Töchter)*
- – *den Platz in Leben einnehmen, den Gott mir zugedacht hat (3. Brief an meine Töchter)*

☐ **Pläne und Träume – was ich noch tun will**
- o *Gedanken, Gefühle und Erlebnisse festhalten durch Schreiben (Geschriebenes bleibt, wenn ich gehe.)*

- ○ *die schönen Momente des Lebens bewusst wahrnehmen*
- ○ *mein Leben ordnen*

☐ **Meine Gaben entdecken und nutzen**
- ○ *Auch aus Schwäche können besondere Stärken erwachsen. (der kleine Heinrich)*
- ○ *Stärken entdecken, die durch Verluste entstanden sind (Gespräch mit Gerda)*

Während Lisa ihre Schreibsachen wegräumte, kam ihre Tochter, um das Portrait von Max zu holen. Kaum war Juliane wieder gegangen, stand Reginald vor Lisas Tür und stieß atemlos hervor: „Es tut mir leid, dass ich dich so früh störe, aber letzte Nacht wurde Frau Forell ins Krankenhaus gebracht. Die Sanitäter haben unten an mein Fenster geklopft, du weißt ja, dass die Klingelanlage an der Haustür seit dem letzten Gewitter kaputt ist. Sie haben Frau Forell mitgenommen. Sie hat mir ihren Schlüssel gegeben und mich gebeten, mich um den Papagei zu kümmern, bis ihre Tochter kommt. Ich soll dich herzlich grüßen."
„Danke ... aber wie ... wie ist das möglich?", stammelte Lisa und bat Reginald herein. Während er ihr ins Wohnzimmer folgte, fragte sie weiter: „Wir hatten doch gestern den Eindruck, es gehe Frau Forell wieder besser, was ist denn passiert?"
„Am Abend ging es ihr wieder schlechter, sie bekam schwer Luft und fühlte sich, als müsste sie sterben."
Lisa bot ihm einen Platz an. „Aber warum hat sie nicht bei mir angerufen?"
Reginald setzte sich. „Sie wollte dich nicht stören. In der Nacht hat sich alles noch zugespitzt. Sie hat den Notruf gewählt."
„Gott sei Dank", seufzte Lisa.
Der Sanitäter meint, es ist das Herz." Reginald zuckte mit den Schultern und lächelte. „Nun, du weißt ja selbst, wie das ist. Manchmal benimmt sich unser Körper wie ein launischer Hausherr und droht, uns zu kündigen. Auch wenn wir der Meinung waren, alles getan zu haben, um ihn zufriedenzustellen."

„Also das ... du hast vielleicht Vergleiche!" Lisa versuchte, ihre Aufregung hinunterzuschlucken.

„Nun dieser Vergleich – ich gebe es zu –, der stammt nicht von mir. Zwar habe ich ihn etwas abgewandelt ..." Reginald hob eine Augenbraue. „Also nach dem Tod meiner Frau bin ich mal auf die Bibelstelle gestoßen, in der Paulus unseren Körper ein *irdisches Haus* nennt, *eine Hütte*, die mit dem Tod abgebrochen wird. Und dann weist er uns darauf hin, dass Gott für uns ein Haus im Himmel bereithält, das nicht mit Händen gemacht und ewig ist."

Reginald lehnte sich auf dem Stuhl zurück. „Womit ich nicht sagen will, dass ich bei Frau Forell jetzt mit dem Schlimmsten rechne. Mir fiel eben einfach nur der Vergleich mit dem launischen Hausherrn ein."

„Ich kenne diese Bibelstelle auch", sagte Lisa. „Paulus spricht davon, dass wir mit dem unsterblichen Leib überkleidet werden. Meinen Kindern habe ich damit früher mal versucht, das zu beschreiben, was mit uns im Tod geschieht. *Stellt euch vor*, habe ich gesagt, *ihr zieht eine alte Jacke oder einen alten Mantel aus und legt ihn auf den Fußboden. Was dann da liegt, ist der Mantel, das seid nicht ihr. Ihr bekommt ein anderes Kleidungsstück, ein besseres, neues. So ähnlich ist es auch beim Sterben. Wir verlassen unseren Körper, wir ziehen ihn aus wie ein Kleidungsstück. Der Körper liegt dann im Grab. Er geht dort kaputt, aber der Körper, das sind nicht wir, das war nur unsere Hülle, unser Kleidungsstück, unser Haus hier auf der Erde. Gott schenkt uns einen anderen Körper, einen neuen, unvergänglichen.*"

Reginald nickte. „Doch trotz der grandiosen Zukunftsaussichten sollten wir jeden Tag unseres Lebens mit schönen Erlebnissen füllen. Glücksmomente sammeln, Erinnerungen anhäufen, etwas unternehmen und so weiter. Denn das hat mich der Tod gelehrt: Jeder Tag kann der letzte sein."

„Genau dieselben Gedanken hatte ich nach meiner Herzattacke auch. Ich habe mich gefragt, womit ich den Rest meines Lebens füllen möchte." Lisa räusperte sich erneut. „Es gibt zwar noch viele andere Dinge, die mir wichtig geworden sind, aber das Sammeln von Glücksmomenten gehört auch dazu. Glücksmomente werden zu Schätzen der Erinnerung, die uns niemand nehmen kann."

„Siehst du!" Reginald rutschte aufgeregt auf seinem Stuhl nach vorn. „Und deshalb habe ich einen Vorschlag, liebste Lisa." Er blickte ihr in die Augen. „Lass uns mehr Zeit miteinander verbringen. Ohne andere Hausgenossen oder Nachbarskinder, Hunde und Papageien, Freunde und Familienangehörige, Chorproben und Hausputz-Symphonien. Du entscheidest, was wir machen wollen, ein Mittagessen im Restaurant; eine Wanderung in der Sächsischen Schweiz; einen Ausflug nach Dresden, was auch immer ... bitte sag Ja, liebste Lisa!"

Plötzlich fühlte Lisa sich, als säße sie auf einem Kettenkarussell. Schon als Kind hatte sie es geliebt, immer höher und schneller hinaufgetragen zu werden, weit oben, über den Köpfen der Menschen zu schweben, dabei die wechselnden Ausblicke zu genießen, und zu schweben, zu schweben, zu schweben ... Am liebsten hätte sie sofort *Ja!* gerufen. Ja, Reginald, ich will Glücksmomente mit dir sammeln, Zeit mit dir verbringen, Neues entdecken und Altes teilen. Doch ihr war auch bewusst, dass sie mit diesem Ja ein Wagnis einging. Was, wenn sie sich in Reginald verliebte, während er nur eine Freundschaft wollte? Außerdem war da noch die ungeklärte Sache mit Max ...

Reginald sprang auf und hob abwehrend die Hände. „Sage jetzt nichts, Lisa! Bitte überlege in aller Ruhe! Du kannst mir deine Antwort später zukommen lassen – nun, genau genommen brauche ich eine oder drei Antworten von dir. Erste Frage: Willst du überhaupt etwas mit mir unternehmen? Die eine Antwort wäre ein *Nein*, das fände ich sehr, sehr schade. Antwortest du mit *Ja*, ergeben sich daraus zwei weitere Fragen. *Wann* wirst du einige deiner wertvollen Stunden opfern können und *was* wollen wir gemeinsam unternehmen?" Reginald stieß seine Sätze so rasch hervor, als nähme er an einen Schnellsprechwettbewerb teil. „Wir könnten also erst einmal etwas Kleines planen, zum Beispiel einen Spaziergang, oder gleich etwas Größeres wie ... wie ein Wochenende in einer schönen Stadt oder ..." Reginald redete und redete – endlich gelang es Lisa, ihn zu unterbrechen.

„Darf ich jetzt auch mal etwas sagen?", fragte sie.

„Nun ..." Reginald wiegte den Kopf hin und her und ließ die Arme sinken. „Nun ... also ich würde sagen, es kommt darauf an, *was* du sagen möchtest. Wenn es nur diese *eine* Antwort sein sollte, also die Antwort mit vier Buchstaben, dann würde ich dich bitten, sie nicht zu sagen und noch einmal in Ruhe darüber nachzudenken. Sollte es aber die *andere* Antwort sein, die mit zwei Buchstaben, die noch zwei weitere Antworten erfordert, dann ..."

„Meine Frage lautet: Soll ich uns einen Kaffee kochen oder ist das zu gefährlich?", unterbrach Lisa ihn erneut.

„Ähm, was?" Reginald runzelte die Stirn. „Wieso gefährlich? Woraus pflegst du deinen Kaffee denn zu kochen?"

Lisa kicherte. „Also an meinem Kaffee ist nichts Besonderes ... Meine Frage ist, ob es verantwortlich ist, dir das Coffein zuzumuten. Denn falls der Konsum des Kaffees dazu führen sollte, dass du noch schneller sprichst, besteht die Gefahr, dass ich gedanklich nicht mehr mitkomme und nur die Hälfte verstehe. Und du hältst mich dann womöglich für dement und das wäre sehr schade."

„Nie im Leben würde ich dich für dement halten, Lisa!" Reginald öffnete die Arme, als wollte er sie umarmen. „Aber es wäre in der Tat jammerschade, wenn du nur noch die Hälfte meiner wertvollen sprachlichen Ergüsse mitbekämst!" Er zwinkerte ihr zu. „Andererseits wäre es auch jammerschade, wenn ich mir deinen Kaffee entgehen ließe! Also schlage ich Folgendes vor: Du kümmerst dich um den Kaffee und ich hole frische Brötchen. Dabei schreibe ich in Gedanken mehrmals den Satz: *Du sollst nicht so schnattern wie eine Schar Gänse!* Was hältst du davon?"

„Das ist ein guter Vorschlag." Lachend stand Lisa auf. „Du musst nur aufpassen, dass du diesen Satz nicht laut im Bäckerladen aufsagst!"

Während Lisa Kaffee kochte und den Tisch deckte, fuhren ihre Gefühle Achterbahn und ihre Gedanken stritten miteinander. *Nur gut, dass ich nicht sofort Ja gerufen habe! Freilich sollten wir unsere Zeit nutzen, um Glücksmomente zu sammeln. Eigentlich spricht nichts dagegen, Zeit mit ihm zu verbringen ... aber ... nun ja, Lisa, altes Mädchen, es spräche wirklich nichts dagegen ... wenn du dir dadurch nicht Hoffnungen machen würdest ... Hoffnungen, dass Reginald dich ... nun, mehr als nur „nett" findet. Denn er ist wirklich ein bemerkenswerter ... begehrenswerter Mann ... ja, Lisa, gestehe es dir nur ein ... Die Wahrheit ist: Er verhält sich allen Frauen gegenüber so nett und charmant. Sogar die launische Brigitte Hartlaub war von ihm mehr als angetan, die alte Frau Forell sowieso und selbst Frau Rumpert hat es angesichts seiner Freundlichkeit die Sprache verschlagen.*

Ja, und dann ist da noch die Unbekannte mit dem großen Hut. Bestimmt ist sie viel schöner und jünger als ich. Für einen Mann wie Reginald ist das Alter kein Hindernis.

Aber wenn ich heute Nein *sage, wird er mich womöglich nie wieder fragen, und jede Beziehung ist ein Geschenk ... Ach, Lisa, was spinnst du dir da nur wieder zusammen? Mit einer einmaligen Unternehmung vergibt man sich doch nichts. Was ist denn schon dabei, sich mit einem Mann etwas Schönes zu gönnen? Das bedeutet doch nichts, kannst du ihm nicht einfach begegnen wie einem guten Freund? Und mit welcher Begründung willst du seine Anfrage eigentlich ablehnen? Schließlich stellt er dir das Wann und das Was frei, was willst du denn noch? Kannst du nicht einfach Ja sagen und ihn dann bitten, dich zu überraschen? Und ganz egal bist du ihm sicher nicht. Würde er sich sonst so um dich bemühen?*

Nun ja, das ist schon alles richtig, aber bei Reginald weiß man nie. Bei ihm kann ich mir sogar vorstellen, dass er „meine liebste Frau Rumpert" zu diesem alten Knatterkasten sagt ... Ach, wenn ich nur wüsste, was richtig ist. Ich will mich nicht unglücklich verlieben in meinem Alter ... aber ist es nicht eh schon zu spät? Meine Gefühle ... es fällt schwer, in ihm einen Nachbarn wie jeden anderen zu sehen. Ach, was solls, dieses eine Ja bezieht sich doch nur auf einen einzigen gemeinsamen Ausflug. Er hat mich schließlich nicht gefragt, ob ich ihn küssen oder ihn heiraten möchte.

Schluss jetzt! Lisa schüttelte den Kopf und schalt sich selbst. *Jetzt bleib mal auf dem Teppich! Kämm dir die Haare, zieh dir was Schönes an und beeile dich, sicher kommt er gleich zurück vom Bäcker!*

Damit eilte sie ins Wohnzimmer und prüfte noch einmal den Frühstückstisch. Er sah sehr einladend aus, alles war da: Eier, Marmelade und Honig, Wurst, Käse und frisches Obst.

Schließlich ging sie zum Fenster und schaute hinaus. Ihr stockte der Atem! Unten auf dem Gehsteig stand Reginald mit dieser Frau mit dem extravaganten Hut. Diesmal trug sie dazu einen Mantel, leider stand sie mit dem Rücken zum Haus, sodass Lisa ihr Gesicht auch diesmal nicht

erkennen konnte. Die Frau gestikulierte wild mit den Händen, als wollte sie Reginald zu etwas überreden. Jetzt kam der kleine Heinrich aus dem Haus gehüpft, Reginald sagte etwas zu ihm und drückte ihm eine Tüte in die Hand. Als Reginald den Kopf hob, zog Lisa sich rasch zurück. Er sollte nicht sehen, dass sie ihn beobachtete, erst nach einer Weile wagte sie sich wieder hinter der Gardine hervor. Die Frau mit Hut hatte Reginalds Hand ergriffen und eilte mit ihm die Straße hinab. So war das also, wenn er mit ihr eine Verabredung hatte! Lief einfach so mir nichts, dir nichts davon! Nun, das war ja nichts Neues. Im Grunde genommen hatte er selbst ihr ja bereits mehrmals davon erzählt, wie schnell er sich von anderen Frauen umstimmen ließ! Hatte er ihr nicht bei seinem Besuch in der Klinik einen Blumenstrauß bringen wollen und ihn dann einer jungen Frau geschenkt? Und den nächsten Blumenstrauß, den er für Lisa besorgt hatte, hatte er Frau Rumpert geschenkt. Die war zwar weder jung noch schön, aber wer weiß ...
Schon begannen die Stimmen in ihren Inneren wieder miteinander zu diskutieren. *Was regst du dich so auf, das wird sich schon alles klären. Schließlich ist er dir keine Rechenschaft schuldig, wer weiß, was die Frau ihm Wichtiges gesagt hat.*
Aber es ist gemein von ihm, mich mit dem gedeckten Kaffeetisch sitzen zu lassen, einfach unverschämt ist das! Entwürdigend! Das zeigt, wie wenig ich ihm bedeute! Ich bin für ihn doch nur ein kleines Mauerblümchen, das man schnell wieder vergisst, weil es zu unbedeutend ist.
Du solltest die Mauerblümchen nicht herunterspielen, Lisa! So manches Unkraut ist ein Heilkraut, und Heilkräuter sind gut für die Gesundheit und die Seele.
Pff, Heilkraut! Er hätte mir wenigstens Bescheid sagen können, falls ihm etwas Wichtiges dazwischengekommen ist! Das ist doch keine Art, so mir nichts, dir nichts ... Was soll ich jetzt machen, etwa den Tisch wieder abdecken?
Du kannst doch die Zeit mit etwas Sinnvollem füllen! Lass dich nicht so schnell aus der Bahn werfen, bestimmt klärt sich gleich alles auf! Hattest du dir nicht vorgenommen, jeden Tag, jede Stunde – ja sogar jede Minute bewusst zu nutzen?

Aber was kann ich schon tun in dieser Zeit, von der ich nicht weiß, wie lang sie ist? Wie kann ich sie sinnvoll nutzen? Weggehen kann ich nicht. Einen Brief schreiben auch nicht, darauf kann ich mich nicht konzentrieren. Sachen sortieren kommt nicht infrage, ich bin froh, dass hier gerade alles ordentlich ist.
Du kannst die Bibelstelle in deiner Liste vermerken, über die ihr gesprochen habt. Selbst wenn Reginald dich vergessen haben sollte, so hat er dir doch einen wertvollen Hinweis für deine Liste geliefert.
Ja, die Liste, das ist eine gute Idee. Vielleicht kommt er ja wirklich gleich wieder, ich bin gespannt, welche Entschuldigung er dann vorbringt. Jedenfalls darf ich nicht zulassen, dass der Groll mir den Tag vergiftet, ich werde mich nicht davon bestimmen lassen!
Also suchte Lisa in der Bibel die Stelle, über die sie gesprochen hatten. Als sie das fünfte Kapitel im zweiten Brief des Paulus an die Korinther gefunden hatte, blieb sie beim Lesen am Anfang hängen. Darin steckte etwas, was sie bisher noch nicht bedacht hatte, ein weiterer Vergleich für das, was beim Sterben passierte. Also las sie diesen Vers noch einmal laut: „... Wenn unser irdisches Haus, diese Hütte, abgebrochen wird, so haben wir einen Bau, von Gott erbaut, ein Haus, nicht mit Händen gemacht, das ewig ist im Himmel. Denn darum seufzen wir auch und sehnen uns danach, dass wir mit unserer Behausung, die vom Himmel ist, überkleidet werden ..."
Ja, genau genommen verwendete Paulus hier zwei Bilder. Neben dem des *Hauses* sprach er vom *Überkleiden* ...
Lisa nahm ihren Füllfederhalter und ergänzte die Liste über den Tod:

Vergleiche	**Quellen**
Paulus vergleicht unseren Körper mit einem Haus, einer Hütte, die abgerissen wird. Wahrscheinlich war diese Hütte baufällig, drohte auseinanderzubrechen. Bei Gott bekommen wir nach dem Tod ein neues Haus, ein ewiges, das nicht kaputtgeht, ein Haus, das makellos ist.	die Bibel, Paulus, 2. Korinther 5,1ff.

Vergleiche	Quellen
Der Körper ist wie ein Kleid, ein Mantel, ein Kleidungsstück, aus dem man im Tod herausschlüpft, das man verlässt. Jesus schenkt uns in der Auferstehung einen neuen Körper, einen ewigen, ohne Schmerzen und Gebrechen.	die Bibel, Paulus, 2. Korinther 5,1ff.

Da Reginald immer noch nicht da war, nahm Lisa noch einmal ihre Bibel zur Hand. Zu den einzelnen Bibelstellen gab es Verweise zu passenden Parallelstellen, die sie sich zuweilen ebenfalls anschaute. Um ihre Zeit sinnvoll zu nutzen, schlug sie einige dieser Stellen auf und las sich die Texte durch. Schließlich wurde ihre Aufmerksamkeit durch das fünfzehnte Kapitel im ersten Brief des Paulus an die Korinther gefesselt. Zunächst sprach Paulus davon, dass Jesus Christus stellvertretend für unsere Sünden gestorben ist, begraben und am dritten Tag von Gott auferweckt wurde. Dann zählte er die vielen Zeugen der Auferstehung Jesu auf, zu denen er sich selbst rechnete. Schließlich ging er der Frage nach, was im Tod mit unserem Leib geschieht. Unter anderem griff er hier den Vergleich vom Weizenkorn auf, den bereits Jesus benutzt hatte.
Lisa nahm sich vor, diesen Vergleich unbedingt noch einmal in der Rede Jesu nachzuschlagen, um ihn dann ebenfalls in ihrer Liste zu vermerken.
Doch zunächst konzentrierte sie sich weiter auf die Ausführungen des Paulus. schließlich vermerkte sie:

Vergleiche	Quellen
Zitat: „Es wird gesät ein natürlicher Leib und wird auferstehen ein geistlicher Leib. Gibt es einen natürlichen Leib, so gibt es auch einen geistlichen Leib."	1. Korinther 15,44

Vergleiche	Quellen
Zitat: „Wenn aber dies Verwesliche anziehen wird die Unverweslichkeit und dies Sterbliche anziehen wird die Unsterblichkeit, dann wird erfüllt werden das Wort, das geschrieben steht: ‚Der Tod ist verschlungen vom Sieg.'" Diese Worte des Paulus unterstützen das Bild vom Wechsel des Kleidungsstückes.	1. Korinther 15,54

Lisa legte ihren Füllhalter weg und blickte auf die Uhr. Nun war bereits eine Stunde vergangen, sicher würde Reginald nun gar nicht mehr kommen. Wer weiß, wohin die Schöne mit dem Hut ihn entführt hatte. Also stand Lisa auf und deckte den Tisch ab. Sie verspürte keinen Hunger, stattdessen rührte sich wieder der Groll in ihr. Aber sie wollte den Groll nicht haben, sie musste ihm etwas entgegensetzen, musste verhindern, dass er sich aufblähte wie ein Ballon und ihr die Luft zum Atmen nahm. Also setzte Lisa sich erneut an ihren Schreibtisch und prüfte noch einmal ihre Liste. Dann blätterte sie zur Rede Jesu im zwölften Kapitel des Evangeliums des Johannes und las Vers vierundzwanzig: „Wenn das Weizenkorn nicht in die Erde fällt und erstirbt, bleibt es allein; wenn es aber erstirbt, bringt es viel Frucht."
Schließlich vermerkte sie auch den Vergleich vom Weizenkorn in ihre Liste:

Vergleiche	Quellen
Jesus und Paulus verwenden den Vergleich des Weizenkorns. Wenn man es in die Erde legt, keimt es. Der Keim ist etwas Neues, er wächst zu einer neuen Pflanze heran. Würde jemand später nach dem Korn sehen, würde er es nicht mehr finden, vielleicht nur noch die Reste der Schale. Das Korn ist gestorben. Etwas Neues ist geworden. Neues Leben.	1. Korinther 15,36–37 Johannes 12,24 die Natur

Dann nahm Lisa ihre Liste über den Sinn des Lebens und hielt darauf fest:

> o *Glücksmomente sammeln, Schätze der Erinnerung (Gespräch mit Reginald).*

Nachdem Lisa ihre Listen aktualisiert hatte, blieb ihr Blick an dem Brief an Hanna hängen. Den wollte sie zum Briefkasten tragen und dann etwas für ihre Gesundheit tun und ein Stück spazieren gehen. Sie würde jetzt nicht länger auf Reginald warten! Und sie würde dieses Kapitel ein für alle Mal abschließen, sie hatte weder Zeit noch Kraft, sich mit einem so sprunghaften, unzuverlässigen Mann abzugeben!
Rasch nahm sie ein leeres Blatt Papier und schrieb darauf:
Meine Antwort lautet:
NEIN!
Mit klopfendem Herzen faltete sie das Blatt zusammen, steckte es in einem Umschlag und stand auf.
Und nun los, Lisa! Carpe diem! Vergiss diesen Mann! Du hast Besseres zu tun, als seine Launen zu ertragen. Carpe diem, Lisa!

Gegen dreizehn Uhr kehrte Lisa von ihrem Spaziergang zurück. Kaum hatte sie ihr Mittagessen gekocht, läutete es. An der Tür stand Reginald mit einem großen Blumenstrauß und fing sofort an zu reden: „Liebste Lisa, es tut mir so leid, aber ..."
„Spar dir deine Erläuterungen, das Frühstück ist lange vorbei", unterbrach Lisa ihn barsch.
„Es tut mir so leid, Lisa, aber ich habe doch ..."
„Lass mich in Ruhe!" Lisa trat einen Schritt zurück und schlug die Tür hinter sich zu.
Reginald drückte erneut auf den Klingelknopf, doch sie zog sich in ihre Küche zurück, schob Pfanne und Töpfe beiseite und räumte ihren Teller wieder in den Schrank. Der Appetit war ihr vergangen, Reginald hatte ein Feuer der Wut in ihr entfacht, das den Hunger und alle frohen

Gedanken verbrannte. Was bildete dieser Mann sich nur ein! Dachte er etwa, er könnte nach Belieben bei ihr ein und aus gehen und seine Unzuverlässigkeit durch Blumensträuße und schöne Worte wiedergutmachen? So etwas mochten sich andere Frauen gefallen lassen, bei ihr war er damit an der falschen Adresse! Sollte er doch mit der Dame mit dem extravaganten Hut seine Glücksmomente sammeln! Sie wollte lieber allein etwas unternehmen als mit so einem ... einem unzuverlässigen Schaumschläger, in den sie sich beinahe verliebt hätte. Falls sie noch einmal einen Mann in ihr Leben hineinlassen sollte, musste sie sich auf ihn verlassen können, hundertprozentig! Ruhelos tigerte Lisa in ihrer Wohnung umher, rückte mal diesen und mal jenen Gegenstand gerade und versuchte, einen klaren Kopf zu bekommen. Um die trüben Gedanken zu verscheuchen, schaltete sie den Fernseher ein, fand aber nichts, was sie interessierte, und beschloss, einige Telefonate zu erledigen. Leider erreichte sie wieder keinen der Teilnehmer namens Zimmermann, dafür aber Brigitte Hartlaub, die sich sehr über Lisas Anruf freute. Kurze Zeit später läutete es wieder an Lisas Tür. Als sie dort nachschaute, fand sie einen verschlossenen Brief von Reginald. Ärgerlich warf sie den Brief auf das kleine Schränkchen im Flur und ging ins Wohnzimmer. Reginald sollte sie endlich in Ruhe lassen! Sowieso war es besser, in ihrem Alter nichts Neues mit einem Mann anzufangen. Wer weiß, wie viel Zeit ihr noch blieb. Sie hatte noch so viel vor. Zunächst musste sie Max finden, sich Zeit für ihre Kinder und andere Menschen nehmen, die sie brauchten, zum Beispiel Gerda. Sie wollte ihre Listen und Briefe vollenden und ihre Talente nutzen, malen und schreiben – vielleicht würde sie das Buch ihres Lebens schreiben. Für ihre Kinder und Enkel und alle, die es interessierte. Denn jeder Mensch hatte etwas zu erzählen, konnte den Schatz seiner Erinnerung und Erkenntnisse mit anderen teilen und sie damit beschenken. Außerdem wollte sie ihre Danke-Liste ergänzen, jeden Tag die kleinen Freuden aufschreiben, die Gott ihr geschenkt hatte, so wie heute den Spaziergang an der Elbe. Ihre Danke-Liste war wie eine Sammlung von Glücksmomenten. Ihre Sachen musste Lisa auch noch fertig sortieren. Sie besaß noch immer viel zu viele Dinge, die sie nicht brauchte. Denn es war nun einmal so – der größte Teil ihres Lebens war vorbei, sie musste Prioritäten setzen. Da sie heute Vormittag schon viel geschrieben hatte, setzte sie ihre Sortieraktion fort.

Am späten Nachmittag stürmte Juliane mit einem großen Blumenstrauß ins Wohnzimmer, schwenkte Reginalds Brief und fing an zu schimpfen: „Was ist mit dir los, Mutti? Die Blumen schickt dir Reginald Luft. Er wollte selbst mit dir reden, aber du scheinst ja für ihn nicht ansprechbar zu sein. Ich habe ihn eben getroffen, er ist ratlos und traurig. Du hast ihm die Tür vor der Nase zugeschlagen und ihn gar nicht zu Wort kommen lassen. Daraufhin hat er dir einen Brief geschrieben, den ich soeben ungeöffnet draußen im Flur entdeckt habe. Was soll das? Herr Luft ist so nett und hilfsbereit und ..."

„Du kannst ihm die Blumen gleich wieder zurückbringen", unterbrach Lisa den Redestrom ihrer Tochter. „Er soll mich in Ruhe lassen."

Juliane warf den Brief auf den Tisch. „Was hat dir dieser Mann getan? Er hat mir erzählt ..."

„Mir ist egal, was er dir erzählt hat!" Ärgerlich warf Lisa eine alte Geldbörse in die Abfallkiste. „Ich will nichts mehr mit ihm zu tun haben! Und ich finde es unverschämt, dass er dich mit in diese Sache hineinzieht und dich mit Blumen zu mir schi..."

„Welche Sache, Mutti? Was redest du da!" Vorsichtig legte Juliane den Brief und die Blumen auf den Tisch. „Warum bist du so gemein zu ihm? Er ist so ein freundlicher, zuvorkommender ..."

„Das ist doch alles nur Show, Juliane!", unterbrach Lisa sie erneut mit zitternder Stimme. „Reginald Luft ist unzuverlässig und egoistisch! Meine Zeit ist mir zu schade, um stundenlang am gedeckten Frühstückstisch auf einen Mann zu warten, der nichts Besseres zu tun hat, als ..."

„Na, hoffentlich hast du wenigstens seine Brötchen mit Genuss verspeist, bevor du dich entschlossen hast, eine derart rücksichtslose Rolle zu spielen, die ich dir nie im Leben zugetraut hätte! Was hätte er denn deiner Meinung nach tun sollen? Hätte er dich etwa erst bitten sollen, dass du ihm von eurem gemeinsamen Frühstück freistellst, damit er ..."

„Ich habe keine Brötchen bekommen", unterbrach Lisa sie erneut. „Ich habe den halben Vormittag mit einem gedeckten Frühstückstisch auf ihn gewartet und er ist nicht gekommen."

„Was? Du hast keine Brötchen bekommen?" Juliane ließ sich auf einen Stuhl fallen. „Aber Herr Luft hat den kleinen Heinrich mit den Brötchen zu dir geschickt! Heinrich ist zuverlässig, es sei denn, er hat etwas falsch verstanden."

Da erinnerte Lisa sich an das, was sie aus dem Fenster beobachtet hatte. Reginald hatte dem kleinen Heinrich etwas gesagt und ihm eine Tüte in die Hand gedrückt. Sollte er tatsächlich den kleinen Heinrich gebeten haben, ihr die Brötchen zu bringen? Während sie darüber nachdachte, wurde ihr abwechselnd heiß und kalt. „Bist du dir sicher, Juliane?" „Hat ... hat Reginald ... also ... hat er wirklich den kleinen Heinrich zu mir geschickt?"

„Ja, das hat er. Heinrich sollte dir auch sagen, dass es ein familiärer Notfall ist. Herr Luft wollte dir alles später genau erklären. Er hatte keine Zeit, dem Kleinen alles zu erzählen und auf der Straße herumzuschreien, weil Heinrich ja oft nicht alles richtig versteht, aber das weißt du ja. Leider war Heinrich der Einzige, der gerade in der Nähe war, und die Klingeln unten an der Haustür sind ja kaputt, wie du ebenfalls weißt. Also hat Herr Luft dem kleinen Heinrich die Brötchen in die Hand gedrückt mit der Bitte, sie dir zu bringen und dir auszurichten, dass ein familiärer Notfall aufgetreten sei und er dir später alles erzählen wird. Und das wollte er dann später auch machen, aber du hast ihm die Tür vor der Nase zugeschlagen, was ich ehrlich gesagt nicht verstehen kann. Als Herr Luft mir das erzählte, dachte ich, er hätte irgendetwas falsch verstanden. Ich dachte, das kann nicht sein, meine Mutter benimmt sich nicht so ..."

Juliane sprach so schnell, dass Lisa Mühe hatte, ihr zu folgen. Doch sie wagte nicht, ihre Tochter zu unterbrechen, musste alles genau wissen, wollte alles hören, um sich ein Bild machen zu können. Dabei fühlte sie sich, als säße sie in einer Berg- und Talbahn. Die Bahn fuhr immer schneller, immer auf und ab und manchmal schloss sich sogar das Verdeck, sodass man gar nichts mehr sehen konnte.

Ja, sie hatte selbst gesehen, wie er dem kleinen Heinrich diese Tüte in die Hand gedrückt hatte. Wahrscheinlich hatte der Kleine tatsächlich wieder etwas falsch verstanden und die Brötchen jemand anderem gebracht. Doch wieso sprach Juliane von einem familiären Notfall? Wer war die Frau mit dem großen Hut, die Reginald mit sich weggezogen hatte? Lisa ließ sich in ihren Sessel fallen. „Moment mal Juliane, so schnell komme ich nicht mit! Also, ich habe wirklich keine Brötchen bekommen. Es war so, wie ich es dir sagte: Reginald und ich hatten eine Verabredung zum Frühstück. Er wollte Brötchen holen und ist nicht gekommen. Und dann ... ähm ..." Sie schluckte und überlegte kurz, ob sie Juliane die ganze Wahrheit sagen sollte. „Also dann ... dann habe ich durch Zufall aus dem Fenster gesehen ... er war da gerade auf dem Bürgersteig und hat mit einer Frau gesprochen. Sie hatte einen großen Hut auf. Ihr Gesicht konnte ich nicht sehen, sie muss noch sehr jung sein ... Diese Frau hat seine Hand genommen und ihn mit sich weggezogen ... und da dachte ich ... also ich dachte: Dieser Mann ist ein unzuverlässiger Kerl ... sobald eine Frau auftaucht, lässt er sich von seinen Verabredungen mit mir ablenken ... nun ja, ich dachte einfach nur, Reginald hätte mich versetzt."

Während Lisa sprach, wurden Julianes Augen immer größer. Erst blickte sie ihre Mutter staunend an, dann lächelte sie und schließlich lachte sie laut los. „Aber Mutti! Du bist ja verliebt! Verliebt in Reginald Luft!"

„Unsinn!" Lisa wedelte mit der Hand, als wollte sie einen Schwarm Mücken verscheuchen. „Was redest du da? Ich lasse mich nur nicht gern versetzen. Das ist alles!"

„Aber er hat dich nicht versetzt Mutti!" Juliane sprang auf. „Herr Luft hat mir alles erzählt, es war so: Als er vom Bäcker kam, wartete unten vor der Tür seine Enkelin. Sie war sehr aufgeregt, weil ..."

„Oh!" Stöhnend führ Lisa sich über die Stirn. „Diese Frau mit dem extravaganten Hut ist dann also ..."

„Seine Enkelin, natürlich, was hast du denn gedacht!" Juliane klatschte in die Hände. „Die Enkelin war sehr aufgeregt, weil sie ihn telefonisch nicht erreicht hatte. War ja klar, er war ja vorher bei dir und dann beim Bäcker. Also ist sie kurzerhand losgerannt, um ihm zu sagen, dass ihr Vater – also der Sohn von Reginald Luft – einen Unfall hatte auf der Baustelle – der arbeitet nämlich auf dem Bau, aber das ist ja egal jetzt." Juliane winkte ab. „Jedenfalls wollte seine Enkelin ihn gleich benachrichtigen, und da sie selbst noch nicht viel Neues wusste, also wie schlimm es ist und so, hat sie ihn kurzerhand mitgenommen zur Notaufnahme. Sie wollte nicht allein dort hingehen, ihre Mutter, also die Frau von dem verunglückten Mann und die Schwiegertochter von Reginald Luft, ist nämlich gerade auf Dienstreise."

„Oh." Erschrocken hielt Lisa sich die Hand vor den Mund. „Das ist ja furchtbar! Reginalds Sohn …"

„Er hat zwei Rippen und ein Bein gebrochen, er hat auch viele Prellungen und eine Gehirnerschütterung, er muss auf alle Fälle noch in der Klinik bleiben, die kriegen das wieder hin, aber …" Juliane setzte sich wieder. „… aber das wusste Herr Luft noch nicht, als er mit dir verabredet war, da wusste er nur, dass sein Sohn vom Gerüst gestürzt ist."

„Das … das ist ja furchtbar!", stammelte Lisa erneut und wünschte, sie hätte Reginald hereingebeten und ihm in Ruhe zugehört, als er mit den Blumen vor ihrer Tür stand. Wie dumm von ihr, sich so in ihre verletzten Gefühle hineinzusteigern! Zu denken, er hätte sich durch eine jüngere, schönere Frau abschleppen lassen – sie hatte sich einfach lächerlich verhalten und schämte sich zutiefst dafür. Wie sollte sie das jemals wiedergutmachen? Wie sollte sie ihm ihr Verhalten erklären? Stöhnend schlug sie sich die Hände vors Gesicht, als wollte sie sich dahinter verstecken. „Ich… ich habe mich benommen, wie ein zickiges Schulmädchen."

„Ein Schulmädchen?" Juliane kicherte. „Du hast dich wohl eher wie ein verliebtes Mädchen benommen, Mutti, das kannst du ruhig zugeben. Und weißt du, was ich denke? Nun, eigentlich müsstest du es längst bemerkt haben." Juliane deutete auf den Blumenstrauß „Also ich denke, dass Reginald Luft ebenfalls in dich verliebt ist. So, wie er sich um dich bemüht …"

„Rede nicht solchen Unsinn!" Mit klopfendem Herzen stand Lisa auf, ging zum Schrank und holte eine Vase.

„Nun, wie dem auch sei", Juliane stand ebenfalls auf und nahm ihr die Vase aus der Hand, „die Blumen versorge ich. Du solltest schleunigst zu Reginald Luft gehen und dich entschuldigen. Und dann kannst du …"

„Bitte, Juliane! Sei still und lass mich einen Moment nachdenken. Ich weiß selbst, was ich zu tun habe, aber wenn du so viel redest, fällt es mir schwer, einen klaren Gedanken zu fassen."

„Ich bin ja gleich weg. „Juliane nahm den Strauß und ging in Richtung Küche. „Ich gebe den Blumen ihr wohlverdientes Wässerchen und dann verschwinde ich. Und du solltest nicht zu lange überlegen, du musst ihn unbedingt heute Abend noch besuchen, nach allem ..."

„Bitte, Juliane! Wir können später weiterreden, wenn ich bei Reginald war."

„Klar, Mutti, das machen wir. Später. Später erzähle ich dir auch, wie meine Nachforschungen nach Max verlaufen sind."

Obwohl Lisa sich wie von unsichtbaren Magneten zu Reginald gezogen fühlte, traf sie Julianes Bemerkung wie ein Blitzschlag. „Du hast etwas über Max herausgefunden?"

Lächelnd wehrte Juliane ab. „Später. Denk an deine eigenen Worte, mit denen du mich immer ermahnt hast, wenn ich tausend Dinge zur selben Zeit machen wollte. Bleib ruhig und nimm dir eins nach dem anderen vor."

„Lass gut sein, Julchen, du hast ja recht!" Hastig zog Lisa sich in ihr Schlafzimmer zurück, um sich umzuziehen. Während sie ihren Kleiderschrank öffnete, redete sie in Gedanken mit sich selbst: *Immer eins nach dem anderen, Lisa. Die Sache mit Max kannst du später klären, jetzt ist Reginald dran. Du hast dich ihm gegenüber verhalten wie ein launisches Weib, das nur an sich selbst denkt. Hoffentlich vergibt Reginald dir. Ich frage mich, wie du ihm das alles erklären willst, er wird denken, bei dir sei eine Schraube locker. Das ist so peinlich, Lisa. Aber da musst du jetzt durch. Nun aber los, mach dich hübsch und dann geh weiter, einen Schritt nach dem anderen. Reginald ist kein Ungeheuer, er wird dich schon nicht fressen.*

Mit heftig klopfendem Herzen läutete Lisa an Reginalds Tür. Als er öffnete, schoss Winnie Rex an ihm vorbei und begrüßte sie so stürmisch, als wäre sie sein Frauchen, das von einer langen Reise zurückkehrte. Froh über diese Ablenkung knuddelte Lisa den Hund und versuchte, sich ein wenig zu beruhigen.

„Komm doch rein", sagte Reginald. „Ich muss rasch die Tür schließen, sonst ruft der Hund mit seinem Freudentanz noch Frau Rumpert auf den Plan. Leider habe ich diesmal keine Blumen, um sie gnädig zu stimmen."

„Daran soll es nicht liegen." Lisa schob Winnie Rex vor sich her in die Wohnung. „Wenn du möchtest, gebe ich dir die Blumen gern wieder. Sie sind wunderschön, aber wenn du sie lieber Frau Rumpert ..."

„Bitte nicht!" Reginald hob die Hände.

„Es ... es tut mir so leid", stammelte Lisa und spürte, wie sie rot wurde. Bloß gut, dass der Hund die Atmosphäre etwas auflockerte. Sie hätte sonst nicht gewusst, wie sie das Zittern ihrer Hände hätte verbergen sollen. „Juliane hat mir von deinem Sohn berichtet. Bis dahin dachte ich ... also ich wusste ja nicht ... Aber ich war so dumm ... ich habe gedacht ... nun, also das ... das war wirklich dumm von mir!" Sie blickte Reginald kurz an, wandte sich dann aber rasch wieder Winnie Rex zu. „Ich ... ich glaube, ich brauche etwas länger, um das zu erklä..."

„Das glaube ich auch." Reginalds Stimme klang wie die eines Geschäftsmannes, der einen schwierigen Mitarbeiter zurechtweist. „Denn im Moment komme ich mir vor wie ein Kind, dem man ein heiß ersehntes Geschenk gemacht hat, um es ihm kurz drauf wieder wegzunehmen. Aber ich bin froh, dass du endlich bereit bist, mit mir zu reden."

Was meinte er mit dem heiß ersehnten Geschenk? Ach, wie sie sich jetzt für ihr Verhalten schämte! Sie wünschte sich von Herzen, dass alles wieder gut würde zwischen ihnen – aber was sollte sie sagen?

Reginald geleitete sie ins Wohnzimmer und deutete auf einen Sessel. „Darf ich dir etwas anbieten?"

„Nein danke." Lisa setzte sich und versuchte, den harten Kloß in ihrem Hals hinunterzuschlucken. „Das alles ... es tut mir so unendlich leid!" Sie wedelte mit der Hand, als wollte sie damit ihre falschen Entscheidungen wegwischen. „Es war ein ... ein Missverständnis."

Während Winnie Rex sich unter dem Tisch verkroch, ließ Reginald sich Lisa gegenüber nieder, fuhr sich durch die Haare und schüttelte den Kopf. „Ein Missverständnis? Du schlägst mir die Tür vor der Nase zu.

Du gibst mir meinen Brief ungelesen zurück. Und dieses übergroße NEIN – ich verstehe es einfach nicht! Es tut mir leid, dass aus unserem gemeinsamen Frühstück nichts geworden ist, aber hast du so wenig Vertrauen zu mir? Wenn der kleine Heinrich dir mitteilt, dass ich dringend wegmuss, dann kannst du mir doch glauben, dass ich dich nicht aus Spaß sitzen lasse! Mein Sohn Andreas hatte einen Unfall. Ich wollte dir alles erklären, als ich mittags bei dir geklingelt habe. Gott sei Dank ist der Zustand meines Sohnes jetzt stabil, aber als meine Enkelin kam, wussten wir das noch nicht. Ich musste doch zu ihm gehen, verstehst du das denn nicht?"

„Natürlich musstest du zu ihm gehen, das ist doch klar, Reginald. Es tut mir so unsagbar leid!" Der Kloß ließ sich nicht schlucken, er war einfach zu groß. Und nun kamen ihr auch noch die Tränen. „Juliane hat mir alles erzählt, jetzt verstehe ich es, aber vorher dachte ich, du ... du hättest mich einfach sitzen lassen." Lisa wischte sich über die Augen. „Ich wusste das nicht mit deinem Sohn."

„Natürlich konntest du das nicht wissen!" Reginalds Stimme klang kühl. „Aber du hättest mir vertrauen können! Ich war so froh, dass der kleine Heinrich kam. Ich wusste, auf ihn kann man sich verlassen, also habe ich ihm die Brötchen in die Hand gedrückt und ihn ausrichten lassen: *Herr Luft muss weg. Es ist ein Notfall. Er meldet sich später.* Er hat mir sogar noch einmal alles wiederholt, damit war ich sicher, dass er mich richtig verstanden hat. Was hätte ich denn noch tun sollen, Lisa?"

„Du hast alles richtig gemacht, Reginald", schniefte Lisa und versuchte erst gar nicht mehr, die dummen Tränen zurückzuhalten. „Es war ein Missverständnis ...", stammelte sie. „Also die Brötchen ... der kleine Heinrich hat mir die Brötchen nicht gebracht, wahrscheinlich hat er dich falsch verstanden."

„Wie bitte? Er hat dir die Brötchen nicht gebracht?" Reginald fuhr auf, als hätte ihn eine Wespe gestochen.

„Nein, leider nicht." Lisa holte ihr Taschentuch heraus und putzte sich die Nase.

„Er hat mir auch nichts von dir ausgerichtet."

„Aber das kann doch nicht wahr sein!" Reginald schlug mit der flachen

Hand auf die Tischplatte. „Ich habe ihn doch extra diese kurzen Sätze noch einmal wiederholen lassen.
„Vielleicht hat er meinen Namen nicht richtig verstanden?", überlegte Lisa laut.
„Da muss es sein. Wahrscheinlich hat er den Namen verwechselt." Reginald stand auf. „Ich werde ihn gleich danach fragen und ..."
„Bitte warte!" Lisa hob die Hände, als wollte sie ihn festhalten. „Lass mich erst alles zu Ende erklären. Bitte!"
Nachdenklich blickte Reginald sie an, nickte dann und setzte sich wieder. „Also gut. Dann hast du also mit dem gedeckten Kaffeetisch auf mich gewartet. Und du dachtest, ich hätte dich versetzt. Einfach so."
„Ja, das ... das dachte ich. Es tut mir so leid, Reginald. " Lisa überlegte, ob sie ihm von ihren Beobachtungen aus dem Fenster erzählen sollte und dass sie sein Zusammentreffen mit der Frau mit dem Hut falsch interpretiert hatte, entschied sich dann aber, das lieber nicht zu tun.
„Es tut mir so leid ...", wiederholte sie unter Tränen. „Es war so dumm von mir ... und ich hätte dich anhören sollen, als du mir vor meiner Tür standest ... "
„Ja, das hättest du." Reginald ließ sich wieder auf seinen Stuhl fallen. „Andererseits verstehe ich dich jetzt. Wenn der kleine Heinrich dir nicht Bescheid gesagt hat, dann hattest du allen Grund, sauer zu sein. Wenn jemand, mit dem ich mich verabredet habe, nicht kommt, bin ich auch wütend." Er machte eine Pause und nickte ihr zu. „Das trifft noch viel mehr auf Menschen zu, auf die ich mich gefreut habe, weil ich ... weil ich gern mit ihnen zusammen bin."
„Trotzdem." Lisa schluckte. „Ich hätte wenigstens deinen Brief lesen sollen. Ich schäme mich ... ich habe mich dumm benommen, und nun heule ich dir auch noch die Bude voll."
Auf einmal huschte ein spitzbübisches Lächeln über sein Gesicht. „Um meine Bude brauchst du dir keine Sorgen zu machen, die ist schon einiges gewöhnt." Er macht eine auslandende Armbewegung. „Und jetzt, wo ich beide Seiten kenne, tut es mir leid, wie das alles gelaufen ist. Aber ..." Wieder war da dieses spitzbübische Lächeln. „Also deine Reaktion zeigt mir noch etwas anderes."

„Was denn?", schniefte Lisa.
„Nun ...", Reginald räusperte sich. „Ach, bitte vergiss diese Bemerkung. Vielleicht liege ich ja falsch mit meiner Vermutung. Und dann bist du wieder verärgert und wendest dich von mir ab. Bitte sag mir, dass du meine Entschuldigung annimmst. Es tut mir leid, dass du vergeblich auf mich warten musstest."
Lisa knetete ihr Taschentuch und stieß atemlos hervor: „Aber ich bin es doch, die dich um Vergebung bitten muss. Ich habe mich so dumm benommen ... Ich würde das gern wiedergutmachen."
Wieder war da dieses Lächeln, Reginald grinste, als hätte sie ihm eben das schönste Kompliment des Jahres gemacht. „Nun, ich hätte schon eine Idee, wie du es wiedergutmachen kannst." Er stand erneut auf, ging zu seinem Klavier, nahm den Briefumschlag, der darauf lag, und wedelte damit herum. „Das hast du mir geschickt, als du enttäuscht und wütend warst. Du könntest dieses NEIN in ein JA verwandeln." Er trat näher, legte den Umschlag vor ihr auf den Tisch und setzte sich wieder. „Weißt du, Lisa, ich wünsche mir wirklich von ganzem Herzen, dass wir gut miteinander auskommen. Als ich neulich bei dir war, das war so schön ..." Er beugte sich vor und blickte ihr so tief in die Augen, dass ihr ganz heiß wurde. Er räusperte sich und fuhr dann fort: „Wir haben so viel gemeinsam, Lisa. Ich verbringe gern meine Zeit mit dir, du ... du bist etwas ganz Besonderes für mich."
Lisa spürte, wie sie über und über rot wurde. Am liebsten hätte sie jetzt gerufen: *Du für mich auch, Reginald! Und gerade deshalb habe ich mich ja so dumm benommen, gerade deshalb!* Stattdessen fing sie an, sich umständlich die Nase zu putzen. Dann fragte sie ihn noch einmal nach seinem Sohn und er erzählte ihr ausführlich von dessen Unfall. „Die Ärzte sind zuversichtlich", schloss er seinen Bericht. „Es wird alles wieder gut." Endlich nahm sie den Umschlag und zerriss ihn samt Inhalt. „Wir können gern etwas miteinander unternehmen." Lächelnd stand sie auf und nickte ihm zu. „Du kannst dir etwas überlegen und mich damit überraschen. Doch jetzt muss ich erst einmal los, Juliane möchte noch etwas Wichtiges mit mir besprechen. Sie geht früh schlafen, seit sie schwanger ist."
„Danke, dass du gekommen bist." Reginald geleitete sie zur Tür. Dort

hielt er ihre Hand länger als nötig und blickte ihr tief in die Augen. „Ich überlege mir etwas, Lisa. Und ich freue mich darauf."

Er war ihr jetzt so nahe, dass sie ihn am liebsten umarmt und *Ich auch!* gerufen hätte.

Stattdessen entzog sie ihm ihre Hand und sagte mit rauer Stimme: „Alles Gute für deinen Sohn, Reginald."

„Na, wie war's?", empfing Juliane ihre Mutter. „Habt ihr euch versöhnt? Was hat er gesagt? Ich habe Schnittchen für dich vorbereitet. Anton hat sich in sein Arbeitszimmer zurückgezogen, wir sind also ungestört und du kannst mir alles berichten."

„Langsam, langsam", wehrte Lisa ab, während sie ins Wohnzimmer gingen. „Du wolltest mir etwas über Max erzählen, deshalb bin ich gekommen."

Lächelnd schüttelte Juliane den Kopf. „Erst du, dann ich." Sie ließ sich aufs Sofa fallen und deutete auf eine Kanne Tee und einen Teller mit belegten Broten. „Bitte bediene dich. Und erzähle!"

„Danke, aber ich muss erst einmal ein bisschen zur Ruhe kommen, bevor ich etwas esse." Lisa goss sich eine Tasse Tee ein. „Es gibt nicht viel zu berichten. Als ich Reginald erzählt habe, dass Heinrich nicht bei mir war, war er genauso erstaunt wie ich und wollte sofort bei Starkes klingeln und den Kleinen befragen. Das hat er dann aber auf später verschoben. Mehr gibt es nicht zu sagen."

„Und?", fragte Juliane lächelnd. „Habt ihr euch verabredet? Ist sonst noch irgendetwas …"

„Nun hör aber auf!", schimpfte Lisa. „Erzähl mir lieber, was du über Max herausgefunden hast."

„Später." Juliane wedelte mit der Hand. „Ich weiß nämlich jetzt, wohin der kleine Heinrich mit den Brötchen gelaufen ist! Während ich auf dich gewartet habe, schaute ich immer mal wieder ins Treppenhaus. Irgendwann kam Benno mit einem Müllbeutel die Treppe herunter. Natürlich habe ich ihn gefragt, ob er über etwas über die Brötchensache weiß! Und weißt du, was er geantwortet hat?"

Juliane blickte ihre Mutter abwartend an.

„Nun sag schon", drängte Lisa. „Mal redest du wie ein Wasserfall, aber wenn es drauf ankommt, lässt du mich wie einen Fisch an der Angel zappeln."

Juliane fuhr sich durchs Haar. „Also, wie vermutet hat Heinrich etwas missverstanden. Denn leider gibt es in unserem Haus ein Ehepaar, dessen Name fast genauso klingt wie deiner. Du brauchst bloß mal in Gedanken alle Bewohner durchzugehen, dann kommst du selbst darauf."

„Hm." Lisa trank einen Schluck Tee. „Ja, das ... das kann dann wohl nur Frau Zume sein."

„Genau!" Lachend klatschte Juliane in die Hände. „Die hat natürlich ein komisches Gesicht gemacht. Ist ja klar, wenn ihr plötzlich frische Brötchen in die Hand gedrückt werden mit der Botschaft *Das ist ein Notfall!* und so weiter." Sie kicherte. „Da wäre ich gern dabei gewesen. Heinrich hat daheim erzählt, er musste die Botschaft mehrmals sagen, trotzdem hätte Frau Zume ihn angeguckt, als spräche er chinesisch. Doch dann hätte sie die Brötchen genommen und sich tausendmal bedankt. Heinrich hat zu Hause erzählt, sie hätte gesagt *Der Duft küsst das Bett,* aber Benno denkt, dass Heinrich das falsch verstanden hat. Sie hat bestimmt gesagt *Herr Luft ist nett* oder so."

„Bin ich froh, dass das nun geklärt ist", seufzte Lisa.

Juliane nickte mehrmals. „Ich habe Benno gesagt, er soll seinem kleinen Bruder keine Vorwürfe machen."

„Das ist gut. Und jetzt möchte ich endlich wissen, was du über Max herausgefunden hast", drängte Lisa.

„Gleich", beschwichtigte Juliane ihre Mutter. „Man sollte immer eins nach dem anderen tun, das hast du mir selbst beigebracht. Und immer die wichtige Sache zuerst – habe ich von dir gelernt. Dieser Max hat so lange gewartet – da machen ein paar Augenblicke mehr oder weniger auch nichts mehr aus. Aber Herr Luft und du – das ist etwas Besonderes ..."

„Schluss jetzt!" Lisa schlug heftig auf die Tischplatte. „Unverschämt, wie du mit mir redest! Als du vorhin bei mir warst, war ich sehr aufgeregt, aber das hat doch nichts mit Verliebtheit zu tun! Du weißt doch genau, wie harmoniebedürftig ich bin. Es macht mir zu schaffen, wenn es Unstimmigkeiten gibt, erst recht, wenn ich selbst daran schuld ..."

„Reg dich bitte nicht so auf, Mutti", lenkte Juliane ein. „Es tut mir leid, wenn ich etwas Dummes gesagt habe. Du kennst mich doch, meine Zunge ist manchmal schneller, als mir lieb ist. Ich meine nur, vielleicht solltest du dich nicht so sehr auf diesen Max fixieren. Wenn du dich vor einem halben Jahrhundert gut mit ihm verstanden hast, heißt das noch lange nicht, dass das jetzt auch noch der Fall sein wird. Menschen ändern sich, leben sich auseinander, aber Reginald Luft ..."

„Du redest ja gerade so, als wollte ich Max finden, um mit ihm eine Beziehung einzugehen", unterbrach Lisa sie erneut. „Du weißt doch genau, dass ich etwas Wichtiges mit ihm klären möchte. Und nun erzähl mir endlich, was es Neues gibt! Warst du in diesem Friseursalon? Hast du deine Bekannte getroffen?"

Bingo!" Lachend hob Juliane den Daumen „Das Bild von Max ist dir gelungen. Nathalie hat ihn sofort wiedererkannt! Allerdings wusste sie seinen Namen nicht, er ist einer von denen, die einfach vorbeikommen und fragen, ob sie warten dürfen. In letzter Zeit war er lange nicht da."

Mit heftig klopfendem Herzen hörte Lisa ihrer Tochter zu.

„Also, wie gesagt", fuhr Juliane fort, „Max kommt von Zeit zu Zeit in den Salon *Schicker Schnitt*, wenn seine Haare mal wieder geschnitten werden müssen, aber das macht nicht immer Nathalie ..."

„Dann haben wir jetzt also eine Spur." Lisa konnte es kaum glauben. „Endlich!"

„Genau!" Lachend klatsche Juliane in die Hände. „Doch leider wissen wir nicht, wann er wieder dort auftaucht. Nathalie sagt, er ist schon länger nicht da gewesen. Nun, jedenfalls habe ich Nathalie deine Telefonnummer gegeben. Ich hoffe, das ist dir recht?" Juliane schnappte nach Luft, sie hatte mal wieder so schnell gesprochen, als wollte sie dreihundert Wörter in der Minute schaffen.

„Natürlich ist mir das recht!", rief Lisa aufgeregt. „Aber Max ... wenn sie ihm meine Nummer gibt, könnte es sein, er ruft trotzdem nicht an, und dann ..."

„Ach Mutti, lass mich doch einfach mal fertig erzählen!"

„Na gut." Lisa nahm sich ein belegtes Brot.

Juliane atmete tief durch und sprach dann etwas langsamer. „Sobald Max dort auftaucht, wird Nathalie dich anrufen. Wenn sie dich nicht erreicht, ruft sie mich an. Ich habe ihr die Nummer vom Laden hinterlassen. Und die von uns zu Hause."

„Hm." Lisa wiegte den Kopf. „Aber ob ich dann so schnell zum Friseur laufen kann? Und du mit deiner Schwangerschaft ..."

„Aber Mutti!" Juliane blickte sie an, als wäre sie etwas schwer von Begriff. „Das ist doch nur der erste Schritt. Wir haben natürlich mehrere Möglichkeiten in Betracht gezogen. Also, wenn das mit dem Anruf bei dir oder mir nicht klappt und niemand von uns sofort hingehen kann, während Max da ist, sagt sie ihm, dass du dringend mit ihm sprechen musst und ihn bittest, dich anzurufen. Wenn er das nicht möchte, kann er ihr auch seine Telefonnummer für dich dalassen, damit du ihn anrufen kannst."

Nachdenklich nickte Lisa. „Aber wenn Max nicht mit mir telefonieren will? Er hat mir zwar diese Briefe geschrieben, aber ..."

Juliane winkte ab. „Ach, die Nathalie kriegt das schon hin, die ist nicht auf den Mund gefallen. Sie wird es so dringend machen, dass er gar nicht anders kann. Sie findet deine Geschichte übrigens sehr spannend."

Lisas Mund fühlte sich auf einmal ganz trocken an. Sie konnte noch gar nicht glauben, dass sie jetzt eine Spur von Max gefunden hatten.

Während sie einen Schluck Tee trank, sprach Juliane weiter: „Wir hatten noch eine andere Idee. Du könntest Max einen Brief schreiben und bei Nathalie hinterlegen. Wenn Max dann kommt, wird sie ihm den Brief geben. Während wir uns unterhielten, kam Nathalies Kollegin dazu. Die kann sich aufgrund deines Bildes auch an Max erinnern. Auch die Kollegin wird dich anrufen, falls er auftaucht, schließlich kann es sein, dass Nathalie da gerade mal freihat oder so ..."

„Weißt du, ob diese Kollegin Frau Schneller heißt?", fragte Lisa. „Die hat mir nämlich die Haare geschnitten und war sehr gesprächig. Mit ihr hatte ich auch schon über Max gesp..."

„Ich weiß", unterbrach Juliane sie. „Ja, es war Frau Schneller! Jedenfalls solltest du schleunigst einen Brief an Max schreiben. Du musst so schreiben, dass er sich auf jeden Fall bei dir meldet, du kannst das doch,

Mutti! Ich werde den Brief dann zu Nathalie bringen, es ist besser, dass ich das mache, du kennst Nathalie ja nicht."

„Der Brief ist eine gute Idee!" Lisa biss von ihrem Brot ab. Sie konnte kaum glauben, dass es nun doch eine Möglichkeit gab, Max zu erreichen.

„Dann hätten wir das geklärt." Juliane klatschte erneut in die Hände. „Aber jetzt noch mal zu Reginald Luft. Also ich gönne dir von Herzen, dass du Max wiederfindest, aber du darfst während der Suche nach einem Menschen aus deiner Vergangenheit nicht diejenigen vor den Kopf stoßen, die in der Gegenwart und vielleicht auch Zukunft wichtig für dich sind. Oder – anders gesagt – für die du wichtig bist. Und Reginald Luft ist einer von ihnen. Du kannst mir das nicht ausreden, Mutti, ich habe das deutlich gespürt ..."

„Fängst du schon wieder damit an?", schimpfte Lisa. „Du redest mit mir, als hätten wir die Rollen getauscht! Als wärst du die Mutter, die Angst davor hat, dass ihre Tochter sitzen bleibt und ohne einen Mann durchs Leben gehen muss! Warum machst du das, Juliane, gehe ich dir so auf die Nerven? Willst du, dass ich mir auf Biegen und Brechen in meinem Alter noch einen neuen Partner suche?"

„Unsinn, Mutti", knurrte Juliane ärgerlich. „Du sprichst, als wollte ich dich verkuppeln ... das ist lächerlich! Ich frage mich nur, warum du dich so schwertust mit Reginald! Dieser nette, gebildete Mann hat dich doch nur gefragt, ob du etwas mit ihm unternehmen willst, das ist doch kein Heiratsantrag!"

„Ist ja gut, Julchen." Lisa hob die Hände. „Ich habe ja schon zugesagt, mit ihm etwas zu unternehmen. Aber mir schwirrt derzeit so viel im Kopf herum. Ich habe so viel zu tun: meine Sachen sortieren, Max suchen, andere Menschen anrufen oder besuchen ... zum Beispiel der Besuch bei Gerda, das war total wichtig!"

„Das will ich ja alles gar nicht infrage stellen, Mutti. Trotzdem wiederhole ich noch einmal, was ich dir vorhin bereits gesagt habe: Du darfst während der Suche nach den Menschen aus deiner Vergangenheit nicht diejenigen vor den Kopf stoßen, die in der Gegenwart und vielleicht auch Zukunft wichtig für dich sind. Und für die du wichtig bist. Ich habe

zwar nicht mehr viel mit der Bibel am Hut, aber es gibt darin einen Text, der mir schon immer sehr gefallen hat. Er heißt: *Jegliches hat seine Zeit*".
„Ja, das steht beim Prediger Salomo." Lisa biss erneut von ihrem Brot ab.
„Siehst du!" Juliane schnippte mit den Fingern. „Für mich heißt das: Was gestern wichtig war, galt gestern. Heute ist heute, also müssen wir uns den Dingen und den Menschen zuwenden, die uns heute begegnen, verstehst du? Ich will damit nicht sagen, dass die Vergangenheit unwichtig ist, denn schließlich liegen in der Vergangenheit unsere Wurzeln und wir können aus der Vergangenheit lernen. Aber wir müssen heute leben, im Jetzt. Denn wenn du nur in der Vergangenheit lebst, ist das, als würdest du den Rest deiner Tage in einem Museum verbringen, dem keine neuen Exponate mehr hinzugefügt werden und das längst geschlossen wurde."
Lisa schluckte. „Ach Julchen, ich lebe doch nicht in der Vergangenheit. Ich möchte Max finden, weil ich ihm wehgetan habe. Ich will wissen, was ich falsch gemacht habe, und ihn um Vergebung bitten. Vielleicht kann ich etwas wiedergutmachen."
„Und wie weit würdest du gehen mit deiner *Wiedergutmachung*?" Julianes Stimme wurde etwas lauter. „Angenommen dieser ... dieser ehemals liebe Kinderfreund ist heute so ein richtiger Stinkstiefel ..."
„Aber das ist doch Unsinn, Juliane! Ich habe Max in der Klinik getroffen, er ist ..."
„Und noch etwas möchte ich dir zu bedenken geben, Mutti!", fuhr Juliane fort. „Reginald Luft mag dich wirklich! Wenn du ihn vor den Kopf stößt, verletzt du ihn. Und da ich annehme, dass du nicht mit zweierlei Maß messen wirst, wirst du danach dieselben Schuldgefühle haben wie jetzt, da du dir solche Gedanken um das machst, was du Max angetan haben könntest. So ist das nun mal mit dem Leben und mit der Liebe – wenn man von einem Mann geliebt wird, dessen Liebe man nicht erwidern kann, wird man ihn unweigerlich verletzen. Also sollte man sein Herz sprechen lassen, und ich glaube, dass dein Herz schon gesprochen hat – ich glaube, dass du Reginald Luft ..."
„Genug, Juliane!", sagte Lisa streng und stand auf. „Wenn ich dich nicht

genau kennen würde, würde ich dich unverschämt nennen! Du solltest dir nicht länger meinen Kopf zerbrechen! Ich habe deine Meinung gehört und ich denke, ich verstehe auch, was du meinst. Aber ich brauche jetzt Zeit für mich, ich muss das alles erst einmal verarbeiten."
Juliane brachte Lisa zur Tür. „Ich will ja auch gar nicht, dass du die Sache mit Max jetzt fallen lässt. Ich will nur, dass du auch ein bisschen auf dein Herz hörst."
Lisa nickte. „Danke für deine Hilfe Juliane. Und für das Abendessen."

Wie es schien, hatte der Schlaf heute anderes zu tun, als Lisa ins Reich der Träume zu geleiten. Ihr Gedankenkarussell schwirrte um Reginald und um die heutigen Ereignisse herum. Dabei spürte sie wieder dieses Kribbeln im Bauch. Dieses Gefühl weckte das junge Mädchen in ihr, das immer noch da war, obwohl sie inzwischen fast das Alter erreicht hatte, das in ihrer Jugend ihre Großmutter hatte. Manchmal konnte sie kaum fassen, dass sie schon so alt war, denn in ihrem Inneren lebte neben dem jungen Mädchen auch noch das Kind Lisa, das unbeschwert mit ihren Freunden spielte. Und einer der Freunde war Max, dem sie gleich morgen früh schreiben wollte. In Gedanken hatte sie schon mehrere Fassungen des Briefes formuliert und wieder verworfen. Sie musste Max dazu bewegen, sich mit ihr zu treffen, damit sie sich aussprechen konnten – wenigstens ein einziges Mal!
So sehr sie sich bemühte, weiter an Max zu denken, wanderten ihre Gedanken doch wieder und wieder zu Reginald. Lag ihm wirklich etwas an ihr? Seine Bemühungen um sie, der Blumenstrauß und wie er sie angeschaut hatte – das alles sprach eine deutliche Sprache. Dazu noch seine Worte – sie hat seine Worte noch im Ohr – Worte, die man nicht so schnell vergisst: *Ich wünsche mir von ganzem Herzen, dass wir gut miteinander auskommen,* hatte er gesagt. *Wir haben so viel gemeinsam, und ich verbringe so gern meine Zeit mit dir, Lisa, du bist etwas ganz Besonderes für mich.* Sofort war auch wieder dieses Gefühl da, das Gefühl, in dem sie ihm am liebsten sofort umarmt hätte. *Ja, ich will etwas mit dir unternehmen, so bald wie möglich und so oft wie möglich!* Aber das ging natür-

lich überhaupt nicht. Im Umgang mit Männern war sie schon immer vorsichtig gewesen, voller Hemmungen und Unsicherheiten – anders als viele andere Frauen, die sie kannte. Warum wurde sie diese Unsicherheit nicht los, nicht einmal in ihrem Alter? Warum hatte sie sich so schwer damit getan, Reginald dieses Ja zu einem gemeinsamen Ausflug zu geben, den sie sich doch selbst so sehr wünschte? Juliane hatte recht, dieses Ja war doch kein Ja zu einem Heiratsantrag! Fiel ihr dieses Ja so schwer, weil sie erst die Sache mit Max klären musste?
Wieder dachte sie an Julianes Worte. *Du darfst während der Suche nach einem Menschen aus deiner Vergangenheit nicht diejenigen vor den Kopf stoßen, die in der Gegenwart und vielleicht auch in der Zukunft wichtig für dich sind. Und für die du wichtig bist.*
War sie Reginald wirklich wichtig? Was, wenn Gott diese Freundschaft zwischen ihnen wollte? Eine Freundschaft war noch keine Beziehung. Außerdem waren sie Geschwister im Glauben. Aber wünschte sie sich nicht viel mehr als das? Hatte sie ihm dieses Ja verwehrt, weil sie Angst hatte, ihr Herz an ihn zu verlieren? Konnte es für sie in ihrem Alter noch eine neue Liebe geben?

Am nächsten Morgen setzte Lisa sich sofort an ihren Schreibtisch und begann an Max zu schreiben:
Lieber Max!
Sie lehnte sich auf ihrem Stuhl zurück und überlegte. Wie konnte sie ihre Gedanken in Worte fassen? Das hier war schließlich nicht irgendein Brief. Was sollte sie schreiben, um Max zu einem Treffen zu bewegen? Kaum hatte sie einen Satz zu Papier gebracht, verwarf sie ihn wieder. Und wieder. Und wieder. Ein Blatt nach dem anderen landete im Papierkorb. Lisa zweifelte an sich selbst. Endlich ermahnte sie sich, das alles nicht so schwer zu nehmen und einfach drauflos zu schreiben. Dann fiel ihr die Regel ein, die Richard und sie einmal für sich und ihr Leben festgeschrieben hatten: *Tu alles, was dir mit deinen Kräften und Gaben möglich ist – den Rest aber überlasse Gott.*
Also bat sie Gott um seine Hilfe und fing dann erneut an zu schreiben:

Lieber Max!
Vielen Dank für die beiden Nachrichten, die du mir in der Klinik hast zukommen lassen.
Es war eine große Überraschung, als du mir plötzlich dort auf dem Flur des Krankenhauses gegenüberstandst! Ich habe mich so gefreut! Dich wiederzusehen – nach all den Jahren – grenzte an ein Wunder, das ich erst einmal begreifen und verarbeiten musste.
Oh wie gern hätte ich mich mit dir unterhalten – über unsere Kinderfreundschaft und über die Zeit, die seitdem vergangen ist.
Was hast du gemacht in all den Jahren und was machst du heute? Bist du verheiratet? Hast du Kinder und Enkel?
Ich habe unserer Verabredung entgegengefiebert – doch leider wurde dann nichts aus unserem geplanten Treffen. Das habe ich sehr bedauert. Und als mir dann meine Zimmernachbarin endlich dein zweites Briefchen aushändigte, haben mich deine Zeilen zutiefst erschüttert.
Es tut mir unendlich leid, dass ich dich damals so verletzt habe! Ich hatte ja keine Ahnung und weiß auch heute noch nicht, was ich falsch gemacht habe! Wahrscheinlich war ich naiv und egoistisch – ich bin wie ein Trampeltier mit Scheuklappen, blind für deine Gefühle, durchs Leben gestapft. Dir, meinem lieben Spielfreund, der mir viele Jahre wie ein Bruder war, habe ich Wunden zugefügt, die ich nun nicht mehr heilen kann und für die es keine Entschuldigung gibt.
Ach, Max, wie gern würde ich mit dir über all das reden, von dir hören, womit ich dich so sehr verletzt habe, dich um Vergebung bitten ... aber ich weiß nicht, wie ich dich erreichen kann. Seit ich die Klinik verlassen habe, suche ich nach dir. Leider hast du keine Adresse auf deinem Brief hinterlassen.
Endlich habe diesen Ort gefunden, den du von Zeit zu Zeit aufsuchst – den Friseursalon. Dort werde ich meinen Brief an dich hinterlegen in der Hoffnung, dass er dich in naher Zukunft erreicht. Bitte gib mir die Chance, noch einmal mit dir zu sprechen – wenigstens ein einziges Mal!
Untenstehend findest du meine Adresse und meine Telefonnummer.
Viele liebe Grüße
Lisa.

Kaum hatte Lisa den Brief zusammengefaltet und in einen Umschlag gesteckt, läutete es an der Tür. Mit einem strahlenden Lächeln drückte Reginald ihr eine Papiertüte in die Hand und verbeugte sich, als stünde er auf einer Bühne.
„Einen wunderschönen guten Morgen, liebste Lisa! Ich komme soeben von meiner ersten Runde mit Winnie Rex. Draußen riecht es nach Frühling, meinem Sohn geht es besser – dazu kommt deine Zusagen von gestern Abend, mit mir etwas zu unternehmen – mein Stimmungsbarometer ist seit gestern meilenweit in die Höhe geschnellt! Am liebsten würde ich dich ja mit einem fröhlichen Liedchen begrüßen, da es aber in diesem großen Haus schallt wie in einer Bahnhofshalle, muss ich mich leider aus Rücksicht auf unsere Mitbewohner zurückhalten, denn schließlich möchte ich nicht, dass jemand wegen Lärmbelästigung aus dem Bett oder von der Leiter fällt. In dieser Tüte sind die Brötchen, die ich dir noch schuldig bin, ich habe sie soeben vom Bäcker geholt und mich bemüht, sie niemand anderem als dir zu bringen, was nicht bedeutet, dass du sie mit mir gemeinsam verspeisen musst, obwohl ich das natürlich sehr schön fände, denn ich habe noch nicht gefrühstückt. Und da wir gerade mal dabei sind, könnten wir auch gleich …"
„Möchtest du nicht lieber hereinkommen?", unterbrach Lisa ihn lächelnd. „Hier vor der Tür hört uns ja wirklich jeder. Wie du schon sagtest, es schallt wie in einer Bahnhofshalle."
„Wie gesagt", fuhr Reginald fort, während er ihr ins Wohnzimmer folgte, „deine Zusage von gestern Abend hat mein Stimmungsbarometer in die Höhe schnellen lassen. Und bevor du es dir wieder anders überlegst, möchte ich gleich zur Sache kommen und dich fragen …", er verbeugte sich erneut. „Ich möchte fragen, ob die holde Blume die Güte besitzt, gleich heute Nachmittag ein wenig Zeit mit einem knorrigen, alten Ast zu verbringen. Falls aber bereits andere wichtige Punkte in ihrem Kalendarium vermerkt sein sollten, bittet der knorrige Ast die Blume aller Blumen, ihm einen Termin zu nennen, der ihr genehm ist, damit der alte Ast etwas hat, worauf er sich freuen kann."
„Ein knorriger alter Ast?" Lachend schüttelte Lisa den Kopf. „Dieser Vergleich passt aber ganz und gar nicht zu dir."

„So?" Mit hochgezogenen Brauen blickte Reginald sie an. „Darf ich fragen, was du dann in mir siehst, wenn es kein knorriger alter Ast ist?"
„Oh." Lisa spürte, wie sie rot wurde. „Das ist eine Frage, über die ich nachdenken muss. Du steckst voller Überraschungen, bist spontan, musikalisch, jonglierst mit Worten ... ein Mann, dem man gern begegnet."
„Hm." Reginald hob eine Augenbraue. „Dann bin ich also so etwas wie eine Überraschungstüte oder ein Überraschungsei?"
„Du hast vielleicht Ideen!" Lisa musste erneut lachen. „Aber nein, das trifft es nicht. Ein Überraschungsei oder eine solche Tüte enthält in der Regel nur bedeutungslose Kleinigkeiten, die nicht viel wert sind."
„Na wenn das so ist", Reginald blickte ihr in die Augen und räusperte sich, „dann bin ich aber froh, dass ich kein Überraschungsei für dich bin. Eine Überraschungstüte wäre immerhin besser als eine Knalltüte." Er räusperte sich erneut. „Doch eine Frage musst du mir noch beantworten. Du hast gesagt, ich sei ein Mann, dem *man* gern begegnet. Wen meinst du mit diesem *man*? Meinst du vielleicht Winnie Rex, Benno und Heinrich, die alte Frau Forell mit ihrem Papagei oder Max Mustermann von der Straße? Oder meinst du damit auch eine gewisse Lisa Blume?"
„Ich ... also ...", krächzte Lisa und fühlte sich dabei wie eine leuchtend rote Mohnblüte, der es nicht gelingt, sich in einem Weizenfeld zu verstecken. „Ehrlich gesagt meine ich damit auch eine gewisse Lisa Blume", sagte sie leise. „Sonst hätte ich dich jetzt gewiss nicht hereingebeten."
„Mir fällt ein Stein vom Herzen." Reginald lachte vergnügt. Dann blickte er ihr in die Augen und sagte ernst: „Ich möchte nämlich nicht, dass du mir deine kostbare Zeit nur aus Freundlichkeit opferst. Du sollst selbst Freude daran haben. Wenigstens eine Brise Freude."
„Ja, das habe ich. Sogar mehr als eine Brise." Lächelnd deutete Lisa auf die Küche. „Aber jetzt werde ich uns erst einmal einen Kaffee kochen." Rasch huschte Lisa in die Küche und war froh, ihm für eine kleine Weile entkommen zu sein. Juliane hatte recht – so wie Reginald benahm sich kein Mann, der nichts von einer Frau wollte. Reginald wollte mehr als nur ein freundliches Miteinander unter Nachbarn – und sie wollte es auch.

Während Lisa an Reginalds Seite durch die Dresdner Galerie Neue Meister im Albertinum schritt, lebte sie ganz im Hier und Jetzt. Da war dieser Mann, in dessen Gesellschaft sie sich wie das junge Dornröschen fühlte, das nach einem hundertjährigen Schlaf endlich wieder zum Leben erwacht war.

Und dann waren da die Gemälde. Bilder, die ihr von Jugend an vertraut waren, die sie liebte und begrüßte wie alte Freunde. Bilder auch, die sie sich heute zum ersten Mal genauer anschaute. Weil auch Reginald seine Lieblingsstücke hier hatte. Und weil er seine Gedanken und Gefühle mit ihr teilte – sie teilhaben ließ an Vorlieben, Erinnerungen und Träumen. Und dann waren da noch die Werke, die sie heute gemeinsam ganz neu für sich entdeckten, wobei sie sich fühlten wie ein eingeschworenes Team von Schatzsuchern, die unter der rauen Oberfläche von unscheinbaren Gesteinsbrocken einen Edelstein nach dem anderen hervorholten.

Außer ihnen waren nur wenige Besucher im Albertinum und Lisa war froh, dass sie Reginalds Drängen nachgegeben hatte, mit dem Besuch der Galerie Neue Meister nicht bis zum Wochenende zu warten. Nach ihrem gemeinsamen Frühstück hatte Lisa den Brief an Max zu Juliane in den Laden gebracht. Juliane wollte ihn noch heute zum Friseursalon *Schicker Schnitt* bringen.

Und nun war sie hier und genoss jeden Augenblick mit Reginald wie ein kostbares Geschenk. Seite an Seite schlenderten sie in die Abteilung der Romantiker. Zielstrebig eilte Lisa auf Ludwig Richters Gemälde *Die Überfahrt am Schreckenstein* zu. „Auch das ist eines meiner Lieblingsbilder."

Reginald blieb neben ihr stehen. „Dieses Bild sollte jeder kennen – zumindest jeder, der in unserer Gegend wohnt."

„Ich mag alle Werke von Ludwig Richter", schwärmte Lisa. „Ich könnte sie mir stundenlang anschauen."

„Ich mag Richters Bilder auch", antwortete Reginald. „Seine Holzschnitte, Radierungen und Zeichnungen spiegeln ein Stück der schönen, heilen Welt wider, nach der wir uns alle sehnen. Glückliche Familien mit Kindern und Hunden, märchenhafte Orte und Figuren. Und viele Landschaftsbilder, auch von der Sächsischen Schweiz, meiner Lieblingswandergegend."

Lisa nickte. „Ja, Ludwig Richter hatte eine besondere Gabe dafür, die Schönheit der Natur wiederzugeben und mit seinen Befindlichkeiten – ja, mit den Gefühlen der Menschen – zu verknüpfen. Seine Bilder sind voller Symbolkraft."

„Das war ein druckreifes Gutachten, das solltest du aufschreiben!" Reginald zwinkerte ihr zu.

Lisa drohte ihm scherzhaft mit dem Finger. „Hör auf, mir Komplimente zu machen, das lenkt mich von den Bildern ab."

Reginald zuckte mit den Schultern. „Ich sage nur, was gesagt werden muss. Aber nun ist es gesagt und wir können uns in Ruhe in dieses Kunstwerk versenken. Reginald deutete auf die Beschreibung des Bildes: „Diese Formulierung gefällt mir gut. *Das Lebensschiff im Strom der Zeit*. Ich wünschte, ich wäre wieder so jung wie dieser Bursche mit dem Hut. In der Blüte des Lebens, ein hübsches Mädchen im Arm, den größten Teil des Lebens noch vor sich ..."

„Ich weiß nicht ..." Lisa wiegte den Kopf. „Einerseits geht es mir genauso – ich wünschte, ich säße an ihrer Stelle ..." Sie deutete auf das Mädchen in den Armen des Mannes. „Sie ist jung, sie ist schön, wahrscheinlich verliebt. Andererseits fühle ich mich in meiner derzeitigen Lebensphase auch sehr wohl. Meine Töchter führen ein selbstständiges Leben, ich habe viele schöne Erinnerungen, habe mit Gottes Hilfe etliche dunkle Täler durchschritten, habe Erfahrungen gemacht, die ich nicht missen möchte ..."

„Du hast recht." Sachte berührte Reginald ihren Arm. „Zwar scheint der Kahn hier sehr gemächlich dahinzufahren, das Wasser ist ruhig, aber man weiß nicht, was die beiden noch erwartet. Auch sie werden älter. Auch sie sind nicht gefeit vor den Stromschnellen und Stürmen des Lebens. Auch sie fahren letztendlich auf den Tod zu. So wie jeder Mensch."

Reginald deutete auf den Harfner. „Welches Lied mag er spielen? Ob es von der Vergänglichkeit des Lebens handelt? Ein fröhliches Lied scheint das jedenfalls nicht zu sein, eher nachdenklich ..."

Lisa deutete auf den Mann mit Rucksack, Stock und Kappe, der in der Mitte des Bootes stand. „Der Wanderer schaut zur Ruine der Burg Schreckenstein. Worüber er wohl nachdenkt? Über einflussreiche Herrscher, die längst gestorben sind, Heldentaten, von denen keiner mehr berichtet, gigantische Bauwerke, an denen der Zahn der Zeit nagt? Ruinen stehen ja sinnbildlich für die Vergänglichkeit."

„Vanitas", murmelte Reginald. „Vergänglichkeit. Vielleicht wollte Ludwig Richter mit diesem Bild den Betrachter dazu anregen, über den Sinn des Lebens nachzudenken? Und über die Frage nach dem Tod?"

„Sicher wollte er das." Lisa wandte sich Reginald zu. „Ludwig Richter glaubte an Jesus Christus und an ein Leben nach dem Tod. Das bekennt er selbst in seinen *Lebenserinnerungen*. Darin erwähnt er auch dieses Gemälde. Er wurde bei einem Ausflug dazu inspiriert, als er einen beladenen Kahn bei der Überfahrt am Schreckenstein beobachtete. Der Fährmann nahm auch einen alter Harfner mit, der mit seiner Musik bezahlte."

Reginald hob die Brauen. „Dann war das ein kluger Fährmann, der den Wert der Musik zu schätzen wusste."

„Jedenfalls hat Ludwig Richter die beiden durch sein Bild unsterblich gemacht. Und durch seine *Lebenserinnerungen*."

Reginald fuhr sich über die Stirn. „Mich ermuntert dieses Bild, die Zeit, die mir noch bleibt, gut zu nutzen. Nicht planlos in den Tag hineinzuleben, sondern jede Stunde bewusst zu leben, sie mit Schönem zu füllen, zu genießen, mit Menschen, die ich mag ..." Er wandte sich ihr zu und berührte ihren Arm. „So wie heute – mit dir, Lisa."

„Ähm ... ja." Lisa spürte, wie sie rot wurde. „Die Zeit bewusst leben ... also das finde ich auch sehr wichtig."

„Ich würde das gern wiederholen, Lisa." Eindringlich blickte er sie an. „Unser gemeinsamer Ausflug heute – also ich fände es schade, wenn das der letzte wäre. Du und ich, Lisa", er nahm ihre Hand, „ich spüre da so einen Gleichklang, eine Harmonie ..."

Da betrat eine Gruppe Japaner mit ihrem Reiseführer den Raum. Laut schwatzend drängten sie sich um das bekannte Gemälde von Ludwig Richter und zückten ihre Smartphones und Fotoapparate.

Lächelnd entzog Lisa Reginald ihre Hand und deutete auf die Tür zum nächsten Saal.

„Lass uns noch mehr Bilder anschauen. Über weitere gemeinsame Unternehmungen können wir später reden. Denn jetzt sind wir hier, und es gibt noch viel mehr zu entdecken."

Bevor Lisa und Reginald das Albertinum verließen, schauten sie sich noch im Museumsshop um. Lisa suchte sich eine Kunstpostkarte von Ludwig Richters Gemälde *Landschaft mit Regenbogen* aus. Auch darauf waren Menschen verschiedenen Alters unterwegs; diesmal grüßte aus der Ferne ein Regenbogen – das Zeichen des Bundes Gottes mit den Menschen und eine Erinnerung an das ewige Leben.

Reginald entschied sich für einen etwas größeren, gerahmten Kunstdruck von *Die Überfahrt am Schreckenstein*. Während sie an der Kasse anstanden, erklärte er grinsend: „Dieses Bild – vor allem aber das Liebespaar – wird mich immer an unseren Besuch hier erinnern."

Später spazierten sie über die Brühlsche Terrasse, wo sie beinahe mit Brigitte Hartlaub zusammenstießen. Sie trug einen halblangen, beigefarbenen Mantel, einen braunen Hut und eine farblich passende Handtasche. Außerdem hatte sie sich dezent geschminkt und ihre Fingernägel lackiert. Nachdem sie Lisa begrüßt hatte, reichte sie Reginald die Hand. „So sieht man sich also wieder, Herr Krankenhauskapellmeister!"

„Beinahe hätte ich Sie nicht erkannt", rief Reginald. „Sie sehen fantastisch aus!"

„Nun übertreiben Sie mal nicht! Leider bin ich nur eine alte Schachtel, die versucht, nicht wie eine Vogelscheuche durch die Stadt zu stolpern."

„Also wenn Sie sich als alte Schachtel bezeichnen, bin ich ein alter Knacker", lachte Reginald. „Was ich sehe, ist eine gepflegte Dame, mit der man sich gern mal wieder unterhalten möchte."

„Danke für das Kompliment." Brigitte Hartlaub zwinkerte Reginald zu. „Dennoch muss ich Sie fragen, was Sie erwartet haben. Als wir uns kennenlernten, lag ich mit Flatterhemd, Thrombosestrümpfen und verstrubbeltem Haar im Bett. Dachten Sie etwa, ich würde immer in diesem Aufzug auf der Bühne des Lebens erscheinen?"

„Nein, nein, das dachte ich natürlich nicht!" Reginald schlug sich an die Brust. „Schließlich habe ich Sie als eine Frau kennengelernt, die in der Lage ist, unter den bescheidenen Umständen eines Klinikzimmers spontan mit einer Krankenschwester und meiner Wenigkeit zu musizieren. Wer so etwas fertigbringt, hat für jede Rolle auf der Bühne des Lebens die passende Bekleidung."

Während Reginald und Brigitte Hartlaub ganz offensichtlich ihren Schlagabtausch weiter genossen, suchte Lisa nach Anknüpfungspunkten, bei denen sie sich ins Gespräch einmischen konnte. Leider war es wie immer – bevor sie sich die passenden Worte zurechtgelegt hatte, sprachen die beiden schon wieder über ein anderes Thema und Lisa fühlte sich wie das fünfte Rad am Wagen. Schließlich schien Reginald ihr Unbehagen zu bemerken. Rasch unterbrach er den Redefluss von Brigitte Hartlaub. „Wir sollten jetzt weitergehen, sonst schlagen wir hier noch Wurzeln, und das wäre garantiert nicht gesund. Darf ich die Damen in ein Café einladen?" Er nickte Lisa zu. „Bestimmt möchtest du dich noch ein wenig mit Frau Hartlaub unterhalten. Ich verspreche auch, meinen vorlauten Mund zu halten und die Zeche zu übernehmen."

„Ein Cafébesuch ist eine tolle Idee!", antwortete Brigitte Hartlaub prompt. „Aber selbstverständlich zahle ich meine Zeche selbst, ich bin doch keine …"

„Ich würde jetzt auch gern einen Kaffee trinken", unterbrach Lisa sie. Zwar wäre sie lieber mit Reginald allein ins Café gegangen, aber so etwas konnte sie natürlich nicht laut sagen.

„Also los, wer rastet, der rostet!" Kurzerhand nahm Reginald ihren Arm und spazierte los. Während Lisa noch überlegte, ob sie ihm den Arm entziehen sollte, hängte Brigitte Hartlaub sich an seiner anderen Seite ein und fragte, ob er noch im selben Chor wie Schwester Luise singe, woraufhin er begeistert von ihren derzeitigen Proben für den Ostergottesdienst berichtete und sie dazu einlud. Unter diesen Umständen ließ Lisa es zu, Arm in Arm mit Reginald weiterzugehen, denn schließlich wollte sie sich nicht selbst ins Abseits katapultieren.

Das Café war behaglich eingerichtet, an den Wänden hingen Bilder vom alten Dresden vor der Zerstörung im Zweiten Weltkrieg. Das Geplauder

der Gäste wurde von dezenter Hintergrundmusik untermalt. Der Kellner führte sie am Kuchenbuffet vorbei zu einem Tisch am Fenster mit Aussicht auf die Elbe. Reginald nahm seinen beiden Begleiterinnen die Mäntel ab und trug sie zur Garderobe.

Lisa konnte von ihrem Platz aus die Augustusbrücke sehen, durch die gerade ein Schaufelraddampfer mit eingeklapptem Schornstein fuhr.

Brigitte Hartlaub setzte sich ihr gegenüber und sagte: „Eigentlich dürfte ich ja gar nichts Süßes essen, aber wenn ich mir den Kuchen hier anschaue, kann ich nicht widerstehen."

„Mir geht es genauso." Lächelnd nickte Lisa. „Doch Sie essen ja sicher nicht jeden Tag Kuchen, oder? Ab und zu sollte man sich auch mal etwas gönnen."

„Da haben Sie recht!" Brigitte Hartlaub beugte sich Lisa entgegen. „Schließlich gleicht in unserem Alter eine Einladung zum Essen einem Fünfer im Lotto. Oder ist das bei Ihnen anders?"

„Nun ja, ganz so selten ist es nicht. Ich habe …" Bevor sie von ihren Kindern, ihrer Freundin Gerda und lieben Geschwistern aus der Kirchgemeinde erzählen konnten, kam Reginald zurück an den Tisch und deutete auf das Büfett: „Den Kuchen muss man da aussuchen, möchten Sie beide erst einmal gemeinsam gehen oder soll ich Ihnen ein Überraschungsstück bringen?"

„Auf keinen Fall!" Brigitte Hartlaub stand auf. „Ich habe noch nie die Katze im Sack gekauft, damit fange ich auf meine alten Tage gar nicht erst an."

Während sie ihren Kuchen und den Kaffee genossen, sprach Brigitte Hartlaub Lisa plötzlich auf Max an. Lisa erzählte von ihren Nachforschungen, wobei Reginald ihr immer wieder mal einen fragenden Blick zuwarf, sich sonst aber zurückhielt.

Brigitte Hartlaub nutzte jede Gelegenheit, um auf die Bürokratie, den Datenschutz und die Verbohrtheit einiger Leute zu schimpfen. Schließlich wandte sie sich lächelnd an Reginald: „Was ist mit Ihnen, Sie sind ja auf einmal so still? Oh, ich glaube, ich habe wieder einmal viel zu viel geschimpft. Lassen Sie uns also das Thema wechseln und von etwas Schönem sprechen." Während sie sich kurz Lisa zuwandte und ihr verschwörerisch zuzwinkerte, legte sie nun auch noch ihre Hand auf Reginalds Hand und blickte ihm dann direkt in die Augen. „Wussten Sie eigentlich schon, dass Frau Blume ihrem Namen alle Ehre macht? Die Männer umschwirren sie wie Bienen, aber Frau Blume möchte unbedingt diesen Max wiedersehen, offenbar ihre erste große Liebe …"

Lisa fühlte sich, als hätte Brigitte Hartlaub ihr eine Ohrfeige verpasst. „Was reden Sie da!" Wütend funkelte sie Brigitte Hartlaub an. „So ein Unsinn, Max ist …"

„Warum regen Sie sich denn so auf?", unterbrach Brigitte Hartlaub sie. „Da ist doch nichts dabei. Und wenn Sie diesen Max nicht lieben würden, würden Sie ihn doch nicht suchen wie einen …"

„Hören Sie auf damit!", fauchte Lisa. „Max ist ein Kindheitsfreund, ich muss mit ihm noch etwas klären! Warum verdrehen Sie die Wahrheit und …"

„Bitte beruhige dich." Reginald entzog Brigitte Hartlaub seine linke Hand, beugte sich zu Lisa und berührte ihren Arm. „Frau Hartlaub hat das bestimmt nicht böse gemeint, sie wollte sicher nur einen Scherz machen."

„Einen Scherz?" Lisa lachte bitter. „Das glaube ich nicht. Sie … sie …"

„Ein Scherz war das tatsächlich nicht." Brigitte Hartlaub trank einen Schluck Kaffee. „Es war ein Kompliment, schließlich habe ich Augen und Ohren im Kopf. Sie sind eine attraktive Frau, Sie werden von Männern eingeladen …"

„Unsinn!", fuhr Lisa sie an. „Nur weil ich heute mit Reginald Luft unterwegs bin, heißt das doch noch lange nicht …"

„Aber Frau Blume, Sie brauchen sich doch nicht so aufzuregen." Lachend schüttelte Brigitte Hartlaub den Kopf. „Ich an Ihrer Stelle würde mich freuen, wenn ich so begehrt wäre wie Sie. Aber wenn Sie sich so aufregen, frage ich mich, ob Sie schon vergessen haben, worüber wir vorhin sprachen, als Herr Luft so freundlich war, unsere Garderobe wegzubringen."

„Was meinen Sie?", fragte Lisa verwirrt.

„Nun", Frau Hartlaub räusperte sich. „Ich vertraute Ihnen an, wie sehr ich mich über die Einladung von Herrn Luft freue, da so etwas in unserem Alter selten vorkomme, daraufhin widersprachen Sie mir und gaben mir zu verstehen, dass das bei Ihnen ganz und gar nicht der Fall sei."

Dass Brigitte Hartlaub sehr direkt war, ganz egal, ob sie damit andere Menschen verletzte oder deren Groll auf sich zog, hatte Lisa bereits in der Klinik festgestellt. Dennoch hatte sie nicht damit gerechnet, dass diese Frau dermaßen hinterhältig und gemein die Wahrheit verdrehen würde, nur um damit bei einem anderen Menschen zu punkten. Und dieser andere Mensch war Reginald, in den sich Brigitte Hartlaub offenbar bereits im Krankenhaus verguckt hatte.

Lisa schluckte. „Ich meinte damit doch keine Einladungen von Männern, ich meinte meine Familie und …"

„Regen Sie sich doch nicht so auf!", unterbrach Brigitte Hartlaub sie erneut mit samtweicher Stimme. „Es ist doch etwas sehr Schönes, wenn man in unserem Alter noch begehrt wird, darauf können Sie stolz sein."

Reginald deutete auf die Wand hinter ihrem Tisch. „Schauen Sie mal, da hängt eine alte Fotografie von der Frauenkirche. Ich kenne sie noch aus meiner Kindheit und freue mich, dass sie nun wieder aufgebaut werden soll."

„Oh ja, Sie haben recht, Herr Luft!" Sofort ließ Brigitte Hartlaub sich auf das neue Gesprächsthema ein. „Zwar ist die Ruine ein Mahnmal gegen den Krieg, aber sie ist auch ein Schandfleck. Seit der Wende wird so viel für den Wiederaufbau Dresdens getan, warum sollte man da vor einer so schönen, traditionsträchtigen Kirche haltmachen?"

Während die beiden weiter miteinander schwatzten, blickte Lisa beschämt auf ihren Teller. Darauf lag noch ein kleiner Rest ihres Tortenstücks, aber ihr war der Appetit vergangen. Sie fühlte sich, als hätte sie einen Klumpen Dreck verschluckt, der ihr gesamtes Denken und Fühlen vergiftete und sie zu einem Verhalten verleitet hatte, das sie jetzt bitter bereute. Eine schmutzige, schmierige Frucht, dargereicht von der Schlange – und angepriesen wie ein paradiesischer Leckerbissen.

Warum nur war sie manchmal so blind und naiv, warum fiel es ihr so schwer, angemessen zu reagieren und die richtigen Worte zu finden?

Wenn sie es geschafft hätte, gleich zu Beginn mit Humor auf Frau Hartlaubs Andeutungen zu reagieren, hätte sich dieses unangenehme Gespräch nicht so hochgeschaukelt. Ach, wenn sie doch jetzt einfach aufstehen und nach Hause gehen könnte ...

„Bist du als Kind auch mal in der Frauenkirche gewesen, Lisa?", unterbrach Reginald ihre trüben Gedanken.

„Ja, mit meiner Mutter." Sie schluckte. „Wir haben ja damals schon in Heidenau gewohnt. Meine Mutter fuhr manchmal mit mir in die Stadt, um neue Stoffe für unsere Kleider zu kaufen."

„Dann hat Ihre Mutter selbst genäht?", fragte Brigitte Hartlaub.

„Ja, sie war Schneiderin."

„So etwas finde ich beneidenswert", schwärmte Frau Hartlaub. „Wenn man nähen kann, ist man nicht auf die Kleider von der Stange angewiesen, man kann sich seine eigenen Unikate kreieren."

Lisa fühlte sich nicht in der Lage, weiter mit Brigitte Hartlaub zu plaudern, als wäre nichts geschehen. Deshalb wandte sie sich an Reginald und deutete auf ihre Armbanduhr. „Ich glaube, ich muss dann langsam gehen. Juliane erwartet mich, wir müssen noch etwas erledigen. Wenn ihr noch bleiben, wollt ..." Sie zuckte mit den Schultern und schob sich rasch den letzten Rest der Torte in den Mund.

„Ich begleite dich natürlich." Reginald wandte sich ab, um den Kellner zu rufen.

Während Lisa ihr Portemonnaie herauskramte, sagte Frau Hartlaub: „Das war ein sehr schöner Nachmittag, wir können das gern mal wiederholen."

„Mal sehen", murmelte Lisa und war froh, dass in diesem Moment ein junger Kellner an ihren Tisch kam. Natürlich ließ Reginald es sich nicht nehmen, die Rechnung für alle zu bezahlen. Dabei scherzte er mit dem jungen Mann darüber, dass er mit zwei Damen unterwegs war. Und als der Kellner sich theatralisch an die Brust schlug und seufzte: „Zwei Herzen wohnen, ach, in meiner Brust", lachte Reginald schallend und hob den Finger. „Sie Schelm, ich habe Sie durchschaut! Sie lauschen dem alten Goethe die Worte ab und basteln sich daraus Ihre eigenen Kreationen zusammen!"

Draußen verabschiedeten sie sich von Frau Hartlaub, gingen zum Bahnhof und fuhren mit dem Zug zurück nach Heidenau. Dort begleitete Reginald Lisa noch bis zum Lebensmittelladen von Juliane und Anton. Während Lisa etwas wortkarg war, weil sie sich noch immer für ihr Verhalten im Café schämte, plauderte Reginald munter über verschiedene Gebäude, die neben der Frauenkirche auch wiederaufgebaut werden sollten, unter anderem die George-Bähr-Kirche in Loschwitz – und das war ein Glück, denn etliche Kirchen, die durch den Krieg beschädigt worden waren, hatte man während der DDR-Zeit einfach abgerissen.
Auf das unangenehme Gespräch im Café kam er nicht mehr zurück. Täuschte sie sich oder verhielt er sich ihr gegenüber tatsächlich etwas kühler und distanzierter als vor der Begegnung mit Brigitte Hartlaub? Jedenfalls unternahm er keinen Versuch mehr, ihren Arm zu nehmen; er bat sie auch um keine weitere gemeinsame Unternehmung. Womöglich glaubte er, sie sei tatsächlich unsterblich in Max verliebt? Ach, wie gern hätte sie ihm noch einmal erklärt, dass sie Max vor allem suchte, weil sie etwas mit ihm klären musste. Doch sie wagte nicht, dieses Thema noch einmal anzuschneiden, vielleicht ergab es sich später noch einmal – falls es ein Später mit Reginald gab.

Leider war Juliane nicht im Laden. Lisa unterhielt sich eine Weile mit Antons Eltern und ging dann nach Hause. Sie war froh, niemandem in Treppenhaus zu begegnen, und huschte rasch hinauf in ihre Wohnung. Das Gespräch mit Brigitte Hartlaub im Café machte ihr noch immer zu schaffen, vor allem, weil Reginald ihre unangemessenen Reaktionen miterlebt hatte. Mithilfe ihres Tagebuches wollte sie Ordnung in ihr gedankliches Chaos bringen. Schritt für Schritt ließ sie den Tag noch einmal vor ihrem inneren Auge Revue passieren. Alles in allem war es ein schöner Tag gewesen bis auf die Disharmonie mit Frau Hartlaub. Leider wollte sich das Hässliche in den Vordergrund drängen; es blähte sich zu einem Ungeheuer auf, das die schönen Erinnerungen fraß wie Chips aus der Tüte. Das durfte sie nicht zulassen! Sie betete kurz für Frau Hartlaub, danach fühlte sie sich schon ein wenig besser.

Dann nahm sie die Vanitas-Gedanken zu den Bildern von Ludwig Richter in ihre Liste auf.

Bilder und Vergleiche	Quelle	Meine Aufzeichnungen
In verschiedenen Kunstwerken findet man Vanitas-Gedanken; symbolische Hinweise auf die Vergänglichkeit des Lebens. Viele Künstler bleiben aber nicht dabei stehen, sondern weisen darauf hin, dass es ein „Danach" gibt; eine Heimat im Himmel; ein Ziel, das hinter dem Horizont liegt. Beispiel: der Regenbogen, bei Ludwig Richters Gemälde *Landschaft mit Regenbogen*.	Gemälde, u. a. Ludwig Richter; Galerie Neue Meister	Tagebuch, Freitag 12. April

Nachdenklich hielt sie inne. In der Gemäldegalerie Alte Meister gab es noch die Stillleben, viele von ihnen zeigten verschiedene Vanitas-Symbole. Sollte sie diesen Gedanken auch in ihre Liste übernehmen? Nein, es war besser, erst darüber zu schreiben, wenn sie sich wieder einmal eines dieser Bilder ganz genau angeschaut hatte.
Juliane kam erst nach dem Abendessen. Sie schaute nur kurz bei Lisa herein, um ihr zu sagen, dass sie den Brief an Max im Friseursalon abgegeben hatte. Später holte Lisa die Lebenserinnerungen von Ludwig Richter hervor und las darin, bis es Zeit war, ins Bett zu gehen.

Am Samstagmorgen rief Lisa im Krankenhaus an, um sich nach Frau Forell zu erkundigen. Am Tag zuvor hatte Frau Forells Tochter sich bei

Reginald gemeldet und ihm mitgeteilt, wo sich ihre Mutter jetzt befand. Reginald hatte ihr zugesagt, den Papagei so lange zu behalten, bis die alte Dame wieder aus der Klinik entlassen würde.
Lisas Anruf wurde auf Station durchgestellt, wo eine nette Krankenschwester mit ihr sprach. Zwar durfte sie ihr keine Auskunft über medizinische Belange geben, doch sie bat Lisa, einen Moment am Telefon zu warten, bis sie Frau Forell die Grüße ausgerichtet und sie gefragt hatte, ob die alte Dame einen Besuch von Frau Blume wünsche. Frau Forell freute sich sehr und sie vereinbarten als Besuchstermin den Montagnachmittag, denn da sei Frau Forells Tochter verhindert und auch von ihren Enkeln sei keiner zu erwarten. Also merkte Lisa sich diesen Termin in ihrem Kalender vor und kümmerte sich dann um ihren Haushalt. Ab und zu wanderten ihre Gedanken zu Reginald, doch sie rief sich selbst zur Ordnung: *Warte, bis er sich wieder meldet oder ihr euch im Haus begegnet. Es wird sich schon alles klären. Geh immer einen Schritt nach dem anderen, wie du es schon so oft in deinem Leben getan hast, und versuche, deine Sorgen loszulassen. Du hast deine Ängste und Sorgen an Gott abgegeben, nun vertraue auch darauf, dass er es richtigmacht.*
Am Nachmittag läutete es an ihrer Tür. Lisa öffnete und konnte kaum glauben, was sie sah. Da stand Max! Ihr Freund aus Kindertagen, nach dem sie nun schon so lange suchte!
Er sah sehr gepflegt aus – ganz anders als bei ihrer Begegnung in der Klinik. Er war glatt rasiert und duftete angenehm nach Aftershave. Sein graumeliertes Haar war frisch geschnitten, nicht zu kurz und nicht zu lang. Er trug eine schicke Jacke, die das Blau seiner Augen zum Leuchten brachte. Seine schwarzen Schuhe, die auf Hochglanz poliert waren, passten perfekt zu der dunklen Stoffhose mit Bügelfalten. „Guten Tag, Lisa!" Max zog einen Brief aus der Jackentasche. „Den hat man mir soeben im Friseursalon überreicht."
„Du bist gekommen …", stammelte Lisa. „So schnell! "
„Komme ich ungelegen?" Max zog die Brauen hoch. „Ich kann gern wieder gehen, ich dachte nur …"
„Nein, nein!", unterbrach Lisa ihn. „Du kommst nicht ungelegen, ich hatte nur nicht erwartet … ich habe den Brief erst gestern …"

In diesem Moment kam Reginald die Treppe heraufgeeilt. In der dritten Etage angekommen, wanderte sein Blick zunächst zu Max und dann zu Lisa. „Oh! Du hast Besuch?"
„Ja." Lisa nickte und fragte sich, warum Reginald ausgerechnet jetzt kommen musste. „Das ist Max", stellte sie ihren Besuch vor.
Max nickte. „Zimmermann." Einen Moment lang maßen die Männer sich mit Blicken, dann sagte Reginald: „Angenehm. Mein Name ist Reginald Luft und ich habe das Vergnügen, im selben Haus wie Frau Blume zu wohnen." Dann wandte er sich an Lisa. „Ich wollte dich fragen, ob du Lust auf einen Spaziergang hast, aber das hat sich ja wohl nun erledigt."
„Also ich kann gern ein andermal wiederkommen", bot Max an, bevor Lisa antworten konnte. „Schließlich habe ich mich nicht angemel..."
„Nein!", rief Lisa lauter als beabsichtigt und fasste nach seinem Arm. „Bitte Max, komm herein und lass uns reden!"
Dann wandte sie sich an Reginald: „Heute passt es nicht, ein anderes Mal vielleicht."
Reginald hob die Hand, winkte ihnen kurz zu und schickte sich an, die Treppe wieder hinabzusteigen. „Ich wünsche einen wunderschönen Nachmittag."
„Danke, ebenfalls", antwortete Max.
„Das wünsche ich dir auch, Reginald." Lisa wusste nicht, ob er sie noch hörte, denn er war schon hinter dem nächsten Treppenabsatz verschwunden.
Im Wohnzimmer bot Lisa Max einen Platz an und fragte ihn, ob er einen Kaffee oder Tee trinken wolle. Als sie mit einer Kanne Tee aus der Küche zurückkam, blickte Max ihr lächelnd entgegen. „Ich kann kaum glauben, dass du mich über den Friseursalon gefunden hast!"
„Und ich kann kaum glauben, dass du dich jetzt so schnell bei mir gemeldet hast." Lisa goss ihnen Tee ein und stellte die Kanne auf den Tisch. „Sicher hat die Friseuse dir erzählt, dass meine Tochter den Brief erst gestern im Friseursalon abgegeben hat?"
Max legte Lisas Brief auf den Tisch. „Sie hat mir noch viel mehr erzählt. Du weißt ja, wie gesprächig die meisten Friseusen sind."
Lisa setzt sich ihm gegenüber. „Nach unserer Begegnung in der Klinik

und deinen beiden Briefen wollten ich unbedingt mit dir reden. Aber du warst nicht zu finden, du stehst weder im Telefonbuch, noch konnte ich auf dem Einwohnermeldeamt deine Adresse in Erfahrung bringen."

„Ich weiß." Max räusperte sich. „Das hängt mit meiner Frau zusammen. Es gab da etwas …", er räusperte sich erneut. „Also wir mussten ganz neu anfangen, sind dann umgezogen …"

„Du musst mir das nicht erzählen." Lisa hob abwehrend die Hand. „Ich bin einfach nur froh, dich endlich gefunden zu haben. Danke, dass du gekommen bist."

„Nach deinem Brief konnte ich ja gar nicht anders." Max grinste schief, wie er das schon als Junge getan hatte. „Außerdem haben mir die beiden Friseurinnen quasi die Pistole auf die Brust gesetzt … vielmehr den Rasierer ans Haar. Nun aber raus mit der Sprache, warum wolltest du mich so dringend sprechen?"

„Nun", Lisa atmete tief durch, „wie ich dir bereits geschrieben habe, haben mich die Briefe, die du mir in der Klinik geschrieben hast, zutiefst aufgewühlt. Du hast geschrieben, ich sei mit meinem Verhalten dafür verantwortlich, dass wir uns nie mehr wiedergesehen haben. Ich … ich wusste nicht …" sie schluckte und suchte nach Worten. „Ich möchte so gern wissen, was ich damals falsch gemacht habe, womit ich dich so sehr verletzt habe."

„Ach, Lisa." Max beugte sich nach vorn. „Es tut mir leid, dass ich dich mit den Briefchen, die ich dir in der Klinik geschrieben habe, so durcheinandergebracht habe. Aber du weißt ja vielleicht, wie das ist, wenn man krank ist. Da wandern die Gedanken zurück. Da wird man sentimental. Und als ich dich plötzlich dort im Krankenhaus traf, stand das alles wieder so deutlich vor mir, als wäre es erst gestern geschehen. Ich spürte wieder die Traurigkeit, auch ein bisschen Wut …"

„Das verstehe ich gut", seufzte Lisa. „Auch ich wandere in Gedanken oft in die Vergangenheit – das scheint das Alter so mit sich zu bringen."

„Also diese Briefe", mit ernstem Gesicht schüttelte Max den Kopf, „die hätte ich nicht schreiben sollen. Am besten, du zerreißt sie."

„Das sehe ich nicht so." Lisa nahm einen Schluck Tee. „Ich bin froh, dass du sie geschrieben hast. Ich weiß wohl, dass ich das Geschehene nicht wiedergutmachen kann nach all den Jahren. Aber", sie stellte ihre Tasse ab und blickte ihn an, „bitte sag mir doch, was ich damals falsch gemacht habe."

„Na gut", seufzte Max. „Wie ich dir schon geschrieben habe, war meine Kindheit mit dir wunderschön. Doch eines Tages – ich weiß es noch wie heute – sah ich dich mit anderen Augen. Du trugst ein neues Kleid. Es war gelb und bildete einen tollen Kontrast zu deinen langen, dunklen Haaren."

Lächelnd nickte Lisa. „An dieses Kleid erinnere ich mich. Es war das erste, das ich ohne die Hilfe meiner Mutter genäht hatte."

„Als ich dich in diesem Kleid sah", Max räusperte sich, „da dachte ich: *Meine* Lisa ist wunderschön, *meine* Lisa wird zur Frau."

„Oh!" Lisa hielt sich die Hand vor den Mund.

„Doch dann", fuhr Max fort, „plantest du deine Reise nach Gera zu den Großeltern ... und zu Franz, der so schön Geige spielte. Wenn du von ihm sprachst, spürte ich diesen Stich im Herzen. Dennoch habe ich gehofft ... gehofft und geliebt."

„Oh Max, das wusste ich nicht!", rief Lisa aufgeregt. „Für mich warst du immer wie ein Bruder."

Max nickte. „Dennoch ... eines Tages schenktest du mir dieses wunderschöne Bild, das du gemalt hattest, die Elblandschaft mit dem Borsberg im Hintergrund. Wir waren dort manchmal mit eurem Hund spazieren. Und wir haben uns geschrieben, während des Krieges, du warst im Landjahr, ich war bei der Armee ..."

„Ich weiß", sagte Lisa leise. „Aber ich wusste nicht, dass du mehr für mich empfandst als ... als Freundschaft."

„Ja, Lisa. Deine Briefe haben mir in den dunklen Stunden Kraft gegeben, haben mir geholfen durchzuhalten, waren ein Lichtblick in dieser abgrundtiefen Finsternis." Max trank einen Schluck Tee und stellte die Tasse wieder ab. „Und dann bekam ich Heimaturlaub. Du warst auch daheim und wusstest davon. Ich kam nach Hause. Voller Freude eilte zu dir. Doch du hattest schon den Koffer gepackt, wolltest nach Gera, denn auch Fritz hatte Heimaturlaub bekommen. Du drücktest mir nur kurz die Hand und wünschtest mir einen schönen Urlaub." Max zuckte mit den Schultern. „Und das war's dann. Ich begriff, dass dein Herz diesem Fritz gehörte und ich für dich immer nur der gute Kumpel aus Kindertagen bleiben würde. Das konnte ich kaum ertragen, Lisa, es hat mir damals das Herz gebrochen."

„Oh Max!" Lisa biss sich auf die Lippe. „Das tut mir so leid! Ich wusste ja nicht ... all die Jahre wusste ich nichts davon. Es tut mir so unendlich leid. Und jetzt ..." Sie atmete tief durch. „... jetzt kann ich nur eines tun, Max – dich um Vergebung bitten."

„Ich habe dir schon lange vergeben, Lisa." Max legte seine Hand auf ihre. „Und heute kann ich dich auch verstehen. Denn auch ich habe im Laufe der Jahre viele Menschen verletzt, auch ich musste Frauen abweisen, weil ich keine Liebe für sie empfand. So ist nun mal das Leben ..." Er lehnte sich auf dem Stuhl zurück. „Und inzwischen bin ich längst darüber hinweg."

„Aber deine Briefe in der Klinik,", wandte Lisa ein. „Sie waren so ... also ich hatte nicht den Eindruck, dass du über die Verletzung hinweg bist."

„Noch einmal, Lisa, vergiss diese Briefe." Max wedelte mit der Hand. „Bitte zerreiße sie. Wie gesagt ... eine sentimentale Anwandlung."

Nachdenklich blickte Lisa ihn an „Also ich finde es gut, dass du diese Briefe geschrieben hast. Sie sind so ehrlich, sie haben mich tief berührt. Du warst mir damals sehr wichtig, Max. Ich habe dich geliebt wie einen Bruder, wir waren ja in unserer Kindheit fast täglich zusammen. Ich habe nicht geahnt, dass deine Liebe zu mir eine andere war ... wie gesagt, ich war blind, und das tut mir heute sehr leid."

„Bitte hör auf, Lisa! Ich habe das Gefühl, wir drehen uns im Kreis!" Max hob die Hände. „Ich habe dir vergeben und möchte nicht weiter über die Briefe und all das, was ich darin geschrieben habe, reden. Ich fände es wirklich besser, wenn du die Briefe verbrennst, denn – wie ich schon sagte – befand ich mich in einer emotionalen Phase, als ich sie schrieb."

„Na gut, wenn dir das so wichtig ist ..." Lisa stand auf, ging zu ihrem Schreibtisch, holte die beiden Briefe und gab sie Max. „Bitte, hier sind sie, vernichte sie selbst. Dann kannst du dir sicher sein, dass sie weg sind."

„Danke." Achtlos knüllte Max die Briefe zusammen und stopfte sie in die Hosentasche. Dabei wirkte er auf einmal wie verwandelt – fremd und distanziert.

Lisa setzte sich wieder. „Wie geht es dir, Max? Du erwähntest vorhin deine Frau ..."

„Es geht mir gut", unterbrach Max sie hastig. „Ja, ich bin verheiratet, wir haben zwei Söhne und vier Enkel." Er blickte auf seine Armbanduhr. „Ich muss dann auch wieder los. Meine Frau wird warten ... so lange dauert ein Friseurbesuch schließlich nicht."

„Ich verstehe. „Lisa nickte ihm lächelnd zu. „Dein Besuch bei mir war ja nicht geplant. Ich bin so froh, dass du gekommen bist! Es wäre schön, wenn wir uns mal etwas länger unterhalten könnten, schließlich ist viel passiert seit unserer Kindheit und Jugend. Wir könnten Freunde sein – neulich war ich bei Gerda, du erinnerst dich sicher noch an sie. Wir haben ..."

„Natürlich weiß ich, wer Gerda ist." Max stand auf. „Lass gut sein, Lisa, ich muss jetzt wirklich los. Vielen Dank für den Tee."

Lisa überlegte, ob sie ihn nach seiner Telefonnummer und Adresse fragen sollte, ließ es dann aber lieber bleiben. Sie hatte ihm deutlich zu verstehen gegeben, wie sehr sie ihn gesucht hatte und sich über seinen Besuch freute. Er besaß jetzt ihre Kontaktdaten und konnte sich jederzeit bei ihr melden, wenn er wollte.

Rasch verabschiedete Max sich und eilte die Treppe hinab.

Lisa kehrte ins Wohnzimmer zurück und entdeckte auf dem Tisch den Brief, den sie Max geschrieben hatte. Und in diesem Brief standen ihre Kontaktdaten. Sicher hatte er sie nicht abgeschrieben. Offensichtlich wollte er sie nicht mehr wiedersehen.

„Schade", murmelte Lisa. „Nun, wenigstens weiß ich jetzt, dass du mir vergeben hast, Max. Und das ist das Wichtigste."

Sie legte den Brief in ihr Tagebuch, machte sich einige Notizen über seinen Besuch und strich auf ihrer Aufgabenliste seinen Namen durch.

„Mach's gut Max", murmelte sie. Zwar war es eine Überraschung gewesen, ihn nach all den Jahren wiederzusehen, und sie hätte sich gern noch etwas ausführlicher mit ihm unterhalten, aber wenn er das nicht wollte, dann war das eben so. Es fiel ihr nicht schwer, ihn loszulassen, das spürte sie jetzt. Da war eher ein Stück Leichtigkeit – weil sie nun wusste, dass er ihr vergeben hatte und sie auch das loslassen konnte.

Kaum hatte Lisa am Sonntagmorgen gefrühstückt, läutete es an ihrer Wohnungstür. Draußen stand Reginald. Wie immer sah er sehr gepflegt aus. „Verzeih mir bitte die frühe Störung", sagte er. „Eigentlich wollte ich ja gestern mit dir reden, aber da hattest du Besuch."
„Ja, Max war da." Lisa nickte. „Er ist ..."
„Entschuldige bitte, kannst du mir das später erzählen? Ich würde gern mit dir in den Gottesdienst gehen. Wenn du das auch willst, kannst du entscheiden, in welche Gemeinde wir gehen." Er deutete auf seine Uhr. „Ich weiß, es ist knapp ... aber falls du die Gemeinde kennenlernen möchtest, in der ich im Chor singe, müssen wir uns beeilen, der Zug nach Dresden fährt in einer halben Stunde."
„Hm, ich denke, das schaffe ich." Lisa lächelte. „Bis zum Bahnhof brauchen wir höchstens fünfzehn Minuten."
„Dass du dich so blitzschnell entscheiden kannst!" Reginald klatschte in die Hände. „Ich freue mich!"
Lisa kicherte. „In zehn Minuten stehe ich unten vor deiner Tür."
Der Gottesdienst in der Kirchgemeinde am Rande von Dresden war sehr lebendig. Eine Gruppe Jugendlicher sang mehrere flotte Lieder, die der Freude über die Auferstehung Ausdruck verliehen. *Ich könnte meine Liste auch noch mit Liedtexten ergänzen*, dachte Lisa. *Die Bilder und Vergleiche sind unerschöpflich.* Die Predigt über Jesus, den guten Hirten, sprach Lisa mitten ins Herz. Anschließend waren alle zum Kirchenkaffee in den Gemeinderaum eingeladen. Rasch kamen sie dort mit anderen Leuten ins Gespräch. Reginald kannte viele und auch Lisa fühlte sich in dieser Gemeinschaft wohl. Als sie den Kirchgemeinderaum verließen, war es leicht bewölkt, regnete aber nicht.
„Von hier aus ist es nicht weit bis zur Elbe." Reginald blickte auf seine Uhr. „In dreißig Minuten kommt ein Dampfer. Wollen wir mitfahren?"
Seit ihrer Kindheit liebte Lisa es, mit einem der alten Schaufelraddampfer zu fahren, an den Elbschlössern und Weinbergen vorbei bis nach Meißen. Oder elbaufwärts bis zum Elbsandsteingebirge und mitten durch die Sächsische Schweiz, wo ständig wechselnde Ausblicke auf bizarr geformten Felsen und Berge sie immer wieder aufs Neue begeisterten. „Also ich hätte große Lust auf eine Fahrt mit dem Schiff."

„Das freut mich!", rief Reginald. „Auf zur Anlegestelle."
Während sie nebeneinander herliefen, erkundigte Lisa sich nach Reginalds Sohn und er berichtete ihr, dass es Andreas schon viel besser gehe. Schließlich fragte sie lächelnd. „Es war wohl dein heimlicher Plan, mit dem Dampfer zu fahren? Oder bist du ein Genie, das alle Fahrpläne auswendig weißt?"
Reginald zwinkerte ihr zu. „Wenn schon, dann bin ich nur ein Insel-Genie."
„Ein Insel-Genie?" Lisa lachte. „Was soll das denn nun wieder sein?"
„Den Begriff Genie hast du in unser Sprachspiel gebracht, und die Insel hat für mich eine doppelte Bedeutung." Reginald räusperte sich. „Nun ja, wahrscheinlich hat sie noch viel mehr symbolische Bedeutungen, aber zwei davon sind heute für mich relevant."
„Und?" Da er schwieg, blickte Lisa ihn fragend an. „Erwartest du jetzt, dass ich die beiden Bedeutungen errate?"
Grinsend zuckte er mit den Schultern. „Ein bisschen Mühe könntest du dir schon geben."
„Also gut." Lisa nickte lächelnd. „Ich vermute, du hast den Fahrplan für heute auswendig gelernt, teilweise zumindest. Weil du gern eine Schifffahrt mit mir machen wolltest. Und da wir beide nicht mehr die Jüngsten sind, ist es schon genial, dass du dir die Abfahrtszeiten merken konntest."
„Bingo!" Reginald hob den Daumen. „Du hast es erraten. Ich habe mir die heutigen Abfahrtszeiten der Schiffe eingeprägt, das war nicht besonders schwer. Das ist also eine Art Inselwissen."
Inzwischen waren sie am Anleger angekommen. Außer ihnen warteten noch zwei ältere Frauen, ein Mann und ein junges Paar mit zwei Kindern auf den Dampfer.
„Verrätst du mir nun auch noch, was für dich die zweite Insel-Bedeutung ist?", fragte Lisa.
„Aber die hast du doch auch schon erraten." Reginald atmete tief durch und breitete die Arme aus. „Dieser Tag ist eine Insel für mich, eine Oase. Erstens, weil heute Sonntag ist. Zweitens – und das ist der mit Abstand gewichtigere Grund – weil du bereit bist, deine Zeit mit mir zu teilen."
„Das tue ich gern, Reginald." Lisas schluckte.

Er wandte sich ihr zu. „Nach deiner spontanen Zusage heute Morgen hatte ich das Gefühl, vor Freude fliegen zu können."
Lisa lachte. „Na da bin ich aber froh, dass du nicht die Treppe hinuntergesegelt bist!"
Er grinste sie an wie ein Lausejunge, dabei war sein Blick voller Wärme … und da war noch etwas anderes, etwas, das Lisa nicht genau deuten konnte. Vielleicht Begehren? Aber konnte das denn sein – in ihrem Alter? Andererseits – warum sollte es nicht sein? Denn auch sie fühlte sich zu ihm hingezogen. Dieses Kribbeln im Bauch, der trockene Mund – das war nicht viel anders als in jungen Jahren.
Da rief eines der Kinder mit heller Stimme: „Der Dampfer!"
Schließlich bestiegen sie das Dampfschiff „Dresden", das elbaufwärts unterwegs war. Im Salon auf dem Vorderdeck fanden sie zwei Plätze. Obwohl inzwischen die Mittagszeit fast vorbei war, verspürte Lisa noch keinen Hunger. Reginald schien es ähnlich zu gehen, wahrscheinlich lag das auch mit am Kirchenkaffee, obwohl sie nur einige Kekse und winzige Kuchenstückchen probiert hatten. Also bestellten sie sich nur ein Kännchen Tee, genossen den Ausblick aus dem kleinen Fenster und die besondere Atmosphäre unter Deck des historischen Raddampfers.
Als sie in Pillnitz anlegten, deutete Reginald zum Fenster hinaus. „Das hier gehört auch zu meinen Lieblingsplätzen."
Lisa nickte. „Ich bin auch sehr gern hier. Die Schlossanlage, der gepflegte Park mit der immer wechselnden Bepflanzung und den vielen besonderen Bäumen, Sträuchern, vor allem der gigantischen Kamelie …"
„… die lauschigen Plätze in den Heckenquartieren", fuhr Reginald fort, „die Gondel von Friedrich August III., der Chinesische und der Englische Pavillon, die Palmen und Orangenbäume und so vieles mehr …"
Lächelnd breitete er die Arme aus und blickte Lisa an. „Das könnte unser nächstes gemeinsames Ausflugsziel sein, von mir aus gleich morgen. Zwar haben die Museen am Montag geschlossen, aber der Park ist immer offen." Wieder schaute er sie mit diesem besonderen Blick an.
Erneut fragte sie sich, wie es sein konnte, dass an der Seite dieses Mannes so viele Schmetterlinge in ihrem Bauch herumflatterten. Doch sie durfte es ihm nicht zu leicht machen. Auf keinen Fall wollte sie den

Eindruck erwecken, sie würde zu allem sofort Ja sagen, weil sie sich vor dem Alleinsein fürchtete. Scherzhaft drohte sie mit dem Finger. „Du kannst wohl nicht genug bekommen? Lass uns erst einmal den Tag heute genießen, dann sehen wir weiter."

„Ich verstehe." Er zwinkerte ihr zu. „Da muss ich mir ja richtig Mühe geben, um deine Prüfung zu bestehen!"

Lachend schüttelte Lisa den Kopf. „So habe ich das nicht gemeint. Lass uns einfach ganz im Heute leben, über das Morgen können wir später sprechen."

„Du hast recht." Reginald atmete tief durch. „Das Glück liegt in den tausend kleinen Dingen, die uns täglich begegnen, wir müssen sie nur sehen." Erneut deutete er zum Fenster hinaus. „Wie mir scheint, überschüttet uns der heutige Tag geradezu mit Glücksmomenten – hier an deiner Seite fühle ich mich ein bisschen wie die Goldmarie, die im Tor steht und nicht fassen kann, was ihr da Gutes geschieht."

Wieder musste Lisa lachen. „Und ich stelle mir gerade vor, wie du als Goldmarie aussehen magst. Mit Zöpfen, langem Kleid und Schürze." Sie schüttelte den Kopf. „Nein, so sympathisch die Goldmarie mir auch sein mag, bitte bleib so, wie du bist! Und lass uns diesen Tag genießen mit unseren Augen und Ohren …"

„… und all unseren anderen Sinnen", unterbrach Reginald sie und nahm einen Schluck Tee. „Der schmeckt nicht schlecht, dennoch – wenn du Appetit auf etwas anderes hast, sag Bescheid und schau nicht auf die Preise. Du bist heute mein Gast."

„Danke, ich bin zufrieden." Lisa goss sich noch etwas Tee nach. Endlich kam sie auf Max zu sprechen, denn schließlich waren die beiden Männer sich ja gestern direkt vor ihrer Tür begegnet.

Geduldig hörte Reginald zu. Manchmal, wenn sie ins Stocken geriet und nicht weiterwusste, stellte er ihr behutsame Fragen und half ihr, ihre Gefühle beim Lesen der Briefe von Max in der Klinik, ihrer Suche nach ihm, das Gespräch mit Frau Hartlaub im Café und schließlich ihre Begegnung mit Max am Samstag in Worte zu fassen. Als Lisa mit ihrem Bericht fertig war, wusste sie, dass sie Max nun endgültig losgelassen hatte.

Im Kurort Rathen verließen sie das Schiff und spazierten in den kleinen Ort hinein.

„Auch hier habe ich viele Lieblingsplätze, die ich gern mit dir besuchen würde", sagte Reginald. „Wir könnten weiterwandern und auf dem Amselsee gondeln, zur Bastei hinaufsteigen und die tolle Aussicht von da oben genießen. Wir könnten uns auch auf der Felsenbühne den Freischütz ansehen – oder ein anderes Stück."

„Wir könnten auch durch die Schwedenlöcher klettern, den Talwächter und die Lokomotive aus nächster Nähe betrachten oder an der Elbe entlangspazieren." Lächelnd wandte Lisa sich Reginald zu. „Wie du siehst, kenne ich mich hier auch aus, dieser Ort gehört auch zu meinen Lieblingsplätzen in der Sächsischen Schweiz."

„Ist das ein Ja, Lisa?" Reginald blickte sie fragend an. „Werden wir beide noch mehr solche Tage wie diesen erleben?"

„Ja, Reginald", sagte sie leise. „Auch ich genieße diesen Tag in vollen Zügen. Den gemeinsamen Gottesdienstbesuch, die Dampferfahrt und all unsere Gespräche …"

„Du weißt gar nicht, wie sehr ich mich darüber freue!" Er strahlte wie ein kleiner Junge, dem man soeben seinen Herzenswunsch erfüllt hatte. „Wir haben so viele gemeinsame Interessen, können stundenlang miteinander reden … Ich spüre da so eine Harmonie zwischen uns", grinsend zwinkerte er ihr zu. „Das kannst du mir glauben, Lisa, denn mit Harmonien kenne ich mich aus."

„Ich glaube es dir ja, Reginald", sagte Lisas atemlos. Inzwischen hämmerte ihr Herz als hätten sie bereits die Bastei-Aussicht bestiegen, dabei spazierten sie noch immer gemächlich am Fuß der Felsen entlang. „Ich glaube es dir," wiederholte sie mit belegter Stimme. „Weil auch ich diese … diese besondere Harmonie zwischen uns spüre."

„Lisa!" Plötzlich blieb Reginald stehen, nahm ihre Hand und sagte theatralisch: „Ich möchte mit dir wandern und über den See gondeln, ins Museum gehen und in die Oper, mit dir Gott loben, mit dir reisen und mit dir hierbleiben, mit dir träumen und mit dir wachen, mit dir lachen und mit dir weinen, mit dir tanzen und mit dir singen, mit dir die Tage und die Nächte verbringen – was immer du willst." Dann verzog er

sein Gesicht, als hätte er in eine Zitrone gebissen. „Nur die vollen Züge stelle ich mir nicht ganz so romantisch vor, aber wenn du darin einen Genuss findest, nur zu ... was immer du willst, Lisa."
Lachend schüttelte sie den Kopf. „Du mit deinen Wortspäßchen, du solltest auf der Felsenbühne ein Gastspiel geben."
„Das hatte ich zwar nicht vor, aber für dich würde ich auch das versuchen, Lisa." Da war wieder dieser Blick, der ihr Herz höherschlagen ließ! Und die Schmetterlinge in ihrem Bauch schienen sich auf wundersame Weise noch vermehrt zu haben. Sie flatterten, als wollten Sie ganz Rathen bevölkern. *Juliane hat recht*, dachte Lisa erstaunt. *Ich bin verliebt in diesen Mann. Und er mag mich auch, und das ist eines der Wunder, die Gott uns Menschen manchmal aus heiterem Himmel vor die Füße wirft.*
„Das mit dem Gastspiel muss ja nicht gleich sein." Lachend drückte sie seine Hand. „Lass uns ins Museum gehen und tanzen, lass uns über den See gondeln und singen, lass uns miteinander beten und in der Bibel lesen, nur ...", sie drückte seine Hand erneut und fügte leise hinzu, „... nur die Nächte heben wir uns lieber für später auf."
„Aber was nicht ist, kann noch werden, oder?", fragte er und blickte ihr dabei erneut tief in die Augen.
„Reginald Luft!", sagte Lisa streng. „Du kannst wohl nie genug bekommen?"
Da zog er sie in seine Arme und küsste sie. Und Lisa ließ es geschehen und genoss diesen Kuss, obwohl sie mitten auf dem Weg standen und zu einem Hindernis für eine größere Wandergruppe wurden, die sich an dieser Stelle teilen musste. Einige Wanderer lachten über sie, andere bedachten die verliebten Oldies mit ihren Kommentaren, doch das war Lisa heute egal. Wichtig war nur dieser Kuss, der das schlafende Mädchen in ihr weckte und sie so glücklich machte, dass sie am liebsten getanzt hätte vor Freude. Doch das wollte sie den Leuten dann lieber doch nicht zumuten, denn schließlich hatte sie lange keinen Tanzkurs mehr besucht. *Doch was nicht ist, kann ja noch werden*, dachte sie lächelnd, nahm wieder Reginalds Hand und schlenderte mit ihm zurück zur Elbe.

Epilog

Als sie wieder zu Hause war, setzte Lisa sich an ihren Schreibtisch und holte ihr Tagebuch heraus. Es war gar nicht so einfach, still zu sitzen und ihre Erlebnisse und Gefühle in Worte zu fassen, viel lieber hätte sie vor Freude laut gesungen, musiziert oder getanzt. Doch ein Instrument spielen konnte sie nicht, und Tanzen ohne einen Partner war auch nicht nach ihrem Geschmack. Außerdem wollte sie die Ereignisse des Tages festhalten, solange sie ihr noch klar und deutlich vor Augen standen. Nachdem Lisa einen Anfang gefunden und die ersten Sätze geschrieben hatte, dauerte es nicht lange, bis die Feder des Füllhalters übers Papier tanzte zu Lisas ganz persönlicher Sprachmelodie, für deren beschwingten Rhythmus heute vor allem Reginald verantwortlich war. Reginald, der sie umworben hatte ungeachtet all der Verletzungen, die sie ihm zugefügt hatte. Reginald, mit dem sie über so vieles reden konnte. Reginald, in dessen Gegenwart sie sich angenommen und geliebt fühlte und dennoch frei, sie selbst zu sein. Reginald, mit dem sie so viel verband: viele gemeinsame Interessen, die Freude am Leben und an der Entdeckung all der kleinen und großen Wunder, die es jeden Tag bereithielt, und der Glaube an Gott. Ja, sie waren Sammler von Glücksmomenten. Und heute – heute hatten sie sich gefunden!
Als die Feder ihren Tanz beendet hatte, lehnte Lisa sich auf ihrem Stuhl zurück und ließ ihre Blicke zu dem Foto von Richard wandern. „Ich werde dich nie vergessen", sagte sie. „Reginald wird dich nicht ersetzen. Und eines Tages sehen wir uns wieder in Gottes ewigem Reich, dessen bin ich mir sicher. Doch man kann neben der alten Liebe eine neue haben. Reginald wird dich aus meinem Herzen nicht verdrängen, so wie ich seine verstorbene Frau nicht verdrängen werde."
Heute hatte etwas Neues begonnen. Es würde die Vergangenheit nicht auslöschen, denn alles, was in der Vergangenheit geschehen war, hatte Lisa zu der gemacht, die sie heute war.
Und eines Tages würde auch das, was heute begann, zur Vergangenheit gehören. Zur Vergangenheit und dem, was ihr Leben ausmachte und ausgemacht hatte.

Das war der Lauf der Zeit. Das war die Summe des Lebens.
Lisa öffnete die Mappe mit ihren Listen.
Gedankenverloren blätterte sie darin. Keine dieser Listen war ein statisches Gebilde, keine konnte abgeschlossen werden. Solange sie lebte, würde sie sie ergänzen. Genauso verhielt es sich mit den Briefen an ihre Kinder. Denn Leben war Bewegung, Veränderung, Entwicklung."
„Was ist die Summe des Lebens?" stand über der Liste, die sie in der Klinik begonnen hatte. *Die Summe eines Lebens ist variabel*, schrieb sie. *Jeder Mensch hat seine eigene, ganz persönliche Summe des Lebens. Weil das Leben aus vielen verschiedenen Variablen besteht. Da sind die Beziehungen – Beziehungen zu Gott und Beziehung zu Menschen. Da sind die persönlichen Stärken und Schwächen und die Prägungen durch den Verlauf des Lebens. Da sind Ereignisse, die wir nicht aufhalten, denen wir uns nicht entziehen können.*
Da sind die uns von Gott gegebenen Aufgaben und die Art und Weise, wie wir unserer Berufung nachkommen. Da sind Lebensziele und Träume, die wir eines Tages erreichen oder loslassen müssen.
Und da sind die vielen anderen großen und kleinen Puzzleteile, die ein Leben ausmachen.
Auch die Antwort auf die Frage *Was bleibt, wenn ich gehe?* konnte nur eine Variable sein.
Auf ihrer Liste vermerkte sie:
Hier auf der Erde hinterlasse ich Spuren, Spuren in den Herzen der Menschen, aber auch sichtbare Spuren wie meine Aufzeichnungen, gemalten Bilder und Fotos.
Wenn ich eines Tages gehen muss, möchte ich mit Gott gehen. Durch den Tunnel des Todes, in sein ewiges Leben.
Das Wichtigste im Leben ist, nach Gott zu suchen, mit ihm zu gehen und Menschen meine Liebe zu schenken. Und dankbar jeden neuen Tag mit Glücksmomenten zu füllen und offen zu sein für die Überraschungen, die das Leben bereithält.

Lisas Listen

Lisas Liste über den Tod

Der Tod ...
- o gehört zum Leben.
- o ist ein großes Geheimnis.
- o ist nicht mit dem Verstand fassbar, ich kann ihn nur bruchstückhaft verstehen.
- o kann nur subjektiv betrachtet werden. Deshalb kann ich hier nur das festhalten, was mir persönlich bei der Auseinandersetzung mit dem Thema Tod hilft.

Bilder und Vergleiche
- Der Tunnel. Das Bild ähnelt dem des finsteren Tales der Todesschatten. Der Tunnel ist keine Sackgasse. Er hat einen Ausgang, er führt ins Licht (Psalm 23).

Viele Bilder finden wir in der Natur, im Kreislauf des Lebens. Auch die Bibel berichtet davon, zum Beispiel im Schöpfungsbericht (1. Mose 1).
- Der Winter steht symbolisch für den Tod. Die gesamte Natur erstarrt in der Kälte. Doch auf jeden Winter folgt der Frühling, der neues Leben hervorbringt.
- Kälte, Eis und Schnee sind ebenfalls Bilder für den Tod. Wenn der Frühling kommt, müssen auch sie weichen.
- Der Schmetterling. Die Raupe verpuppt sich, man könnte meinen, sie sei tot. Doch dann öffnet sich die Puppe und ein neues Wesen kommt heraus. Es ist wunderschön und kann fliegen. Das Wunder der Verwandlung ist geschehen: neues Leben aus dem Tod.
- Die Nacht, mag sie auch noch so finster sein, wird durch den neuen Morgen vertrieben. Das Licht ist stärker als die Finsternis (siehe 1. Mose 1; Johannes 1,5 u. a.).

Besonders ermutigende Vergleiche fand ich im Neuen Testament.
- Jesu ist das Licht. Er vermag, uns das Licht des Lebens zu schenken (Johannes 8,12).
- Jesus hat den Tod besiegt und uns den Weg zu Gott gebahnt. Nach der Nacht des Todes wurde es Tag, durch die Auferstehung Jesu. Viele Menschen haben seine Auferstehung bezeugt und immer wieder davon gesprochen (z. B. die Ostergeschichten in allen vier Evangelien und die Apostelgeschichte).
- Auch Paulus sprach immer wieder in Bildern von der Auferstehung. So vergleicht Paulus unseren Körper mit einem Haus, einer Hütte, die abgerissen wird. Wahrscheinlich war diese Hütte baufällig, drohte auseinanderzubrechen. Bei Gott bekommen wir nach dem Tod ein neues Haus, ein ewiges, das nicht kaputtgeht, ein Haus das makellos ist (2. Korinther 5,1ff).

- Paulus vergleicht unseren Körper mit einem Kleidungsstück, aus dem man im Tod herausschlüpft. Jesus schenkt uns in der Auferstehung einen neuen Körper, einen ewigen, ohne Schmerzen und Gebrechen (2. Korinther 5,1 ff, 1. Korinther 15,44 und 54).
- Jesus und Paulus verwenden den Vergleich mit dem Weizenkorn. Wenn man es in die Erde legt, keimt es. Würde jemand später nach dem Korn sehen, würde er es nicht mehr finden. Das Korn ist gestorben. Neues Leben ist gewachsen (1. Korinther 15,36-37; Johannes 12,24).

Der Sinn des Lebens

Was ist wichtig für mein Leben?
- **Beziehungen**
    - Familie
    - Freunde
    - Bekannte
    - Geschwister aus der Kirchgemeinde
- füreinander da sein, aufeinander achten
- Unsere Liebe hinterlässt Spuren in den Herzen der Menschen. Spuren, die unseren Tod überdauern.
- gut für mich sorgen, denn nur, wenn ich ausgeglichen bin, kann ich stark für andere sein
- Jegliches hat seine Zeit. Während der Klärung der Altlasten aus der Vergangenheit das Heute nicht vergessen. Was gestern wichtig war, galt gestern. Heute ist heute, also müssen wir uns den Dingen und den Menschen zuwenden, die uns heute begegnen.
    - Gott
- mit Gott leben, den Glauben stärken
- nach Gottes Willen fragen
- den Platz in Leben einnehmen, den Gott mir zugedacht hat

- **Pläne und Träume – was ich noch tun will**
    - mein Leben ordnen
    - Gedanken, Gefühle und Erlebnisse festhalten durch Schreiben (Geschriebenes bleibt, wenn ich gehe.)
    - meine Gaben entdecken und nutzen
        - Auch aus Schwäche können besondere Stärken erwachsen.
        - Stärken entdecken, die durch Verluste entstanden sind
    - auf mein Herz hören
    - die schönen Momente des Lebens bewusst wahrnehmen
    - meine Träume im Blick behalten, dabei immer einen Schritt nach dem anderen gehen, wie bei einer Bergbesteigung
    - Glücksmomente sammeln, Schätze der Erinnerung

Wenn nicht anderes angegeben, stammen alle Bibelzitate aus: Lutherbibel, revidiert 2017, © 2016 Deutsche Bibelgesellschaft, Stuttgart (Seite 20: Psalm 27,1; S.21: Johannes 1,5; S.29: Römer 8,38f.; S.50: Offenbarung 1,17f.; S.80: Sprüche 25,21f.; S.96: Johannes 1,5; S.96: Johannes 8,12; S.110: Amos 5,4; S.110: Jeremia 29,13f., S.110: Jakobus 4,8; S.120: 2. Korinther 5,1f.; S.121: 1. Korinther 15,44; S.122: Johannes 12,24

Seite 122: Lutherbibel, revidiert 1984, © 2016 Deutsche Bibelgesellschaft, Stuttgart

Seite 146: Formulierung aus: „Ludwig Richter" von Gerd Spitzer, Reihe: In der Dresdener Galerie, Staatliche Kunstsammlungen Dresden, Galerie Neue Meister, Sandstein Verlag, Dresden 2007.

Seite 147: Gemeint ist: Ludwig Richter, Lebenserinnerungen eines deutschen Malers, nebst Tagebuchniederschriften und Briefen, Leipzig 1947.